Zum Buch:

Die Elbe, der Hafen, die Schiffe und der Wind – Jonas liebt seine Heimatstadt Hamburg und die alte Villa, in der die Familie Clausen schon seit vielen Generationen lebt. Erst vor Kurzem ist er zurückgekehrt, um nach dem Tod seines Vaters die Reederei Clausen weiterzuführen. Endlich kann Jonas den Platz im Familienbetrieb einnehmen, der ihm zusteht. Doch als er feststellt, dass das Unternehmen kurz vor der Insolvenz steht, erkennt er, wie groß die Verantwortung ist, die nun auf seinen Schultern ruht. Jonas' letzte Hoffnung scheint ein längst vergessenes Golddepot bei einer amerikanischen Bank zu sein. In einem alten Brief hat Jonas einen Hinweis darauf gefunden, doch um es zu öffnen, muss er tief in die Familiengeschichte eintauchen und herausfinden, was vor über hundert Jahren tatsächlich passiert ist.

Zur Autorin:

Die Autorin Linda Belago ist in ihrem Leben viel gereist. Ihr Weg führte sie zunächst quer durch Europa und später nach Übersee. Ihre Erfahrungen und Erlebnisse von diesen Reisen zusammen mit ihrem Interesse für historische Themen inspirieren sie für ihre Romane. Heute lebt Linda Belago mit ihrem Mann nahe der deutschen Nordseeküste.

Linda Belago

Die Villa an der Elbe

Roman

mtb

MIRA® TASCHENBUCH

FSC
MIX
Papier
FSC® C014496

1. Auflage: Dezember 2018
Originalausgabe

Dieses Werk wurde vermittelt durch die Literarische Agentur
Thomas Schlück GmbH, 30161 Hannover.

Umschlaggestaltung: zero-media.net, München
Umschlagabbildung: Lee Avison / Trevillion Images,
bilwissedition Ltd. & Co. KG / Alamy Stock Foto, YangYin / Getty Images
Satz: GGP Media GmbH, Pößneck
Printed in Germany
Dieses Buch wurde auf FSC®-zertifiziertem Papier gedruckt.
ISBN 978-3-95649-840-4

www.mira-taschenbuch.de

Werden Sie Fan von MIRA Taschenbuch auf Facebook!

*»Wenn der Wind der Veränderung weht,
suchen manche im Hafen Schutz,
während andere die Segel setzen!«*

(Verfasser unbekannt)

Prolog

Bremerhaven im Juni 1900

»Anni, nun komm schon!« Annemaries Mutter umfasste die Hand ihrer Tochter so fest, dass diese kurz vor Schmerz das Gesicht verzog.

Nur widerwillig riss das Mädchen seinen Blick von dem riesigen Schiff los, auf welches sie gerade zusteuerten. Der berghohe Rumpf und das Wasser, das platschend an die Kaimauer gedrückt wurde, flößten ihr Angst ein, ebenso der lange, hölzerne Aufgangssteg, den sie wohl gleich betreten mussten.

Verbissen konzentrierte das Mädchen sich wieder darauf, mit seiner Mutter Schritt zu halten. Niemand schien Angst zu haben außer ihr. Von diesem Schiff sprach man in ihrer Familie eher wie von einer netten Ziehtante oder einem lieb gewonnenen Verwandten. Anni hatte es bisher nur auf Zeichnungen gesehen. Doch hier jetzt, in Bremerhaven, kam ihr die Kaiser Wilhelm der Große vor wie ein mächtiges Seeungeheuer, welches nur darauf wartete, sie alle zu verschlingen. Dicke Rauchschwaden quollen aus den mächtigen Schornsteinen und verhüllten die Sonne.

Vor sich sah sie den wippenden Rocksaum ihrer großen Schwester. Anni heftete ihren Blick darauf, um nicht mehr auf das Schiff blicken zu müssen. Helena war fünf Jahre älter als sie, und somit waren die beiden Schwestern in den meisten Dingen so weit voneinander entfernt wie die Erde vom Mond. Anni schaute zu Helena auf, sie war klug, unheimlich hübsch und wenn sie nicht gerade mit Lernen, Kaffeekränzchen oder anderen gesellschaftlichen Dingen beschäftigt war, kümmerte sie sich auch sehr liebevoll um ihre kleine Schwester. Nur was konnte Anni schon mit ihren zwölf Jahren dagegenhalten. Sie spielte noch mit Puppen, während Helena in wenigen Tagen ihre Verlobung verkünden würde. Und genau deswegen waren sie hier. Helena van der Haard würde alsbald Gustav Clausen heiraten. Beide Familien waren der Schifffahrt seit Generationen verbunden. Helenas und Annis Vater Friedrich van der Haard arbeitete als einflussreicher Ingenieur in den Hamburger Werften. Peter Clausen hingegen leitete seit einigen Jahren die alteingesessene Reederei Clausen. Die jetzt entstehende Verbindung zwischen den Familien war ein großes Ereignis in den Hamburger Kreisen, und daher sollte die Feier auch etwas ganz Außergewöhnliches werden. Es hätte keinen passenderen Ort zur Verkündigung dieser erfreulichen Botschaft geben können als den großen Ballsaal der Kaiser Wilhelm der Große. Sie war eines der größten und bedeutendsten Dampfschiffe der Welt. Und da lag sie nun mit ihren qualmenden Schloten am Pier des Norddeutschen Lloyd in Bremerhaven, bereit, sich wieder einmal auf den Weg von Bremerhaven nach New York zu machen.

Anni konnte allerdings die Begeisterung und den Stolz der Erwachsenen gerade nicht ganz teilen. Ihr Ziel New York erschien ihr noch viel weiter weg als der Mond. Es war ihre erste Seereise und trotz des freudigen Anlasses war ihr ganz flau im Magen.

1. Kapitel

Hamburg im Mai 2017

Die Sonnenstrahlen warfen lange Lichtsäulen von den hohen Fenstern auf den weißen Fliesenboden des Büros seines Vaters. Das alte Hamburger Kontorhaus, in dem die Reederei Clausen ansässig war, lag an einem der vielen Hamburger Fleete. Eine Hand am Fensterrahmen abgestützt, stand Jonas Clausen am Fenster und sah hinaus. Von hier aus hatte er freien Blick auf die roten Backsteingebäude der Speicherstadt. Hamburg, seine Heimat. Viele Jahre hatte er nicht aus diesem Fenster gesehen.

So alt die Fassade des Hauses war, so modern war es im Inneren eingerichtet. Für Jonas war dies zunächst der einfachere Platz, sich an seine neue Rolle zu gewöhnen. Ein großer gläserner Schreibtisch und ein moderner Bürostuhl. Dies war der Ort, von wo noch vor wenigen Wochen sein Vater die Geschäfte der Reederei Clausen geführt hatte. Hier war alles geschäftlich neutral, keine Erinnerungsstücke an die Familie.

Er hatte nicht gehört, wie die persönliche Sekretärin seines Vaters das Zimmer betreten hatte, und zuckte nun leicht zusammen, als sie sich räusperte.

»Herr Clausen, ich bringe Ihnen die gewünschten Akten, und … ich … ich möchte Ihnen noch einmal von ganzem Herzen mein tiefstes Beileid aussprechen.«

»Danke, Silvia.« Jonas stieß sich leicht vom Fensterrahmen ab, straffte sich und machte ein paar Schritte in den Raum hinein auf Silvia zu.

»Kann ich sonst noch etwas für Sie tun?«

»Danke, ich muss mir zunächst einen Überblick verschaffen. Wenn ich Fragen habe, komme ich auf Sie zu.« Mit einem Nicken nahm Jonas einen Stapel Akten von der jungen Frau entgegen und wartete, bis sie den Raum wieder verlassen und die Tür hinter sich geschlossen hatte. Daran, dass sie jetzt für ihn und nicht mehr für seinen Vater arbeitete, würde er sich erst noch gewöhnen müssen. Es fiel ihm auch noch schwer, sich ungezwungen in diesem Raum aufzuhalten. Er legte die Akten auf den Schreibtisch und ging wieder zum Fenster. Auf dem Fleet unter ihm zogen einige Enten ihre Bahn und hinterließen ein lang gezogenes Wellenmuster.

Der Gedanke an seinen Vater schmerzte auf zweierlei Art. Sein plötzlicher Tod vor vier Wochen war ein Schock gewesen. Niemand hatte damit gerechnet. Franz-Karl Clausen hatte sich immer bester Gesundheit erfreut und war mit Mitte sechzig ein noch sehr aktiver Mann gewesen. Doch sein Herz hatte einfach aufgehört zu schlagen. Als man ihn auf der Grünfläche des Golfplatzes gefunden hatte, war es schon zu spät gewesen.

Jonas war in Lissabon gewesen, als er an diesem Tag einen Anruf von seinem Großvater bekommen hatte. Schon die Telefonnummer der Villa Clausen auf dem Display seines Telefons zu sehen, hatte ihn ahnen lassen, dass etwas passiert war, und seinen Herzschlag beschleunigt. Und doch war die Tatsache, dass sein Großvater ihm vom Tod seines Vaters berichten musste, eine Überraschung gewesen.

»Du musst nach Hause kommen, Jonas-Franz! Die Reederei braucht dich jetzt.« Die Stimme seines Großvaters hatte eindringlich geklungen.

Jonas hätte in diesem Augenblick beinahe trotz der traurigen Nachricht aufgelacht. Wer hatte ihn denn in Hamburg nicht gewollt? Sein Vater war nicht in der Lage gewesen, ihn in die Geschäfte der Reederei einzubinden. Die Zügel aus den Händen zu geben war für ihn anscheinend ein unerträglicher Gedanke gewesen. Dabei wäre es längst an der Zeit gewesen, Jonas einen Teil der Verantwortung zu übertragen. Jonas war sein Leben lang auf seine Rolle als Geschäftsführer der Reederei vorbereitet worden. Inzwischen war er dreißig Jahre alt und hatte schon einiges an Berufserfahrung gesammelt. Doch es hatte einen schlimmen Streit zwischen ihm und seinem Vater gegeben, nach dem Jonas die Flucht ergriffen hatte und nach Lissabon gezogen war, um eine Stelle als Disponent bei einer großen portugiesischen Reederei anzunehmen. Dort hatte er sich um die Organisation und Abwicklung der Fracht gekümmert.

Lissabon war kein schlechter Ort zum Leben und Arbeiten gewesen. Er hatte sich dort wohlgefühlt. Und obwohl er sich eigentlich wieder mit seinem Vater vertragen hatte, schwelte in ihm immer noch ein Funken von der Wut über dessen Verhalten. Die Reederei Clausen war seit vielen hundert Jahren ein Familienbetrieb, Jonas wollte nichts lieber, als ein Teil davon zu sein. Dass das nun auf so dramatische Art und Weise geschehen war, hatte Jonas allerdings nicht gewollt.

Natürlich hatte er sofort seine Zelte in Lissabon abgebrochen und war nach Hamburg zurückgekehrt. Es hatte eine große öffentliche Trauerfeier gegeben. Ein langer Trauerzug aus Freunden des Hauses und Geschäftspartnern folgte dem Sarg zur Grabstätte der Familie Clausen auf dem Ohlsdorfer Friedhof.

Jonas hatte unzählige Hände geschüttelt und sich schmerzlich an die Beerdigung seiner Mutter erinnert gefühlt. Sie war viel zu früh gestorben, als Jonas gerade elf Jahre alt gewesen war.

Am Tag der Beerdigung hatte Jonas auch das erste Mal seit fast zehn Jahren seine ältere Schwester wiedergesehen. Caroline lebte seit ihrem Studium in Köln und hatte sich gänzlich aus der Familie zurückgezogen. Der Verlust der Mutter hatte sie mitten in der Pubertät überrumpelt, und verwunden hatte sie diese Tragödie wohl nie so recht. Für Jonas war Caroline eine Fremde, seine letzten gemeinsamen Erinnerungen mit ihr lagen weit zurück. Auch am Tag der Beerdigung erschien sie ihm unbeteiligt und kühl. Er wusste nicht, wie weit sie mit ihrem Vater in Kontakt gestanden hatte in den letzten Jahren, aber anhand ihres Auftretens vermutete er, dass es wohl keine direkte Beziehung gegeben hatte. Caroline lebte ihr eigenes Leben, mit Mann und zwei Kindern, fernab von Hamburg.

Neben dem strengen Vater hatten ihnen damals ihre Großeltern den nötigen Halt gegeben. Seine Großmutter hatte so gut es ging die Rolle seiner Mutter übernommen und ihm all ihre Liebe und Fürsorge geschenkt. Doch Caroline hatte sich schnell in ihre eigene Welt zurückgezogen und war mit gerade mal achtzehn Jahren aus der Villa am Elbufer geflüchtet. Für ihre Großmutter ein weiterer Schlag. Allerdings hatte er Jonas noch enger an seine Großeltern geschweißt. Er hatte sich dankbar in ihre liebevolle Obhut fallen lassen, jetzt aber musste er sie stützen und ihnen helfen, den frühen Tod ihres Sohnes zu ertragen.

Caroline hatte sich nach der Trauerfeier knapp und förmlich von Jonas und den Großeltern verabschiedet und war auch ebenso schnell wieder verschwunden, wie sie gekommen war. Jonas hätte sie gerne noch gesprochen, schließlich gab es jetzt unter Umständen auch einige erbrechtliche Dinge, die zwischen Caroline und ihm zu klären wären. Doch diese Frage beantwortete sich von selbst in der Woche nach der Trauerfeier, denn der Familiennotar teilte Jonas mit, dass Caroline eine Verzichtserklärung abgegeben hatte. Es wunderte ihn nicht. Caroline war sehr konsequent, was ihre Abnabelung von der Familie anging. Etwas Trauer darüber traf ihn allerdings doch, gerne hätte er jetzt jemanden gehabt, der ihm nahestand und mit dem er den kommenden, schwierigen Weg gemeinsam gehen konnte. Nun stand er doch wieder allein da, wie damals.

Jonas hatte nach seiner Rückkehr nun die kleine Zweizimmerwohnung unter dem Dach der Jugendstilvilla in Blankenese bezogen, wo er schon als Student einige Zeit gelebt hatte. Die größere Wohnung in der ersten Etage zu beziehen, in der sie einst als Familie gelebt hatten und die sein Vater bis zum Schluss bewohnt hatte, dazu war er noch nicht bereit. Die alten Erinnerungen hingen zäh zwischen diesen Wänden, und Jonas wollte seine Kraft noch nicht für die Vergangenheit aufbrauchen, sondern zunächst für die Zukunft einsetzen.

Jonas hatte sofort die ersten Schritte eingeleitet, um die Führung der Reederei zu übernehmen. Er fühlte sich dem durchaus gewachsen, und obwohl das jahrelange Misstrauen seines Vaters noch immer ein wenig schmerzte, freute er sich auf die Aufgabe, die vor ihm lag. Jetzt kam seine Zeit.

Endlich raffte er sich auf, trennte sich von dem Bild vor dem Fenster, nahm hinter dem Schreibtisch Platz und zog die Akten zu sich heran. Er würde ab jetzt alles tun, um das Erbe seiner Familie zu bewahren und gut damit zu wirtschaften.

2. Kapitel

New York im Mai 2017

»Das darf doch nicht wahr sein!« Amely stand in der offenen Tür zu ihrem kleinen Apartment und starrte entsetzt auf das darin herrschende Chaos. »Oh Mann, was für ein Mist!«, wiederholte sie, strich sich verzweifelt ihre braunen Haare aus dem Gesicht und spürte, wie ihr die Tränen in die Augen stiegen. Was war hier nur passiert? Alles war aus Schränken und Regalen gerissen, die Kissen waren vom Sofa und die Matratze aus dem Bett geworfen worden. Vorsichtig machte Amely einen Schritt in den Raum. Ihr Blick fiel auf einen Zettel, welcher mit einer Gabel an den Lampenschirm der Stehlampe gepinnt worden war.

»Du hast 3 Tage, um zu bezahlen, Jayden!«, stand mit krakeliger Schrift darauf. Dann fiel ihr das geöffnete Fenster zur Feuertreppe auf.

»Dieser verdammte Mistkerl!« Amelys Schock verwandelte sich sofort in Wut. Sie zog ihr Handy aus der Tasche und wählte Jays Nummer. Als er abhob, ließ sie ihm keine Chance, zu Wort zu kommen. »Jay – die haben bei mir eingebrochen. Meine Wohnung sieht aus … bis du bescheuert? Bei wem hast du wieder Schulden? Und warum räumen die meine Bude leer?«

»Oh Schätzchen, das tut mir leid … ich …«

»Warum wissen die, wo ich wohne?«

»Äh ja, vielleicht … die haben da wohl was falsch verstanden.«

»Falsch verstanden?«, schrie Amely in das Telefon.

»Ich hatte denen gesagt, ich hätte eine Freundin, die … na, ja, ich muss denen halt etwas Geld bezahlen … ich hatte gehofft, du …«

»Was bist du nur für ein Vollidiot? Ich werde ganz sicher nicht für deine Schulden geradestehen!« Amely spürte, wie ihr die Knie weich wurden. Warum war sie nur an diesen Mistkerl geraten, und warum hatte sie ihm auch noch vertraut? Er sah gut aus und war ganz nett, aber er war ein Spieler, das hatte sie auch schon vorher gewusst. Hätte sie doch nur nicht … Sie ballte die Faust.

»Ich wollte es denen ja so zurückzahlen, aber da ist jetzt was dazwischengekommen.«

»Wie viel, Jay?«

»Siebentausend.«

»So viel? Bist du irre? Die bekommst du ganz bestimmt nicht von mir!«

»Ich zahle denen das zurück.«

»Ja? Wovon denn? Regel das, Jay! Und ruf mich ja nie wieder an!«

»Aber Schätzchen …«

»Ich bin nicht mehr dein Schätzchen. Hier hängt ein Zettel von deinen Freunden, da steht, du hast drei Tage! Mach's gut, Jay.«

»Nein! Nein! Ich kümmere mich darum. Amely …«

»Jay, es ist vorbei.«

»Ich kümmere mich darum. Aber … vielleicht wäre es

besser, wenn du … sei vorsichtig. Die Kerle sind ziemlich verrückt.«

»Das sehe ich.« Ihr Blick blieb an dem mit einer Gabel gespickten Lampenschirm hängen.

»Nein, noch verrückter. Ich regel das, versprochen.«

Seine Stimme hörte sich so ernst an, dass Amely ein kalter Schauer über den Rücken lief. »Du bist so ein Arsch, Jay …«, sagte sie noch, bevor sie auflegte.

Wer auch immer hier gewesen war, es war alles weg, ihr Radiowecker, die Mikrowelle und der kleine Fernseher. Und … sie hastete zum Kleiderschrank. Sie war weg, ihre Sparbüchse war weg. Sie hatte sie sogar vor Jay verstecken können, aber jetzt hatte jemand gründlich gesucht. Amelie umschlang ihren Oberkörper mit den Armen. Tränen liefen ihr über die Wangen. Aus dem Kleiderschrank war alles herausgerissen worden. Amely ging zu dem Haufen Klamotten, der am Boden lag. Von Jay waren auch einige Sachen dabei. Am besten packte sie diese direkt zusammen, oder noch besser – gleich in den Müll.

Sie musste aufräumen, und dabei würde sie auch Jay aus ihrem Leben ausmisten. Oder sollte sie doch erst die Polizei anrufen? Sie holte tief Luft. In New York gab es jeden Tag mehr Einbrüche als Geburten, irgendein Polizist würde sich eine Notiz machen, und das war's dann wohl. Das war also zwecklos. Hätte sie ihre Rücklagen doch nur zur Bank gebracht. Es war noch nicht viel gewesen, knapp über tausend Dollar, die sie überwiegend aus ihrem Trinkgeld und dem wenigen, was sie monatlich noch von ihrem Gehalt abgezwackt hatte, zusammengespart hatte.

Seit vier Jahren arbeitete sie in einem angesehenen Restaurant im Meatpacking District in New York. Tagsüber stand sie in der Küche, und am Abend sprang sie manchmal im Service als Aushilfe ein. Sie hatte Ehrgeiz und wollte etwas erreichen, deshalb hatte sie sich auch keine größere Wohnung oder sonstige Extras gegönnt, hatte sich hochgearbeitet und organisierte inzwischen die Veranstaltungen, für die das Restaurant gerne gebucht wurde: Familienfeiern, Hochzeiten, Firmenessen. Ihr organisatorisches Talent und ihre Willenskraft hatten ihren Chef schnell davon überzeugt, ihr Verantwortung zu übertragen.

Wie in Trance begann sie jetzt, ihre kleine Wohnung halbwegs wieder in Ordnung zu bringen. Nur die Gabel in der Lampe ließ sie stecken. Sollte Jay noch einmal die Unverfrorenheit besitzen, hier aufzutauchen, was sie nicht glaubte, dann sollte er das ruhig sehen.

Als der Fußboden wieder sichtbar war und alles wieder an seinem Platz, schloss Amely das aufgebrochene Fenster. Kurz überlegte sie, es irgendwie zuzunageln, aber wenn die Typen noch mal wiederkamen, würden sie ohnehin einen Weg hineinfinden. Sie sah nach draußen. Ihre Wohnung lag im vierten Stock eines Hochhauses. Über ihr waren noch mindestens zehn Stockwerke. Gegenüber standen auch nur Gebäude, die bis in den Himmel ragten, dieser wiederum war nicht mal zu sehen, wenn sie den Hals verdrehte. Dafür hätte sie sich aus dem Fenster lehnen und nach oben sehen müssen. Amely ließ sich auf ihr Sofa plumpsen und ihren Kopf auf die Arme fallen. Sie musste sich jetzt wieder auf sich selbst konzentrieren, schließlich hoffte sie, New York eines Tages den Rücken kehren zu können. Sie träumte davon, ein beschauliches Vorstadtleben zu führen, so wie man es aus dem Fernsehen kannte. Sie ärgerte sich, dass sie wegen ihrer Verliebtheit und der Beziehung mit Jay ihre Ziele aus den Augen verloren hatte. Amely seufzte und dann ballte sie die Hände kurz zu Fäusten. Im Grunde träumte sie schon lange von ihrem eigenen Unternehmen – in ihrem Kopf hatte dies auch schon ganz konkrete Formen: The Thompson Quality Catering. Doch so real es sich manchmal in ihren Gedanken schon anfühlte, so weit entfernt war sie in der Realität noch davon. Sie wollte ihr eigener Chef sein, ihre Ideen und ihr Können ganz für ihre eigene Firma einsetzen. Denn sie konnte im Restaurant noch so oft wie sie wollte zwölf Stunden und mehr schuften und wie heute den ganzen Tag das wichtige Firmen-Event eines finanzstarken Kunden betreuen, der Dank und die Anerkennung galten doch nicht ihr.

Doch dafür brauchte man Geld, viel Geld, und dies hatte Amely nicht. Jetzt wohl sogar noch weniger. Sie fluchte im Stillen auf Jay. Sie hatte ihn vor zwei Jahren auf einer Hochzeitsveranstaltung kennengelernt, auf der sie die Bewirtung betreut hatte. Jay war der Gitarrist der Band gewesen, welche dort am Abend spielte. Sie hatte sich von ihm einlullen lassen. Amely hatte nie viel Sinn für Männer gehabt und hatte sich, wenn möglich, auf ihre Arbeit konzentriert. Dass da plötzlich einer gewesen war, der Interesse an ihr zeigte, hatte ihr geschmeichelt. Ihre Beziehung war nicht sehr intensiv gewesen. Oft war er mit der Band unterwegs und Amelys Job so zeitaufwendig, dass sie sich relativ wenig sahen. Es war eher eine kleine Gelegenheitsromanze gewesen als eine wirkliche Beziehung, doch sie hatte trotzdem Gefühle entwickelt.

Sie lehnte sich zurück und schloss kurz die Augen. Nach ihrer Ausbildung hatte Amely einige Semester den Masterstudiengang Business Administration besucht. Doch das trockene Lernen war einfach nicht ihr Ding. Sie brauchte den Stress in der Großküche, die Individualität eines jeden Tages und die Herausforderung großer Events. Das Studium würde ihr für die Erfüllung ihrer Träume auch nicht wirklich hilfreich sein. In dieser Branche waren Praxis und Kontakte das A und O und nicht das theoretische Wissen darum, wie man ein Unternehmen führte. Ja, sie war ehrgeizig, warum auch nicht? »Sei geduldig, deine Zeit wird kommen«, hörte sie die Worte ihre Mutter in ihrem Kopf. Doch Amely lebte nach dem Motto: Wenn nicht jetzt, wann dann? Sie hatte so viele Pläne für ihr Leben. In zehn oder fünfzehn Jahren wäre es vielleicht zu spät dafür. Zumindest empfand sie es so.

Daran waren ihre Mutter und deren eigener Lebensweg vielleicht nicht ganz unschuldig. Marge Thompson hatte einst auch große Träume gehabt, sie war sogar zu einer gewissen Berühmtheit gelangt, weil sie eine der ersten Frauen im Fernsehen gewesen war, die eine eigene Kochshow moderierte. Doch dann war Amelys Vater in ihr Leben getreten, der damals der Producer der Show gewesen war. Die Folge war eine Hochzeit gewesen und schließlich Amely. Das hatte Marge dann zurück an den heimischen Herd katapultiert und die Karriere war vorbei gewesen. Sie beteuerte zwar, dass ihr das nie etwas ausgemacht hatte, doch Amely hatte so manches Mal gespürt, dass ihre Mutter sehr wohl darüber nachdachte, wie ihr Leben wohl verlaufen wäre, wenn sie etwas hartnäckiger auf ihren eigenen Lebensweg bestanden hätte.

Amely hatte früh beschlossen, ihre eigene Karriere in sicheren Fahrwassern wissen zu wollen, bevor sie vielleicht selbst einmal heiratete und eine Familie gründete. Na gut – davon war sie noch weiter entfernt als von ihrer Selbstständigkeit, und die Sache mit den Männern – damit war sie jetzt wohl auch fürs Erste durch. Sie sollte sich auf ihr Ziel konzentrieren: The Thompson Quality Catering. Sie wusste, wo sie fähige Mitarbeiter bekommen würde, und war sich auch sicher, dass es nicht schwer würde, Kunden zu finden. New York war zwar eine große Stadt, das Angebot an erstklassigen Caterings aber überschaubar. Da ging es schließlich nicht um ein paar Hot Dogs sondern um das Gesamtkonzept. Amely kannte die Szene. Egal wie sie es drehte und wendete, ohne Geld würde sie nie weiterkommen. Vielleicht sollte sie doch noch einmal ihre Eltern fragen.

Sie hatte ganz am Anfang, vor drei Jahren, als sie die Idee zu ihrem Business gehabt hatte, einmal ihre Eltern um Hilfe gebeten. Eigentlich hätten diese durchaus die Möglichkeiten, sie zu unterstützen, zumindest ein wenig. Doch zwischen ihnen stand der alte Streit um ihr Studium.

»Du bist doch auch noch so jung, denk in ein paar Jahren noch mal dran … du weißt ja, dass Dad und ich es befürworten würden, wenn du dein Studium doch noch weiterführst …« Das war der Punkt gewesen, an dem Amely das Gespräch abgebrochen hatte, um einen noch größeren Krach zu verhindern.

Sie hatte beschlossen, es zunächst weiterhin auf eigene Faust zu versuchen. Doch so langsam wusste sie, dass sie keine Chance hatte, wenn sie nicht Unterstützung bekam. Wenn ihre Eltern ihr kein Geld leihen wollten, vielleicht würde ihr

Vater sie zumindest dabei unterstützen, eine Kreditanfrage bei einer Bank zu stellen. Natürlich hatte sie nicht viel mehr als ihre Idee. Sie brauchte noch einen Businessplan und auch konkrete Berechnungen.

Amely seufzte und stand von ihrem Sofa auf, machte ganze drei Schritte zu der kleinen Küchenzeile ihres Apartments, befüllte einen kleinen Topf mit Wasser und stellte diesen auf eine der zwei Kochplatten. Ein Tee würde ihre Stimmung vielleicht etwas heben. Wenn sie zu ihren Eltern ging, brauchte sie eine gute Strategie. Es war einiges an Zeit vergangen, vielleicht verstanden sie Amelys Träume heute besser als noch vor drei Jahren, und trauten ihr zu, dass sie sie verwirklichte.

3. Kapitel

Hamburg im Mai 2017

Jonas wanderte den schmalen Fußweg am Elbeufer entlang. Die gerade aufsteigende Morgensonne ließ Nebel über dem Wasser aufsteigen. Seit er wieder in Hamburg war, nutzte Jonas gerne die frühen Stunden des Tages für Spaziergänge, um den Kopf frei zu bekommen. Er blieb stehen und sah auf den Fluss.

Mitten in der Elbe lag die Insel Neßsand eingehüllt in den wattigen Morgendunst. In Blankenese, an den steilen Südhang der Elbgeest gebaut, fühlte man sich allerdings plötzlich nicht mehr wie im norddeutschen Flachland. Verwinkelte Gassen führten zwischen den Häusern vom Elbufer empor zum Süllberg. Die Wohnhäuser waren auf Terrassen an die Hänge gebaut. Dass oberhalb des Ufers bereits die Großstadt begann, spürte man kaum. Andererseits hatte Jonas Hamburg nie als eine klassische Großstadt empfunden. Sie war anders als London, Lissabon oder Genua. Hamburg hatte in vielen Teilen immer noch den Charme eines Dorfes. Vielleicht auch, weil gerade die historischen Stadtteile erhalten geblieben waren.

Einst war Blankenese ein kleines Fischerdorf westlich vom alten Kern Hamburgs gewesen und hatte damals noch zu Holstein-Pinneberg gehört. Nach und nach hatten sich

Kapitäne und Lotsen dort angesiedelt, und die Stadt hatte sich immer weiter ausgebreitet, sodass Blankenese schließlich von einem Dorf zu einem Vorort des damals selbst noch eigenständigen Altona geworden war. Erst später war es mit diesem mit der Großstadt verschmolzen. Bereits in den zwanziger Jahren des neunzehnten Jahrhunderts hatte es sich vom unbedeutenden Fischerdorf zu einer der bevorzugten Wohngegenden für die wohlhabenden Teile der Hamburger Gesellschaft entwickelt und galt noch heute als eine der besten Adressen Hamburgs.

Die Villa der Clausens war eines der ersten größeren Häuser am Elbhang gewesen. Angeblich, weil einer von Jonas' Vorfahren hier am besten seine Schiffe beobachten konnte, wenn sie in den Hafen einfuhren oder ihn wieder verließen. Auch heute noch war der Blick von der Terrasse seiner Großeltern unverstellt, und man konnte jedes kleine und große Schiff beobachten, welches die Unterelbe hinauf- oder hinabfuhr. Jonas kannte hier jeden Stein, jeden Baum und jeden kleinen Strandabschnitt. Als Kind hatte er kleine, selbst gebaute Schiffe auf die Reise geschickt und stundenlang mit seiner Mutter, weiter unten in Wedel, an der Schiffsbegrüßungsanlage gewartet, dass die großen Containerschiffe passierten. Wenn ein Schiff mit einem lauten »Willkommen in Hamburg, wir freuen uns, Sie im Hamburger Hafen begrüßen zu dürfen« in Empfang genommen wurden, gefolgt von der jeweiligen Nationalhymne des Landes, unter dessen Flagge das Schiff fuhr, bekam er heute noch eine leichte Gänsehaut.

Er wanderte langsam weiter – in wenigen Tagen würde es nicht mehr so beschaulich auf dem Fluss zugehen. Der 828. Hamburger Hafengeburtstag stand bevor, und unzählige Großsegler und Windjammer würden wieder die Elbe hinauffahren. Auch das war ein Ereignis, das Jonas sein Leben lang begleitet hatte und auf das er sich trotz allem etwas freute. Er hatte die Schiffsparade nun einige Jahre verpasst. Hamburg und Schiffe – das gehörte einfach zusammen.

Jetzt atmete er tief die frische Morgenluft ein und versuchte, sich positiv auf den neuen Tag einzustimmen. Langsam fühlte er sich wieder angekommen in Hamburg, auch wenn alles anders war. Für ihn begann ein ganz neuer Lebensabschnitt. Die Villa lag schon in Sichtweite, und Jonas beschleunigte seine Schritte.

Zunächst würde er sich heute das private Arbeitszimmer seines Vaters in der Villa Clausen vornehmen müssen. Ein Ort, der nicht ganz so geschäftlich-neutral war wie das Büro im Kontorhaus. Schon als Kleinkind war er dort über den Dielenboden gekrabbelt, hatte später auf dem Teppich, beim alten Biedermeiersofa, rechts an der Wand, Bauklötze wie Container gestapelt und verladen. Als Teenager war er oft nach der Schule dort gewesen. Dann allerdings nicht zum Spielen, sondern weil er sich nach der Schule ein paar Mark dazuverdient hatte, indem er Akten in die Ablage sortierte … Sein Vater hatte großen Wert darauf gelegt, dass er die Reederei von der Pike auf kennenlernte, hatte in Jonas Kindheit keine Gelegenheit verstreichen lassen, um von der Geschichte und den Geschäften der Reederei zu sprechen. Nur als der Zeitpunkt gekommen war und Jonas in die Reederei hätte mit einsteigen können, da hatte sein Vater ihm keine Verantwortung übertragen wollen. Stattdessen hatte Jonas anderorts noch Erfahrungen sammeln sollen. Was ihn letztendlich in weite Ferne, statt in den Familienbetrieb geführt hatte.

Und nun würde Jonas erstmalig nach dem Tod seines Vaters und als dessen Nachfolger diesen Raum betreten und ab heute dort seiner Arbeit nachgehen.

Es war unumgänglich, denn Jonas wusste, dass auch dort etliche Unterlagen aufbewahrt wurden, die für die Geschäfte wesentlich waren. Dokumente und Daten, die sein Vater benötigt hatte, wenn er so oft abends nach dem offiziellen Feierabend noch weitergearbeitet hatte. Auch diese musste Jonas noch alle sichten. Es war wichtig, dass er sich rasch in alles einarbeitete, um den reibungslosen Ablauf der Geschäfte aufrechthalten zu können.

Wenig später stand Jonas beklommen im Arbeitszimmer seines Vaters. Der ganze Raum quoll über vor Erinnerungen und drohte Jonas die Luft zu rauben. Er brauchte einen Moment, um sich zu fangen. Es half nichts, er musste sich an die Arbeit machen. Jonas seufzte und ließ sich auf den Ledersessel hinter dem großen Schreibtisch fallen. Fast ehrfürchtig legte er seine Hand auf das dunkle Holz. Seit beinahe zwei Jahrhunderten stand das Möbelstück unverrückt hier an diesem Ort. Sein Vater hatte hier gesessen, genau wie sein Großvater und viele Generationen Clausen vor ihm.

Der Gang in diese eher privaten Räume fiel ihm schwer, zumal es hier auch zu den Auseinandersetzungen mit seinem Vater gekommen war, die letztendlich mit Jonas' Fortgang aus Hamburg geendet hatten. Jonas versuchte die Erinnerungen nicht zu sehr an die Oberfläche gelangen zu lassen und nahm die letzten Akten zur Hand, die sein Vater auf dem Tisch hatte liegen lassen.

Kaum hatte er die ersten Papiere durchgesehen, wurde sein guter Vorsatz, straff zu arbeiten, jäh unterbrochen. Jonas hörte das rhythmische Klacken eines Gehstocks auf dem Dielenboden des Flures. Er versuchte, ein Grinsen zu unterdrücken, als sein Großvater Karl-Justus Clausen ganz selbstverständlich, ohne zu klopfen, das Büro betrat. Immerhin hatte er selbst fast vierzig Jahre in diesem Raum gesessen und die Geschäfte geführt. Jonas konnte es ihm nicht verübeln.

»Guten Morgen, Großvater – wie schön, dich zu sehen«, begrüßte er ihn.

»Dir auch einen guten Morgen, Jonas-Franz.« Jonas verzog fast unmerklich das Gesicht. Dass immer der Vorname des Vaters der zweite Vorname des Sohnes wurde, war eine seit Generationen gepflegte Tradition der Familie Clausen. Allerdings nannte ihn außer seinem Großvater weiß Gott niemand mehr Jonas-Franz.

Karl-Justus Clausen war hochgewachsen, seine Haare und sein Bart schneeweiß, sodass er ein bisschen an das typische Bild eines alten Kapitäns erinnerte. Doch zur See gefahren war er nie. Aber sein ganzes Leben hatte sich im Umfeld des Hamburger Hafens abgespielt. Jonas' Großmutter neckte ihren Mann immer damit, dass wohl auch Elbwasser in seinen Adern fließen würde. Seine neunzig Jahre merkte man ihm körperlich nicht an, von dem Gehstock einmal abgesehen, den er seit einem Treppensturz vor über fünfzehn Jahren brauchte. Er kannte immer noch die Namen der großen Containerschiffe, welche den Fluss hinaufkamen. Doch bei anderen Dingen fiel es ihm an manchen Tagen sichtlich schwer, sich zu erinnern. Da konnte die Suche nach der Lesebrille schon einmal länger dauern. Jonas wusste, dass ihnen wohl nicht mehr sehr viel gemeinsame Zeit vergönnt sein würde. Seine Großeltern hatten für ihn etwas Ewiges, der Gedanke, sie auch noch zu verlieren ... Jonas musste sich zwingen, diesen Gedanken schnell beiseitezuschieben.

»Wie ich sehe, hast du dich schon etwas eingerichtet. Was ist denn das alles?«, fragte sein Großvater skeptisch und zeigte auf Jonas' Laptop, der nun noch zusätzlich neben dem alten PC seines Vaters auf dem Schreibtisch stand.

»Ich muss mir einen genauen Überblick über alle Vorgänge und laufenden Aufträge machen, und dazu muss ich erst einmal all das ordnen, was Vater hinterlassen hat. Dazu brauche meinen eigenen Computer, auf dem ich alles speichern kann, was wichtig ist, sodass ich es immer zur Hand habe. Ohne das geht heute nichts mehr.«

»Hm. Nun gut, das wird schon werden.«

Jonas wusste, dass die neumodischen Entwicklungen der Technik seinem Großvater fremd waren. Als er damals die Leitung der Firma übernommen hatte, hatte er seine Korrespondenz noch mithilfe von Briefen und Telegrammen abgewickelt.

»Komm her, ich zeig dir, was man mit dieser unnützen Technik alles tun kann«, forderte Jonas ihn augenzwinkernd auf und öffnete eines der Fenster auf seinem Desktop.

Jonas' Großvater kam mit klackerndem Gehstock um den Schreibtisch herum und stellte sich hinter seinen Enkel.

»Willst du sitzen?«

»Nein, lass mal. Ich sitz unten ohnehin genug rum.«

Jonas deutete auf den Computer. »Schau, da kann man genau verfolgen, wo sich jedes beliebige Schiff auf dieser Welt gerade aufhält.« Es war eine digitale Karte zu sehen. Jonas hatte sie auf die Ansicht des Hamburger Hafens vergrößert, auf der sich viele kleine bunte Pfeile bewegten oder still an den Kaimauern lagen.

»Die Schiffe mit der roten Kennzeichnung – wie da, die Patiu 22 im Finkenwerder Vorhafen, das sind unsere Schiffe.«

Sein Großvater beugte sich vor und besah sich die Karte auf dem Bildschirm. »Hm, schon beachtlich, was es heute alles gibt. Kannst du darüber auch sehen, welche Schiffe in den nächsten Tagen ein- und auslaufen werden?«

»Ja natürlich. Auf die Daten unserer eigenen Schiffe haben wir ja sowieso Zugriff, aber hierüber bekommen wir die gesamten Informationen aller Schiffe im Hamburger Hafen. In vier Tagen kommt die Queen Elizabeth wieder aus Southampton, macht in Hamburg halt und fährt dann weiter nach Fort Lauderdale. Und dann ist ja bald Hafengeburtstag, dann wird es wohl selbst auf dem Bildschirm unübersichtlich.« Jonas lachte kurz leise auf und beobachtete, wie sein Großvater nickte.

»Oh ja, deine Großmutter freut sich auch schon. Machen wir es dieses Jahr wie früher?« Der alte Mann sah Jonas liebevoll von der Seite her an.

»Natürlich – wir essen Käsekuchen auf der Terrasse, wie früher. Hoffentlich spielt das Wetter mit.« Er wusste, dass sein Großvater immer noch eine Schwäche für die großen alten Segelschiffe hatte, auch wenn es sich bei den Geschäften der Reederei seit Jahrzehnten alles um Frachter gedreht hatte.

Karl-Justus Clausen richtete sich wieder auf und reckte sich etwas. Gemeinsam mit seiner Frau bewohnte er das Souterrain der Villa. Die ehemalige Wohnung von Jonas' Vater, in der das Arbeitszimmer lag, in dem sie jetzt saßen, betrat man von der Straßenseite ebenerdig durch eine große, doppelflügelige Jugendstiltür.

An der Seite des Hauses befand sich allerdings ein weiterer Eingang, der in die Privatwohnung seiner Großeltern führte. Die Hanglage am Elbufer machte es möglich, dass dieser Teil der Villa kein dunkler Keller war, sondern eine großzügige helle Wohnung, an deren dem Wasser zugewandten Seite eine Terrasse angebaut war, an die sich ein wunderschöner Garten anschloss.

»Dann kannst du uns ja jetzt immer Bescheid geben, wann ein wichtiges Schiff einfahren wird, jetzt, wo wir es nicht mehr zum Hafen schaffen, um uns die Pläne selbst zu holen.«

»Das mache ich sehr gerne.« Jonas lachte, doch in seinem Herzen gab es einen kleinen Stich. Diese Pläne, von denen der Großvater sprach, die gab es schon seit Jahrzehnten nicht mehr.

Der Blick seines Großvaters wanderte nachdenklich zu den auf einem Regalbrett aufgereihten Buddelschiffen verschiedenster Größen, welche definitiv zu dessen aktiven Arbeitszeit schon dort gestanden hatten. Jonas wusste, dass er jetzt wieder in die Vergangenheit abschweifen würde.

»Diese Schiffe haben bereits die Weltmeere befahren, lange bevor du das Licht der Welt erblickt hast und lange bevor die Kriege unser Land zerstörten.« Karl-Justus Clausen holte tief Luft, und seine Stimme wurde noch etwas kräftiger. »Damals, Anfang des zwanzigsten Jahrhunderts, sind es Luxusdampfer gewesen, welche die Schifffahrt zu ganz neuen Superlativen beflügelt hatten. Da ging es um elitäres und schnelles Reisen. Das war Luxus, so profilierte man sich.« Er deutete mit der Hand auf eine angestaubte Flasche in der, auf kleinen blau-weißen Wellen festgeklebt, das Modell eines ganz besonderen Schiffes zu sehen war.

»Die Kaiser Wilhelm der Große war genau so ein Schiff. Drei Jahre lang, von 1897 bis 1900 war sie der schnellste Dampfer gewesen, der zwischen Bremerhaven und New York verkehrte. Ein wahres Rennpferd des Nordatlantiks. Als erstes deutsches Schiff hat sie das Blaue Band getragen. Ihre Reisezeit von fünf Tagen und zwanzig Stunden war damals schon weniger, als heute die meisten Passagier- und Frachtschiffe brauchen. Und so eng ist sie mit der Geschichte unserer Familie verbunden. Meine Oma Anni … es war eine Tragödie, aber ich packe hier schon wieder die alten Geschichten aus. Du hast zu tun. Ich lasse dich mal weiterarbeiten. Du weißt ja … wenn was ist … frag ruhig.«

»Mach ich. Bis später, Opa.«

Jonas lauschte dem verhallenden Geräusch des Gehstocks und lehnte sich in dem Schreibtischsessel etwas zurück. Hier, auf diesem Stuhl würde er in die Fußstapfen vieler Generationen Clausen-Männer treten. Die Reederei lag in sicherem Fahrwasser, wenn Jonas sich nicht ganz blöd anstellte, konnte im Grunde gar nichts passieren. Er würde sich der Verantwortung, die Reederei zu führen, stellen und ihr gerecht werden.

Doch dazu musste er sich jetzt einen Überblick über die Finanzen verschaffen. Also schloss er die Karte des Hafens auf dem PC und startete das Finanzprogramm. Es gab verschiedenste Anlagen, Fonds, Wertpapiereinlagen und Konten, die sein Vater bei unterschiedlichen Banken im In- und Ausland eröffnet hatte. Hier musste Jonas sich einarbeiten.

Er überflog die Liste der Banken. Deutsche Banken, Banken in Spanien und Übersee. So ganz verstand er nicht, warum das Vermögen der Reederei auf so viele verschiedene Konten verteilt war, doch sein Vater hatte sich sicher etwas dabei gedacht.

Jonas stutzte, als er die roten Zahlen in der Übersicht des ersten Kontos sah. So weit sicher nichts Außergewöhnliches, dachte er sich und ging die Listen weiter durch. Doch die roten Soll-Stände häuften sich. Nur hier und da waren einige Konten noch im Plus. Schnell wurde Jonas klar, dass diese Beträge die anderen Posten bei Weitem nicht ausglichen. Er starrte auf den Bildschirm und ließ sich erschöpft in seinen Stuhl sinken. Das konnte nicht sein! Er fuhr sich mit einer Hand durch die Haare.

Mit den Fonds und Wertpapiereinlagen war es etwas komplizierter, da diese jeweils nach bestimmten Kursen umgerechnet werden mussten, aber auch hier hatte Jonas genug Erfahrung, um die ersten Berechnungen ohne fremde Hilfe machen zu können. Hier sah es ebenfalls nicht gut aus. Sein Vater hatte anscheinend in den letzten Jahren bereits viele Anteile und Wertpapiere verkauft.

Zu guter Letzt warf Jonas noch einen Blick auf das private Konto seines Vaters. Wieder war kaum noch Guthaben vorhanden. Jonas ließ sich geschockt in den Sessel zurücksinken. Er hatte mit allem gerechnet, aber nicht damit, dass die Reederei Clausen auch noch kurz vor dem Bankrott stand.

4. Kapitel

Auf der Nordsee im Juni 1900

Wie ein mächtiges Arbeitspferd schob sich die Kaiser Wilhelm der Große durch die Wellen. Sie nahmen nun Kurs auf Southampton und Cherbourg, um anschließend auf den Atlantischen Ozean zu gelangen. So hatte es der Kapitän Engelbart wohlwollend erklärt, als er die Familie an der Gangway begrüßt hatte.

Anni spürte, wie sich das Schiff unter ihr bewegte. Es war nicht, wie bei einem kleinen Paddelboot auf der Alster, welches meist kleine kabbelige Sprünge über die Wellen machte. Das hatte Anni immer zum Lachen gebracht. Dieser Riese pflügte mit einem langsamen, etwas bedrohlich wirkenden Schwanken durch das Wasser.

Sie stand in der Kabine, umklammerte mit einem Arm ihre Puppe, mit der anderen Hand den Rahmen des Bullauges. »Schau immer schön in die Ferne, dann geht das Schwanken bald vorbei«, hatte ihr Vater gesagt, aber jetzt stand sie schon eine geraume Zeit wie angewurzelt an diesem Platz, und ihr Magen fühlte sich immer noch an, als hätte sie zu viel Pudding gegessen. In der Scheibe des Bullauges sah sie immer wieder schwach ihr Spiegelbild, wenn das Schiff so weit in ein Wellental fuhr, das anstatt des Horizontes das Wasser zu sehen war. Ihre Haut wirkte blass. Die langen braunen Haare, waren mit zwei Schleifen seitlich des Kopfes zu zwei Zöpfen gebunden worden. Heute fühlte sie sich wieder wie ein kleines Kind. Am liebsten hätte sie sich in Marthas Arme geworfen, damit diese ihr mit ihrer rauen, aber liebevollen Stimme die Übelkeit vertrieb. Martha reiste als Mädchen für Anni und ihre Mutter mit der Familie mit. Doch jetzt war Anni allein in der Suite. Ihre Eltern trafen sich in irgendeinem Salon mit Bekannten, und Martha war losgelaufen, um etwas aus der Wäschekammer zu besorgen. Helena und ihr Dienstmädchen Clara waren zu einem Erkundungsrundgang aufgebrochen. Helena war alt genug, dass sie sich auch ohne Begleitung ihrer Eltern frei bewegen durfte, und auf dem Schiff gab es sicher eine Menge zu sehen.

Dieses Schiff war riesig. Unzählige Gänge durchzogen den Schiffsrumpf, eine Treppe hier, eine Stiege dort. Wie tief es hinabging in den Bauch des Kolosses, wusste Anni nicht. Gemeinsam mit ihren Eltern, ihrer Schwestern und den mitgereisten Dienstmädchen, bewohnte Anni eine großzügige Suite auf dem Oberdeck. Es gab Sofas und Chaiselongues, einen großen Arbeitstisch für den Vater. Obwohl der auf dieser Fahrt wohl einmal nicht arbeiten musste. Es gab Badezimmer mit fließendem Wasser und durch die großen Bullaugen konnte man über das Meer blicken. Anni hatte gehört, wie sich die beiden Dienstmädchen hinter vorgehaltener Hand darüber unterhalten hatten, dass es in den Decks der zweiten und dritten Klasse ganz anders aussah. Anni hatte allerdings keine Ahnung, wo diese Decks liegen sollten und welche Passagiere dort untergekommen waren. Sie teilte sich eine Schlafkabine mit Martha. Annis große Schwester hatte derweil ihr eigenes Dienstmädchen. Schließlich war sie schon fast eine erwachsene Frau und sollte bald heiraten. Helena schlief also mit Clara in einer Kabine gegenüber von Anni. Die Eltern nächtigten in der größten Schlafkabine, welche sich an den großzügigen Wohnraum anschloss.

An Deck gab es noch einige Gesellschafts- und Aufenthaltsräume, einen Raucherraum für die Herren, eine Teestube und einen Damensalon. Das Schiff stand in der Ausstattung einem Haus wie dem Hotel Louis C. Jacob an der Elbchaussee in Hamburg in nichts nach. Dennoch wünschte sich Anni jetzt gerade in ein Hotelzimmer mit nicht so schwankendem Boden. Sie versuchte sich abzulenken und überlegte, wen sie von den anderen Gästen wohl kannte. So wie Anni gehört hatte, war nicht nur die Ausstattung luxuriös, sondern auch die Belegung der Kabinen ebenso elitär wie ausgesucht. Viele der Namen, welche bei der Begrüßung gefallen waren, hatte sie schon einmal gehört. Doch zu welcher Gelegenheit, das wollte ihr bei dem Schwanken jetzt gerade nicht einfallen.

Sie war in einem Alter, wo sie als Kind galt und noch nicht in die Gesellschaft eingeführt worden war. Ihr Debüt würde sie wohl mit sechzehn geben, genau wie ihre Schwester es getan hatte. Und vielleicht würde auch sie im Anschluss daran schon bald ihre Verlobung feiern und ihrer Zeit als Ehefrau entgegenfiebern. Doch noch, besonders an so aufregenden Tagen wie den vergangenen, wo sie zunächst mit einer großen Mietdroschke von Hamburg nach Bremerhaven gereist waren, und dort dieses Schiff bestiegen hatten, trug Anni haltsuchend ihre Puppe auf dem Arm.

Anni zuckte vom Bullauge zurück, als Helena und Clara kichernd in die Suite kamen.

»Ich hoffe, Geraldine zieht auf meinem Ball nicht auch so ein fürchterliches Kleid an. Sie sah aus wie ein laufender Staubwedel.« Helena ließ sich lachend auf eins der Sofas plumpsen und spielte mit einer ihrer langen blonden Locken, welche sich aus ihrer gesteckten Frisur gelöst hatte. »Anni, wie geht es dir? Ist dir noch übel?« Sie schenkte ihrer kleinen Schwester einen mitfühlenden Blick. »Das geht wirklich vorbei. Du darfst da nicht so viel drüber nachdenken und vor allem nicht so viel auf die Wellen schauen. Genieße die Reise einfach.«

»Geht schon wieder.« Anni setzte wie beiläufig ihre Puppe auf einem der vielen kleinen Beistelltische ab und strich sich über ihr Kleid. Wenn Helena in ihrer Nähe war, verspürte Anni seit einiger Zeit immer den Drang, etwas erwachsener und weniger kindlich zu wirken. Sie straffte die Schultern, reckte das Kinn etwas und legte auch Spielzeug oder eben ihre Puppe beiseite. Sie vergötterte ihre große Schwester. Deren Haltung, ihr Auftreten und ihre Erscheinung – alles an ihr war perfekt. Anni versuchte jetzt auch immer mehr darauf zu achten, dass sie ebenfalls stets ordentlich gekleidet war, dass die Schleifen richtig saßen und Martha ihr die Haare nicht zu kindlich frisierte. Trotzdem würde sie nie so ein leuchtender, selbstbewusster Stern werden wie Helena. In Annis Augen übertraf sie jede andere an Schönheit, Klugheit und Glanz.

»Geh am besten mit Martha nachher einmal an Deck. Die frische Luft wird dir guttun.«

»Werde ich, Helena.«

»Clara«, Helena wand sich wieder dem Dienstmädchen zu, das mit ernster Miene, aber mit vom aufgeregten Kichern geröteten Wangen gefällig neben Helenas Platz stand. »Du musst die Rüschen an meinem Kleid bitte besonders gut stärken. Ich möchte nicht nach ein paar Stunden flatterig aussehen.« In Helenas Stimme klang ein leichtes Beben mit. Anni fröstelte. Helena gab sich sehr viel Mühe, ihrer baldigen Verlobung mit Gustav Clausen fröhlich entgegenzusehen, doch Anni wusste, dass ihre Schwester sich in Wirklichkeit nicht darauf freute. Seit zur Weihnachtszeit verkündet worden war, dass sich die hochgestellten Hamburger Familien van der Haard und Clausen durch die Heirat ihrer Erstgeborenen vereinen würden, war Helena um einiges stiller geworden und hatte oft mit den Eltern gestritten. Helena kannte Gustav Clausen von Kindesbeinen an. Schon als Kinder hatten sie Zeit miteinander verbracht. Doch bereits damals hatte es Gustav mehr Spaß gemacht, sie an ihren blonden Locken zu ziehen und zu ärgern, als tatsächlich mit ihr zu spielen. Und dabei war Helena noch nicht einmal eines dieser zickigen Mädchen gewesen, die nur mit Puppen spielen und sich die Haare kämmen konnten. Gerne wäre sie mit ihm durch den Garten der Villa Clausen gestrolcht und auf Bäume geklettert, das hatte sie Anni einmal erzählt, als die nicht hatte einschlafen können.

Dass dieser freche Junge eines Tages Helenas Ehemann werden würde, daran hatte Helena wohl nie gedacht. Doch in ihrem Stand war es üblich, dass Hochzeiten arrangiert wurden und mit einer Heirat auch geschäftlich vorteilhafte Verbindungen geschlossen wurden. In diesem Fall war es eindeutig so, dass Helena mit der Wahl ihrer Eltern ganz und gar nicht einverstanden war. Helena sträubte sich sehr gegen diese Verbindung. Anni war noch zu jung und unerfahren, um das alles zu verstehen. Sie spürte nur die knisternde Spannung, die seit der Ankündigung in der Familie herrschte. Es war wie an einem heißen Sommerabend, bevor ein Gewitter hereinbrach. Sie hoffte, dass es nur die Aufregung war und dass sich das wieder legen würde.

Anni fragte sich im Stillen, was für einen Ehemann ihre Eltern wohl eines Tages für sie auswählen würden. Eigentlich war sie sicher, dass diese schon die richtige Wahl treffen würden. Nie würden sie ihren Töchtern etwas Böses wollen. Außerdem war für Anni noch lange nicht die Zeit gekommen. Sie war noch zu jung und auch nur die kleine Schwester von Helena. Gustav Clausen konnte sich glücklich schätzen, so eine wunderhübsche Ehefrau wie Helena zu bekommen. Helena war schlank und gut gewachsen, ihre goldblonden Haare glänzten mit ihren blauen Augen um die Wette. Sie hatte eine hervorragende Erziehung genossen und war außerdem gebildet. Ihr Vater hatte immer Wert darauf gelegt, dass seine Töchter gute Hauslehrer bekamen. Helena sprach ein engelsgleiches Französisch, eine Sprache, die, so fand Anni, viel besser zu ihrer Schwester passte als das plumpe Hamburger Deutsch. Das Englisch war ihr aber auch nicht fremd, und gewandt konnte sie so bei jeder Gelegenheit in Gesellschaft Konversation betreiben. Sie konnte sehr gut rechnen und spielte begnadet auf dem Klavier. Und was Anni am meisten bestaunte, Helena hatte sogar Spaß am Nähen und Handarbeiten. Etwas, womit Anni selbst überhaupt nichts anfangen konnte. Ständig rutschte ihr dabei der Faden aus der Nadel, oder sie setzte die Naht an der falschen Stelle. Dann wiederum stach sie sich in den Finger und verschmutzte den Stoff mit ihrem Blut. Helena hingegen hatte schon hin und wieder ein wunderschönes Kleid für Annis Puppe genäht, wenn etwas Stoff übrig gewesen war und Helena gerade keine anderen Aufgaben gehabt hatte.

Oh wenn Anni doch nur ein bisschen mehr von Helena hätte. Doch ihre Haare hatten die Farbe der Mähne eines Kutschgauls, ihre Augen waren ebenso braun und wie sehr sie auch vor dem Spiegel stand und sie aufriss, sie strahlten nie so wie Helenas. Zudem wurden Annis Hüften jetzt schon etwas breiter und ihre Füße waren deutlich zu groß für ein Mädchen in ihrem Alter. So sehr sie ihre Schwester auch liebte, Anni fühlte sich immer wie eine Magd in ihrer Gegenwart. Sie seufzte leise und lauschte dann wieder dem Gespräch zwischen Clara und Helena.

»Heute Abend beim Dinner werde ich Gustav das erste Mal wiedersehen, nachdem die Verlobung beschlossen wurde. Ich muss unbedingt einen guten Eindruck machen. Soll ich das grüne oder das dunkelblaue Kleid anziehen?« Wieder war da dieses unterschwellige Beben in Helenas Stimme, welches Anni sehr wohl heraushörte, das Helena aber mit einem strahlenden Lächeln zu überspielen versuchte.

Clara neigte den Kopf etwas und schien zu überlegen. »Das Dunkelblaue, ich werde es gleich aufhängen und noch einmal abbürsten.«

»Und du, Anni? Welches wirst du anziehen?« Helena stand auf, kam zu Anni herüber und legte ihr den Arm um die Schultern. »Du sollst doch auch hübsch aussehen, kleine Schwester. Ich finde, für dich passt dein dunkelgrünes Kleid am besten. Das lässt deine Haare wunderschön aussehen.«

Liebevoll strich Helena Anni eine Strähne aus dem Gesicht, die sich vorwitzig aus den Zöpfen gemogelt hatte. Anni musste lächeln. »Wenn Mama es mir erlaubt.«

»Ich rede nachher noch mit ihr – du sollst doch aussehen wie eine junge Dame und nicht wie ein kleines Mädchen.«

Anni krauste kurz die Nase, und Helena stupste sie spielerisch an. »Nun zieh nicht so ein Gesicht. In ein paar Tagen sind wir in New York. New York! Hörst du! In der fantastischsten Stadt auf der Welt. Wir werden dort wundervolle Dinge sehen.« Helena strahlte nun aufrichtig und ehrlich. Das Glück, nach Amerika zu kommen, beflügelte sie und ließ den dunklen Schatten verblassen, den die Aussicht darauf, dann schon die zukünftige Frau von Gustav Clausen zu sein, warf.

5. Kapitel

Hamburg im Mai 2017

Am späten Nachmittag klappte Jonas seinen Laptop zu und schob erschöpft die durchgesehenen Akten auf dem Schreibtisch beiseite. Dann fuhr er sich mit beiden Händen über das Gesicht. Es war kompliziert.

Das, was Jonas heute erfahren hatte, ließ ihn seinen Optimismus von zuvor revidieren. Das Fahrwasser, in dem die Reederei Clausen lag, war keineswegs sicher. Sie hatte ordentlich Schlagseite, wenn nicht sogar schon anständig Wasser im Bug.

Jonas spürte, wie eine leichte Panik in ihm aufstieg. Gab es angesichts dieser Zahlen noch irgendeine Möglichkeit, das Unternehmen überhaupt wirtschaftlich weiter zu führen? Er mahnte sich zur Ruhe, doch er hatte genug Erfahrung, um die Zahlen einschätzen zu können. Es war eine Katastrophe.

Er hatte mit dem Tod seines Vaters über einhundert Jahre Tradition übernommen. Wenn die Reederei unter seiner Führung, aber nicht mal durch seine Schuld, jetzt so schnell untergehen würde, wie die Zahlen andeuteten, würde er sich das nie verzeihen können.

Warum hatte sein Vater nie etwas gesagt? Dieser verdammte falsche Stolz. Er musste etwas unternehmen. Auf keinen Fall durfte er es seinem Großvater antun, dass er miterleben musste, wie die Reederei geradewegs in den Ruin steuert!

Eigentlich liefen die Geschäfte gar nicht so schlecht – zumindest der Auftragslage nach. Aber die gestiegenen Kosten rund um den Transport und die Hafenwirtschaft schlugen sich auch in der Reederei nieder. Es war ein großer Knoten, den es da zu lösen galt, und Jonas war sich bei Weitem nicht sicher, ob er bei der desolaten Finanzlage überhaupt noch etwas lösen konnte. Sein Vater hätte schon vor Jahren die Notbremse ziehen sollen oder sich Hilfe holen. Jonas spürte, wie in ihm die Wut darüber wuchs, dass sein Vater ihn von den Geschäften ausgeschlossen, ihn fortgeschickt hatte. Er hätte vielleicht helfen können. Immerhin hatte er einen frischen Blick auf die Dinge und auch bei Weitem mehr internationale Erfahrung als sein Vater, der immer nur von Hamburg aus agiert hatte. Aber es war müßig, sich jetzt darüber aufzuregen, und heute hatte Jonas auch keine Kraft mehr dafür. Er wollte noch seine Großmutter besuchen, das hatte er versprochen. Außerdem würde ihre Gegenwart ihn beruhigen und erden. Das tat sie immer.

Gerade als er aufstehen wollte, klingelte das Telefon auf dem Schreibtisch. Jonas erschrak und starrte den Apparat an. Dann riss er sich zusammen und nahm ab.

»Clausen«, meldete er sich.

»Jonas? Franz hier, Franz Brenner.«

Jonas erkannte die raue Stimme sofort. Es war der Stallmeister des Gestütes Alsterflut. Neben den Schiffen gab es in der Familie Clausen noch eine zweite Leidenschaft, die für

Rennpferde. Etwas, das in der gehobenen Gesellschaft von Hamburg wohl irgendwie dazugehörte. Einst war es seine Mutter gewesen, die dieses besonders geliebt hatte, und Jonas und seine Schwester hatten als Kinder fast jedes Wochenende auf der Rennbahn in Hamburg-Horn verbracht. Ob sein Vater in den letzten Jahren dem Rennsport weiter treu geblieben war, wusste Jonas nicht. An »Onkel Franz«, wie sie den Stallmeister einst genannt hatten, konnte er sich trotzdem sehr gut erinnern, und er hatte ihn auch, leicht gebeugt und inzwischen am Stock gehend, in den Reihen der Trauergäste auf der Beerdigung seines Vaters gesehen.

»Oh, hallo.«

»Tut mir leid, dass ich stören muss, du … du hast sicher gerade sehr viel um die Ohren, Junge, aber ich wollte dich auf der Beerdigung nicht ansprechen.«

»Ist schon okay. Ich freue mich. Was kann ich für dich tun, Onkel Franz?« Jonas musste lächeln.

»Also, ich weiß ja nicht, ob du es weißt, vermutlich schon, dennoch frage ich lieber … dein Vater hat noch drei Stuten auf Alsterflut stehen. Zwei haben im Januar gefohlt. Die dritte ist schon sehr alt. Wintertanz … kannst du dich an sie erinnern?«

»Die Braune, die meine Mutter damals unbedingt haben wollte?« Jonas war verblüfft, dass es das Tier noch gab.

»Ja, genau. Ist fast dreißig Jahre jetzt das Mädchen. Dein Vater hat es wohl nie übers Herz gebracht, sie fortzugeben.«

Jonas' Herz machte einen holprigen Sprung. Sein Vater hatte nie viel über den Verlust seiner Frau gesprochen, vor allem nicht mit Jonas. Dass er die Pferde in der Familie belassen hatte, wie es sich seine Mutter sicher gewünscht hätte, rührte Jonas sehr.

»Auf jeden Fall wollte ich nur kurz nachfragen, ob die Stuten auf dem Gestüt bleiben werden? Ich weiß ja nicht, ob du dem Rennsport noch zugetan bis. Die beiden Fohlen aus diesem Jahr sind vielversprechend, und dein Vater hatte die neue Bedeckung auch schon in Auftrag gegeben.«

Jonas überlegte kurz. Dass es um die Reederei und vielleicht auch um die Familie gerade nicht so gut stand, war das eine, aber die Tiere gleich abzuschreiben, wo sein Vater sie trotz allem behalten hatte, hielt er spontan für keine gute Idee.

»Franz, ich denke, es bleibt erst mal alles beim Alten. Ich hatte noch keine Zeit, mich um alle Dinge meines Vaters zu kümmern. Aber die Pferde sind ja auf dem Gestüt gut versorgt, und ich werde mir bald Gedanken machen, wie oder was wir mit ihnen machen. Ich … ich war seit Jahren bei keinem Pferderennen mehr, muss ich gestehen.«

Der Stallmeister lachte leise. »Da wird es Zeit, Jonas, die Saison geht gerade wieder los. Lass dich bald mal in Horn blicken. Ich denke, es würden sich viele freuen, dich mal wieder zu sehen.«

»Das werde ich machen, Franz. Danke. Und wenn etwas ist, ruf mich ruhig an.«

Nachdem Jonas aufgelegt hatte, sah er kurz zum Fenster. Also auch noch die Rennpferde. Er musste gestehen, ein wenig freute er sich darüber, dass es sie noch gab, auch wenn sie jetzt gerade eher drohten zu einem weiteren finanziellen Problem zu werden. Der Unterhalt und die Pflege waren teuer, das wusste er.

Als Jonas die Terrasse der Villa betrat, tauchte die hellrot untergehende Frühlingssonne die Elbe gerade in ein sanftes Licht.

»Hey, Omi, wie geht es dir?« Jonas begrüßte seine Großmutter, die in eine Decke eingekuschelt auf einem der Sonnenstühle saß. Die Abendsonne hatte durchaus schon Kraft, aber es wehte von der Elbe her ein leichter Wind.

»Oh, Jonas, wie schön!« Sie streckte ihm ihre Arme entgegen und strahlte über das ganze Gesicht. Catharina Clausen war immer schon eine zarte Person gewesen, doch nun im hohen Alter wirkte sie nach außen hin fast zerbrechlich. Doch Jonas wusste, dass sie innerlich eine robuste, starke Frau war. Ihre Augen versprühten noch immer die alte Lebenslust. Sie war sieben Jahre jünger als ihr Mann, damit allerdings auch schon über achtzig. Jonas hoffte, dass er auch einmal so alt und zufrieden werden würde.

»Komm her, setz dich. Mir geht es gut, aber du siehst müde aus. Wie war dein Einstand im Kontor? Hat dein Großvater dich genervt?«

Jonas musste lächeln ob des Redeschwalls seiner Großmutter und hob entwaffnet die Hände. »Langsam, Oma. Und nein – Opa war da, hat aber natürlich nicht genervt. Mein Einstand im Kontor war unspektakulär.« Er spürte einen leichten Stich. Er wollte nicht lügen, aber seine Großeltern sollten, wenn es irgendwie möglich war, erst einmal nichts von der desolaten Finanzlage der Reederei erfahren. Er nahm sich einen Gartenstuhl und stellte ihn dicht neben den seiner Oma. Diese griff mit beiden Händen nach seinem linken Arm und drückte ihn sanft.

»Ach, ich freu mich immer noch so, dass du wieder in Hamburg bist und jetzt auch noch in der Reederei arbeitest. Deine Mutter wäre so stolz auf dich.«

Jonas lächelte liebevoll. »Ich habe eben mit Onkel Franz gesprochen – du weißt, wen ich meine?«

Seine Großmutter nickte sofort. »Natürlich – vom Gestüt Alsterflut. Dein Vater hat da ja noch unsere Pferde gehabt.«

»Ja, genau. Ich wusste davon gar nichts.«

»Oh, ja, das hätten wir dir auch sagen sollen, aber … in den letzten Wochen ist einfach so viel passiert.« Seine Großmutter machte ein verlegenes Gesicht.

»Na, ist schon gut. Ich freu mich ja, dass sie noch da sind. Sogar die alte Stute von Mama lebt noch.«

»Dein Vater konnte das Tier nie abgeben. Auch wenn es wohl schon steinalt ist inzwischen – so wie ich.« Sie verzog das Gesicht.

»Na, aber gesund wie ein Pferd bist du ja noch.« Er zwinkerte ihr liebevoll zu.

»Willst du … willst du die Pferde verkaufen?«

Jonas schüttelte den Kopf. »Nein, erst mal bleibt alles beim Alten, Oma.«

Sie machte ein erleichtertes Gesicht.

Jonas wechselte das Thema. »Freust du dich schon auf den Hafengeburtstag?«

»Oh ja! Jonas, ich freu mich so, dass wir ihn dieses Jahr einmal wieder zusammen erleben werden. Ich werde auf jeden Fall meinen Käsekuchen backen. Ich selbst, in meiner Küche – da kann sich die Haushaltshilfe noch so auf den Kopf stellen. Weißt du, Jonas, seit Paulina bei uns ist, habe ich gar nichts mehr zu tun. Sie ist wirklich nett und mir ja auch eine Riesenhilfe. Aber ich fühle mich ab und zu ganz schön nutzlos und überflüssig. Ach, aber es ärgert mich, dass ich nicht mehr so kann wie früher. Weißt du noch, wie wir immer gefeiert haben?«

Und ob Jonas sich erinnerte. Die Villa und die Terrasse waren voller Gäste gewesen, es hatte Buffets gegeben und reichlich Sekt und Champagner und den legendären Käsekuchen seiner Oma zum Nachtisch. Doch inzwischen waren fast alle dieser ehemaligen Gäste verstorben. Seine Großeltern die letzten Überbleibsel einer Generation von Hamburgern, die noch voller Stolz die maritime Seele und die tiefe Verbundenheit mit ihrer Stadt gefeiert hatten. Nicht zu vergleichen mit dem Tourismusspektakel im Hafen an sich, welches heutzutage stattfand.

Jonas legte liebevoll eine Hand auf die seiner Großmutter. »Oma, ihr habt so viel in eurem Leben getan, da ist es jetzt doch auch mal an der Zeit, sich etwas auszuruhen. Lasst euch helfen und genießt eure Zeit.«

»Ruhen kann ich, wenn ich tot bin. Und meinen Kuchen mache ich dir zu Ehren dieses Jahr auch noch mal.« Seine Großmutter funkelte ihn mit einem trotzigen Blick an, lächelte dann aber verschwörerisch. Sie nahm ihre Hände von seinem Arm und zog sich ihre Decke wieder etwas höher. »Es werden viele große Windjammer dabei sein dieses Jahr – hast du es gelesen?« Sie wandte ihren Blick Richtung Elbe.

»Ja, habe ich, es wird sicher sehr schön, die ganzen großen Segler mal wieder zu sehen.«

Der Gedanke, wie er seinen Großeltern das Desaster mit der Reederei erklären sollte, schlich sich wieder in Jonas' Kopf. Er musste unbedingt noch mal alles genau durchsehen, er wollte es immer noch nicht wahrhaben. Sein Vater hatte immer mit einem Banker der Bahrenfeld Privatbank zusammengearbeitet. Vielleicht wusste dieser noch mehr Details über die Umstände der finanziellen Lage. Jonas musste zu ihm Kontakt aufnehmen, und zwar schnell.

»Hey, Jonas, hörst du mir überhaupt zu?« Die Stimme seiner Großmutter holte ihn aus seinen Überlegungen.

»Entschuldige, ich war gerade mit meinen Gedanken woanders.«

»Das habe ich gemerkt. Ich fragte, ob du eigentlich jemanden kennengelernt hast da unten in Lissabon.«

Jonas schmunzelte und schüttelte den Kopf. »Nein, Ömchen, tut mir leid.«

Mit gespielter Strenge hob sie einen Zeigefinger »Du weißt, dass ich gerne noch einen Urenkel hätte.«

»Ich gebe mir Mühe, aber ich habe einfach noch nicht die richtige Frau dafür gefunden.« Er zwinkerte ihr zu.

»Ja, die Richtige soll es schon sein, Enkelsohn. Hätte ja sein können ... aber lass dich von einer alten Frau nicht hetzen.«

»Wer hetzt hier wen?« Jonas' Großvater war auf die Terrasse gekommen, allerdings ohne seinen Gehstock, welcher sonst immer untrüglich sein Erscheinen ankündigte.

»Niemand.« Catharina Clausen winkte ab.

»Jonas-Franz, wie war der Tag?« Karl-Justus Clausen richtete sich etwas auf und hielt das Gesicht der Sonne entgegen.

»Sehr gut.« Jonas biss sich verlegen auf die Unterlippe.

»Ach, lass ihn doch, Karl, der Jonas macht das schon.« Seine Großmutter tätschelte Jonas nochmals den Arm.

Jonas schluckte schwer. Angesicht der Lage lastete die Zuversicht seiner Großmutter plötzlich wie eine schwere Last auf seinen Schultern.

6. Kapitel

New York im Mai 2017

Zwei Tage nach dem Desaster um Jay und dem Einbruch war Amely auf dem Weg zum Mittagessen zu ihren Eltern. Es war Sonntag. Sie hatte beschlossen, ihnen von diesen Vorfällen nichts zu erzählen. Sie sollten sich nicht um sie sorgen. Amely war fest entschlossen, ihre Eltern noch mal um Hilfe zu bitten. Das Gespräch würde nicht unbedingt angenehm werden, trotzdem war es die letzte Lösung, die ihr einfiel. Sie wollte in die Selbstständigkeit, jetzt erst recht und das so schnell wie möglich.

Die Liebe zum Kochen hatte Amely von ihrer Mutter geerbt. Marge hatte das Kochen auch nach dem Ende ihrer Karriere nie aufgegeben, und Amely hatte alles, was sie konnte und wusste, von ihr erlernt. Schon als kleines Mädchen hatte sie, mit einer viel zu großen Schürze bekleidet und auf einem Hocker an der Arbeitsplatte stehend, in Schüsseln gerührt. Später hatten Mutter und Tochter oft und gerne für Freunde und Bekannte der Familie gekocht. Amelys Vater war beim Fernsehen gewesen. In dieser Branche war es alltäglich, dass man Gäste im Haus hatte. Kochen und gekonnte Bewirtung gehörte in dieser Familie einfach dazu.

Als Amely vor der Treppe zum Eingang ihres Elternhauses stand, holte sie einmal tief Luft. Die hohe, schmale Fassade, welche charakteristisch für die alten Townhouses in Manhattan war, weckte in ihr gleich alte, liebevolle Erinnerungen. Jetzt wo es auf den Sommer zuging, hatte Amelys Mutter auf den Treppenstufen kleine Blumenkübel aufgestellt, in denen bunte Pflänzchen ihre Köpfe im leichten Wind wiegten. Amely kannte und liebte dieses Haus zu jeder Jahreszeit, ob zu Weihnachten, wenn ihr Vater viele kleine Lichterketten in die Fenster hängte, oder in heißen Sommern, wo die Treppe vor dem Haus ein angenehm kühler Ort war, um etwas zu verweilen oder gar mit den Nachbarn zu plauschen. Es ging noch recht familiär zu in diesen Straßen, und Amely vermisste es manchmal. Das große Haus, in dem ihr Apartment lag, war ein eher anonymer Ort, wo man selten mit den anderen Hausbewohnern in Kontakt kam. Umso mehr freute sie sich trotz allem heute auf einen Sonntag bei ihren Eltern.

Sie hatte noch einen eigenen Schlüssel, und nachdem sie die Tür aufgeschlossen hatte, umhüllte sie gleich ein würziger Duft aus der Küche.

»Mom? Dad? Ich bin da!«, rief sie in das Haus hinein, während sie die Jacke auszog und an die Garderobe hängte.

Marges Gesicht erschien kurz an der Küchentür, welche am Ende des schmalen Flures lag. »Hallo, mein Schatz, komme gleich. Dad ist im Wohnzimmer.«

Amely betrat das Wohnzimmer. Ihr Vater saß mit dem Rücken zu ihr auf einem der zwei großen, mit Kissen überladenen Sofas und las Zeitung. Über ihm stieg eine kleine Rauchwolke empor. Der Duft des Pfeifentabaks überdeckte hier auch den Geruch des Essens. Amely schnupperte kurz und musste lächeln.

»Hi, Dad, ich bin da.«

Ihr Vater drehte den Kopf und nahm seine Lesebrille von der Nase. »Oh, hallo, Liebling, ich hab dich gar nicht kommen hören.« Er legte die Zeitung beiseite und stieß eine größere Rauchwolke aus, dann strahlte er seine Tochter an. »Komm, setz dich, wir haben uns so lange nicht gesehen. Wie geht's dir?«

Amely ging zu dem zweiten Sofa, das dem anderen gegenüberstand und ließ sich in die Kissen sinken. Allein das Wohnzimmer ihrer Eltern war schon doppelt so groß wie ihre eigene kleine Wohnung und dank ihrer Mutter vollgestellt mit allerhand Möbeln, Dekoration und Pflanzen. Neben der Arbeit in der Küche war Inneneinrichtung ein Hobby ihrer Mutter. Diese Leidenschaft hatte Amely allerdings nicht von ihr geerbt. Ihre eigenen vier Wände waren eher pragmatisch eingerichtet, außerdem war ja auch kaum Platz. Wenn sie jetzt die gesunden grünen Pflanzen ihrer Mutter sah, bekam sie gleich ein schlechtes Gewissen. Marge versuchte immer wieder ihr Glück und gab ihrer Tochter ein paar Ableger mit. Doch die letzten waren schon nach wenigen Wochen ganz trocken und braun gewesen. Amely hatte einfach keinen grünen Daumen, und sie goss die Pflanzen zu unregelmäßig.

»Ich hoffe, du hast Appetit mitgebracht. Deine Mutter kocht schon wieder für eine ganze Kompagnie.« Ihr Vater deutete mit einer vagen Handbewegung zur Küche.

Amely nickte »Klar – ich freue mich seit Tagen auf das Sonntagsessen.« Das stimmte, doch heute hatte sie vor Nervosität kaum Hunger. Sie würde sich noch mindestens bis zum Nachtisch zusammenreißen. Zu einem guten Essen gehörte, dass man wichtige Gespräche danach führte. Das war

Gesetz im Hause Thompson. Und diese Regel, sosehr es ihr auch auf der Zunge brannte, würde sie heute nicht verletzen.

Ihre Mutter kam ins Wohnzimmer, wischte sich dabei die Hände an ihrer Küchenschürze ab und breitete dann die Arme aus. »Schön, dass du mal wieder da bist, Amely. Immer nur sonntags mit deinem Vater hier zusammensitzen, ist …«

»Was?« Ihr Vater deutet mit seiner Pfeife und mit dabei hoch gezogenen Augenbrauen auf seine Frau.

»… manchmal etwas langweilig, Matthew. Bis du immer deine Zeitung und deine Pfeife durch hast, ist der Tag ja fast rum.« Marge lachte.

»Ich bin jetzt alt, ich brauche meine Ruhe.« Amelys Vater schürzte die Lippen.

»Alt. Ja, ja.« Marge winkte ab und wandte sich wieder ihrer Tochter zu. »Ich mache Roastbeef …«

»… mit roten Zwiebeln, Thymian, Knoblauch und Rotwein.« Amely lächelte, sie hatte es sofort gerochen. »Du kannst mir gleich noch bei der Beilage helfen.«

»Gern.« Vorsichtshalber warf sie ihrem Vater aber einen fragenden Blick zu.

»Geht ihr ruhig. Ich habe ja noch meinen Sportteil.«

Amely stand auf und folgte ihrer Mutter in die Küche.

Das Mittagessen verlief wie eh und je in der Familie Thompson. Sie saßen zusammen an dem großen Esstisch, welcher in dem Raum neben dem Wohnzimmer stand. Die New Yorker Townhouses standen dicht an dicht mit den Nachbargebäuden. Dadurch hatten die Räume nur zur Straße und zu den Innenhöfen hin Fenster. Die fensterlose Wand, auf die Amely von ihrem Sitzplatz aus blickte, zierte ein Ölgemälde. Ihre Mutter hatte es geschafft, dass der Raum dadurch optisch breiter wirkte. Das große Bild zeigte eine weite Seenlandschaft mit verstreuten Häusern. Amely kannte jeden Baum und jedes kleine angedeutete Häuschen auf dem Gemälde, doch jedes Mal wenn sie es lange nicht betrachtet hatte, suchte sie intuitiv, ob sich nicht doch etwas verändert hatte. Es war ein bisschen, als wenn man in sein altes Heimatdorf zurückkam und misstrauisch nach Neuerungen Ausschau hielt. Heute tat es ihr gut, sich in der Landschaft zu verlieren. Es lenkte sie von ihrer Nervosität ab.

Die Unterhaltung plätscherte dahin. Ihr Vater erzählte von irgendeinem neuen Nachbarn, ihre Mutter berichtete von einem kaputten Fenster und einer feuchten Wand im Obergeschoss, und Amely erzählte etwas zurückhaltend von ihrer Arbeit. Von Jay hatte sie ihren Eltern nie erzählt. Sie waren ja nicht wirklich zusammen gewesen und dass ihre Tochter ab und an das Bett mit einem dubiosen Musiker teilte, mochte sie ihnen nicht auf die Nase binden. Dass er sie jetzt gehörig in die Pfanne gehauen hatte, schon gar nicht. Ein Sonntagnachmittag bei ihren Eltern war genau die tröstende Abwechslung, die Amely jetzt gebrauchen konnte.

Der Braten ihrer Mutter war vorzüglich. Amely ließ sich das zarte Fleisch auf der Zunge zergehen und die herb-süßliche Rotweinsoße harmonierte mit den weiteren Zutaten, ohne die eigentlichen Aromen zu überdecken. Genüsslich zerdrückte Amely die letzte Krokette, um auch den Rest Soße auf ihrem Teller aufzusaugen. Sogar die Kroketten waren selbst gemacht. Dabei hatte Amely ihrer Mutter vorhin noch assistiert. Tiefkühlkost hatte es noch nie gegeben in diesem

Haus. Kartoffeln wurden gekocht, gestampft und mit Salz und Muskat abgeschmeckt und dann die Kroketten fein säuberlich selbst mit einer Spritztüte auf das Backblech gedrückt, bevor sie in den Ofen geschoben und gebacken wurden. Niemals würde sie sie frittieren. Das war in Marges Augen eine Todsünde der Essenszubereitung.

Diese Grundsätze hatte auch Amely übernommen. Natürlich war der Aufwand wesentlich höher, aber es lohnte sich geschmacklich.

»Puh, das war sehr lecker, Mama!« Amely streckte ihre Beine unter dem Tisch etwas aus und lehnte sich zurück.

Ihr Vater legte kurz den Kopf schief. »Du solltest wirklich mehr essen Kind. Du siehst etwas blass und erschöpft aus.«

»Alles okay. Ich hab nur wirklich viel gearbeitet in den letzten Wochen.« War das jetzt schon der Zeitpunkt, um das Gespräch in die richtige Richtung zu leiten? Amely knabberte an ihrer Lippe. Ihre Mutter begann abzuräumen.

»Soll ich helfen?« Amely griff nach einer der leeren Schüsseln.

»Bleib sitzen, du bist heute Gast. Schon schlimm genug, dass du beim Kochen geholfen hast.« Marge nahm ihr zwinkernd die Schüssel ab und nickte. »Möchtest du einen Kaffee oder Tee – ich hab noch eine Überraschung zum Nachtisch.«

»Kaffee bitte.«

Matthew Thompson hob einen Zeigefinger. »Ich nehme heute einen Tee.«

»Bitte, der Herr.«

Amely musste lächeln. Ihre Eltern führten ihre Gespräche manchmal mit einem leicht foppenden, aber dennoch liebevollen Unterton.

Als ihre Mutter in der Küche verschwunden war, beugte sich ihr Vater etwas über den Tisch, Amely entgegen. »Egal was sie uns gleich auftischt – sag bloß, dass es ist lecker ist. Sie hat gestern den ganzen Nachmittag in der Küche gestanden und dabei geflucht wie ein Bauarbeiter.«

Amely grinste. »Ich werde mich bemühen!« Sie hatte nicht viel Angst, dass sie das brauchen würde. Sie konnte sich nicht vorstellen, dass ihrer Mutter in der Küche irgendwas misslang.

Nachdem Marge das Kaffeegeschirr und die Getränke auf dem Tisch platziert hatte, verschwand sie noch einmal in der Küche. Als sie jetzt zurückkam, balancierte sie eine Tortenplatte vor sich her. Stolz stellte sie sie mitten auf den Tisch.

»Schau, was ich gestern noch gemacht habe.«

»Oh – Cheesecake!« Amely bemerkte gleich, dass er etwas anders war als der traditionelle und eigentlich unantastbare New Yorker Cheesecake.

Das Besondere schienen mehrere dünne Schichten einer dunklen Masse zu sein, die die Käsecreme durchzogen. Normalerweise gehörte in New York Himbeer- oder Kirschkonfitüre dazu und diese auch nur oben drauf.

»Neues Rezept? Sieht toll aus.« Amely betrachtete den Kuchen anerkennend und sah dann fragend zu ihrer Mutter.

»Ja, ich hab ganz schön geflucht gestern, die Schichten wollten nicht so recht, wie ich das wollte. Aber ich lasse mich doch von einem Kuchen nicht an der Nase herumführen. Du glaubst nicht, wo ich das Rezept gefunden habe. Ich habe doch vorhin erzählt, dass oben ein Fenster kaputt war. Da hat letzten Winter wohl der Sturm den Rahmen etwas beschädigt und ... dein Vater ... na ja, die Wand war nass, und ich musste die ganze Kammer oben ausräumen. Dort stand noch eine alte Kiste mit Sachen von meiner Großmutter Lizzy. Die hatte ich völlig vergessen. Aber da war noch ein altes handgeschriebenes Rezeptbuch drin, in dem dieses Rezept stand. Da dachte ich, ich probiere es mal aus.«

»Von deiner Granny? Ach.« Amely hatte an ihre Urgroßmutter keine Erinnerungen. Sie war gestorben, als Amely noch ein Baby gewesen war. Trotzdem fand sie es spannend, dass das Rezept für diesen Kuchen vermutlich aus ihrer Feder stammte. Sie stach mit der Gabe die Spitze des Kuchenstücks ab, das ihre Mutter ihr auf den Teller gehoben hatte. Sie ließ die sahnige Creme genüsslich auf ihrer Zunge zergehen. »Wow – das ist lecker. Ist das Pflaume?«

»Ja, ganz feines Pflaumenmus.« Auch Marge ließ sich die ersten Happen bedächtig schmecken.

Dieser Kuchen war eindeutig einer von der Sorte, die nur Mütter oder eben Großmütter backen konnten, das spürte Amely sofort. Diese Art von Geschmack, der sofort Erinnerungen in einem weckte, die man im Herzen trug und nie wieder loswurde.

Amely hielt sich noch einen kurzen Augenblick an diesem Genuss fest, dann richtete sie sich auf und wappnete sich innerlich. Sie musste jetzt mit ihren Eltern reden, denn dafür war sie heute hier.

»Mom, Dad – ich wollte noch etwas mit euch besprechen.«

Ihr Ton war wohl so ernst, dass sich zwei überrascht geweitete Augenpaare auf sie richteten.

Eilig winkte sie ab. »Nichts Schlimmes!«

Ihr Vater ließ seine Kuchengabel sinken. »Na dann? Hört sich aber ziemlich ernst an.«

Amely versuchte, sich jetzt nicht zu verhaspeln.

»Also, ich habe euch doch vor längerer Zeit schon einmal erzählt, dass ich mich gerne selbstständig machen würde …« Sie ratterte ihr ganzes Businessmodell noch einmal herunter. Sie sprach dabei vom The Thompson Quality Catering, als wäre es schon ein existentes Unternehmen.

»… langer Rede, kurzer Sinn. Ich brauche dafür nach wie vor Startkapital. Mom, Dad, deswegen bin ich heute hier. Ich bitte euch, noch einmal darüber nachzudenken, ob es in euren Möglichkeiten läge, mich zu unterstützen.« Amely verhaspelte sich jetzt doch etwas, es klang viel zu förmlich. Aber ein »Bitte gebt mir doch das Geld« war ihr zu plump.

Ihre Mutter saß ganz ruhig mit zusammengefalteten Händen am Tisch und sah ihre Tochter wortlos an. Amelys Vater räusperte sich. »Zumindest kannst du dein Projekt sehr gut vorstellen, Amely.« Er nickte. »Um was für einen Betrag geht es denn eigentlich?«

»Ich werde rund 25.000 Dollar benötigen. Ich würde gerne konkreter in die Planungen gehen und selbst dafür bräuchte ich zunächst Geld. Ihr wisst schon, Businessplan, Unternehmensberatung und all so was … später, wenn es mit einer Bank klappt, na ja so 200.000 Dollar werde ich brauchen.« Jetzt war es raus.

Marge sog scharf die Luft ein und blickte zu ihrem Mann. »Amely, das ist ein stolzer Betrag.«

»Ja, aber es ist ja eine Investition, die Ertrag bringen soll. Mein Unternehmen wird schnell schwarze Zahlen schreiben.«

Ihr Dad neigte den Kopf etwas. »Bist du da nicht etwas zu optimistisch?«

»Dad, ich kenne die Branche, und ich beschäftige mich seit drei Jahren mit nichts anderem als mit meinem Geschäftsplan. Und … ich will damit ja auch nicht untergehen, sondern Erfolg haben.«

Marge griff nach Amelys Hand. »Herzchen, von wem hast du nur diesen Ehrgeiz?«

Matthew Thompson grinste seine Frau kurz an. »Na, wenn ich mich erinnere, wie du gestern mit diesem Kuchen gekämpft hast, wohl von dir.«

»Matt, es geht ja nicht um einen einfachen Kuchen. Das ist schon … eine vierstöckige Hochzeitstorte, was unsere Tochter da backen will.«

Ihre Eltern richteten nun beide wieder ihre Blicke auf Amely und wurden ernst.

»Also, Amely – ohne deiner Mutter jetzt vorgreifen zu wollen – noch immer haben wir den Wunsch, dass du dein Studium wieder aufnimmst und den Abschluss machst. Wenn du das durchziehen würdest, dann könnte man sich später zu gegebenem Zeitpunkt noch mal …«

Amely hob kurz die Hände. »Kein Studium!« Sie versuchte, ihren Puls etwas herunterzufahren und sich zu beruhigen. Das Gespräch durfte jetzt keinesfalls in einen Streit ausarten.

»Dad, wenn ich jetzt noch mal studiere, bin ich dreißig, wenn ich fertig bin. Und in dieser Zeit verliere ich den Kontakt zur Branche. Ich bin jetzt drin in dem Business, und ich will jetzt dort einsteigen. Ich kenne die Gegebenheiten, habe ein Netzwerk, weiß, worauf ich mich einlasse«

Marge räusperte sich. »Allerdings haben wir so viel Geld jetzt auch nicht so einfach flüssig. Das würde dauern, bis wir …«

»Ich verlange ja auch nicht, dass ihr es mir einfach so gebt. Vielleicht würde eine Bürgschaft von euch mir ja doch bei einer Bank weiterhelfen. Aber um dort vorsprechen zu können, brauche ich detaillierte Unterlagen. Wenn ihr mir … nun ja etwas leihen würdet, damit ich das jetzt in Angriff nehmen könnte. Ihr könntet später auch Teilhaber werden, oder ich beteilige euch am Gewinn.« Amely setzte ein versöhnliches Lächeln auf.

Ihr Vater grinste kurz. »Oh Marge, hörst du, unsere Rente ist gesichert.«

»Dad, mir ist das ernst.«

Sein Grinsen fror ein, und sein Gesichtsausdruck sah jetzt eher etwas gequält aus. »Ja, das merkt man. Dennoch möchte ich das gerne mit deiner Mutter noch einmal in Ruhe – und unter vier Augen – besprechen. Also erwarte heute kein Ja oder Nein von uns.«

Amely klatschte innerlich vor Freude in die Hände. »Danke, Dad, natürlich will ich heute keine Entscheidung. Ich wollte einfach nur, dass ihr euch meine Pläne ernsthaft anseht und die Möglichkeiten durch den Kopf gehen lasst.«

»Okay. Jetzt lass uns aber noch ein Stück von diesem Kuchen essen. Marge, ich weiß nicht, was du da für eine geheime Zutat reingetan hast, aber er scheint süchtig zu machen.« Matthew Thompson griff nach der Kuchenplatte und dem Messer. Für ihn war das Thema der Firmengründung für heute beendet.

Amely versuchte sich zu beruhigen. Wenn ihre Eltern jetzt

sagten, sie wollen darüber nachdenken, war sie zumindest schon mal ein ganzes Stück weiter als bei ihrem letzten Gespräch. Das ließ hoffen.

7. Kapitel

Auf dem Atlantik im Juni 1900

Helena hielt den Atem an, als sie am Arm ihres Vaters den Speisesaal der ersten Klasse der Kaiser Wilhelm der Große betrat. Sie hatte kein Auge für die Opulenz dieses Raumes. Innerlich bebte sie. Gleich würde sie Gustav wiedersehen. Sie hasste ihre Eltern dafür, dass sie sie in diese Situation brachten.

»Er ist ein anständiger Bursche, Helena«, hatte ihre Mutter sie beschworen, nachdem ihre Eltern ihr verkündet hatten, dass eine eheliche Verbindung zwischen Gustav und ihr geplant war.

Helena wusste, dass es üblich war, Mädchen aus gutem Hause jung zu verheiraten. Dennoch war sie von dieser Nachricht so überrumpelt worden, dass ihr die Worte gefehlt hatten. Und selbst wenn ihr all das, was sie ihren Eltern im Laufe der vergangenen Monate gerne entgegengeschmettert hätte, damals schon eingefallen wäre – sie wusste, dass es ihre Pflicht war zu heiraten. Sie durfte sich nicht wehren, hatte keine Wahl, als das Beste aus dieser Situation zu machen und sich so gut es ging auf die Rolle als Gustavs Ehefrau zu freuen. Sie gab sich alle Mühe, doch der Verrat ihrer Eltern tat weh. Früher hatte sie immer gehofft und geträumt, dass es bei ihr anders werden würde, dass sie sich vielleicht bereits auf ihrem Debütantinnenball in einen wohlsituierten netten jungen Mann verlieben könnte. Oder ihre Eltern sie zumindest einmal vorher fragen würden, ob sie sich eine Heirat mit dem von ihnen Ausgewählten vorstellen konnte.

Ihr Herz klopfte schnell, als ihr Vater sie nun zwischen den Tischen hindurch an ihren Platz führte. Sie konnte Gustav schon von Weitem sehen. Er saß mit seinen Eltern direkt am Tisch des Kapitäns. Es wurde bereits getrunken und gelacht.

Helena war nicht zum Lachen zumute. Doch sie spürte, wie sich der Griff ihres Vaters an ihrem Arm etwas verstärkte, und ließ ihr aufgesetztes Lächeln noch mehr strahlen. Trotz allem würde sie heute die perfekte Tochter spielen, wie ihre Eltern es sich von ihr wünschten.

Dort war er. Seine dunklen Haare hatte er mit reichlich Pomade zurückgekämmt. Er trug einen auffällig spitzen Schnurrbart, und er lachte schon wieder eindeutig ein bisschen zu laut.

Auch heute war Gustav noch ein Kindskopf. Sie erkannte den frechen Bengel von damals noch genau in ihm. Außerdem kursierten Gerüchte über ihn, er wäre dem Glückspiel nicht abgeneigt und hätte wohl auf der Rennbahn in Horn auch schon einiges an Vermögen gelassen. Gustav war etwa drei Jahre älter als Helena und hatte schon an mehr Debütantinnenbällen teilnehmen dürfen. Dieser alljährliche Ball wurde traditionell auf dem Süllberg im Hotel Rohr abgehalten. Dort im Saal fanden sich im Licht der Kristalllüster junge Paare. Helena hatte allerlei Getuschel gehört, dass Gustav dort nicht unbedingt in seiner Rolle als umschwärmter Heiratskandidat geglänzt hatte. Vielmehr soll er sich allzu sehr an der Bowle gütlich getan und den jungen Backfischen nachgestellt haben. Einige Familien hatten sich wohl schon Hoffnungen für ihre Töchter gemacht, aber Gustav hatte später nur lachend abgewinkt. Es hatte einige peinliche Situationen für die Familie Clausen gegeben. Diesem Gebaren würde nun wohl durch ihre Hochzeit ein Ende gesetzt. Helena war die Auserwählte, und Gustav an einem Punkt, wo er sich dem Willen seines Vaters beugen musste. So weit teilten sie das gleiche Schicksal.

Immerhin sah Gustav einigermaßen gut aus, dachte Helena jetzt. Zumindest würden sie ein schönes Paar abgeben, wenn sie sich in der Öffentlichkeit zeigten. Ganz zum Stolz ihrer beider Eltern. Wie es später hinter verschlossenen Türen zugehen würde, darüber mochte sie noch gar nicht denken.

»Oh – Herr van der Haard.« Sie waren inzwischen am Tisch angekommen, und der Kapitän begrüßte ihren Vater eifrig mit einem Handschlag. Dann trat er an Helenas Stuhl und zog ihn höflich vom Tisch zurück, damit sie sich setzen konnte.

Ihr Platz lag dem von Gustav genau gegenüber, zwischen ihrer Mutter und Anni, sodass Helena während des Essens immer wieder Gustavs Blicke auf sich spürte. Ein einziges Mal sah sie auf und nahm das lüsterne Lächeln wahr, das auf seinen Lippen lag. Das erste Mal in ihrem Leben wünschte sich Helena, dass ihre Familie nicht zum gehobenen Kreis der Gesellschaft gehören würde, denn dann wäre ihr die Ehe mit dem Sohn des Reeders Clausen erspart geblieben.

Familie Clausen saß rechts vom Kapitän. Erst Vater und Mutter, dann Gustav und schließlich am entferntesten Ende dessen jüngerer Bruder Albert.

Der Kapitän erhob sein Glas. »Herr Clausen, Herr van der Haard, lieber Herr Gustav, liebes Fräulein Helena, willkommen auf diesem wunderschönen Schiff. Als Trägerin des Blauen Bandes ist die Kaiser Wilhelm der Große das schnellste Schiff auf unseren Weltmeeren. Ich hoffe, Ihre Unterkunft ist zu Ihrer Zufriedenheit, und Sie können die Fahrt ins Land der unbegrenzten Möglichkeiten ohne Beschwerden genießen.«

Helenas Vater nickte wohlwollend. »Vielen Dank, Herr Kapitän Engelbart. Wir freuen uns sehr auf diese Reise und fühlen uns außerordentlich gut.«

»Dann lassen Sie uns anstoßen. Ich freue mich sehr, dass die Kaiser Wilhelm der Große und ich das wunderbare Ereignis der Vereinigung dieser beiden großen Hamburger Familien miterleben und begleiten dürfen.« Sein Blick blieb kurz an Helena hängen, und er nickte ihr wohlwollend zu.

Peter Clausen, Gustavs Vater, erhob nun ebenfalls sein Glas. »Auf dass unsere Familien einer gesegneten Zukunft entgegengehen.«

Helena konnte sehen, wie glücklich ihre Mutter bei diesen Worten war. Und auch Gustavs Mutter Gabriela Clausen ging es nicht anders. Es war ein gutes Zeichen, dass anscheinend niemand bemerkte, wie sehr Helena mit sich selbst und ihrer Wut kämpfte.

Zwei Tage noch. Helena versuchte weiterhin ihr Lächeln auf den Lippen zu behalten. In zwei Tagen würde der Ballsaal des Schiffes zu ihren Ehren geöffnet und die Verlobung verkündet werden.

»Helena? … Helena?« Es war Annis Stimmchen, welches Helena aus ihren Gedanken riss. Ihre kleine Schwester starrte sie mit hilfesuchendem Blick an, die Speisekarte des Abends in der Hand.

Helena war froh über die Ablenkung. Wenn sie länger über ihre Zukunft nachdachte, würde sie am Ende noch platzen. »Soll ich dir helfen?«, flüsterte sie Anni zu.

»Ich verstehe das alles nicht.« Anni zuckte leicht mit den Schultern und blickte kurz auf die Karte.

Helena nahm sie ihr aus der Hand. Die Beschreibung der einzelnen Gänge waren auf Englisch abgedruckt worden. Anni sprach noch nicht so fließend die englische Sprache. Schnell übersetzte Helena für ihre kleine Schwester.

»Es gibt eine Tomatensuppe, dann Fisch aus dem Ofen à l'italienne, Roastbeef mit Kartoffeln – lass die Bohnen lieber unberührt, dein Magen … du weißt schon. Kleine Hasenkotellets mit Pfeffersoße, Hühnchen, Truthahn. Und zum Nachtisch: Soufflé mit Schokolade, Eis, Früchte und Kaffee.« Helena legte die Karte wieder beiseite und schenkte ihrer Schwester einen liebevollen Blick. »Iss aber nicht zu viel. Wer weiß, wie stark der Seegang noch wird.«

Anni sah aus, als wollte sie lieber gar nichts essen, nickte aber artig.

Der Kapitän erhob sich derweil, um alle anwesenden Gäste mit einer kurzen Ansprache zu begrüßen. Kaum hatte er seine Rede beendet, kamen aus den Tiefen des Servicebereiches, wie an einer Kette aufgereiht, die Kellner und trugen die Suppe auf.

Helena hörte das Stimmengewirr um sich herum. Der Kristalllüster über dem Tisch schwankte bedächtig im Takt der Wellen. Ihr wurde leicht schwindelig. Unter dem Tisch griff sie nach der Hand ihrer kleinen Schwester, die ihr daraufhin ein glückseliges Lächeln schenkte. Für Anni musste es wie eine Geste der Aufmunterung und der Stärke ihrer Schwester aussehen, dabei war es eigentlich Helena selbst, die Halt suchte.

8. Kapitel

Manhattan im Mai 2017

Amely war erleichtert, dass ihr Vater versprochen hatte, er würde mit ihrer Mutter über ihre Existenzgründung nachdenken. Das war immerhin ein guter Anfang. Mit diesem kleinen Teilerfolg konnte sie den weiteren Nachmittag im Haus ihrer Eltern auch etwas mehr genießen. Die Angst und die Nervosität waren verflogen.

Nachdem alle noch ein weiteres Stück Cheesecake gegessen hatten, begaben sie sich wieder auf die Sofas im Wohnzimmer. Amelys Vater nahm wieder seine Zeitung und vertiefte sich in den Sportteil.

»Miss Melly Fox wird doch dieses Jahr noch einmal beim Belmont antreten.« Er sah über den Rand der Zeitung kurz zu Amely. »Kommst du wieder einmal mit?«

Amely musste lächeln. Das Belmont Stake war das Pferderennereignis in New York schlechthin und wurde mit einer großen Rennwoche im Belmont Park auf Long Island gefeiert. Früher waren ihre Eltern jedes Jahr mit ihr zu den Renntagen gefahren. Nicht dass sich ihre Familie die sündhaft teuren Galopper hätte leisten können. Aber ihr Vater traf dort viele wichtige Geschäftspartner aus der Fernsehbranche, und es gehörte einfach dazu, sich zu zeigen. Amely hatte es immer aufregend und spannend gefunden. Doch seit sie in das Arbeitsleben eingestiegen war, hatte sie dieses Event nicht mehr besucht. Vielleicht sollte sie wirklich wieder einmal mitgehen. Wer wusste schon, ob sich dort nicht der eine oder andere geschäftlich interessante Kontakt ergab.

»Also wir werden im Juni dabei sein. Es ist das 150. Belmont Stake, ich denke, das wird eine große Sache.«

»Ich schau mal, ob ich Zeit habe, Dad.« Amely lehnte sich auf dem Sofa etwas zurück, sie fühlte sich so satt und zufrieden wie schon lange nicht mehr.

Marge stand plötzlich noch einmal auf. »Da fällt mir ein, ich wollte dir noch etwas geben.« Sie verschwand, und Amely hörte, wie ihre Mutter die Treppe im Flur emporstieg.

Bald darauf kam sie mit einem Stapel Papier auf dem Arm zurück. »Hier, Matt, wo wir gerade bei den Pferden waren, das interessiert dich bestimmt. Hab ich gefunden, als ich die Sachen da oben weggeräumt habe.«

Ihr Blick war vorwurfsvoll, Amely vermutete, dass ihr Dad wohl nicht sehr aktiv bei der Behebung des Wasserschadens mitgeholfen hatte.

»Oh, alte Rennkataloge.« Er blätterte sofort in einer der alten Kladden. Dabei fiel ein vergilbtes Foto auf den Fußboden. Er bückte sich und wedelte damit herum. »Schau, das war doch Firerest. War nicht deine Granny irgendwie an dem Hengst beteiligt damals?«

Marge nickte. »Ja, es muss auch schon zu ihrer Zeit ein teures Unterfangen gewesen sein, aber es war möglich gewesen, noch selbst im Rennsport dabei zu sein. Heute ... na, wenn man nicht grad Milliardär ist ... Hier, Amely, das wollte ich dir geben.«

Amely beugte sich nach vorne und nahm von ihrer Mutter eine zusammengebundene Mappe entgegen. »Was ist das?«

»Das ist auch noch von meiner Granny. Sind viele alte Rezepte drin in der Mappe. Ich habe gedacht, das interessiert dich vielleicht.« Marge setzte sich neben ihre Tochter.

»Oh, ja klar!« Amely löste vorsichtig das Band, welches die beiden zerschlissenen Pappdeckel zusammenhielt und besah sich das oberste Blatt im Inneren. Es war das Cheesecake-Rezept. Amely musste lächeln. Zaghaft sah sie die weiteren Papiere durch. Es waren sehr alte Zeitungsausschnitte, teils handgeschriebene Rezepte und sogar einige alte Speisekarten, wie man sie wohl früher auf Veranstaltungen für Gäste ausgelegt hatte. »Wow, da sind aber ein paar ganz alte Sachen drin.«

»Ja, ich hab es gar nicht geschafft, es ganz durchzusehen, aber vielleicht steckt da noch irgendwie etwas Inspiration drin.« Marge nickte. »Meine Granny hat wohl auch schon gerne gekocht.«

Amely blätterte weiter. Plötzlich kamen einige Papiere ins Rutschen und plumpsten auf den Boden. »Ups.« Sie bückte sich nach vorne, um sie aufzuheben, dabei rutschte zwischen den Blättern ein etwas kleinerer Umschlag heraus.

»Was ist denn das?« Marge griff vor Amely nach dem Umschlag. Er war sehr vergilbt und hatte einige deutliche braune Flecken.

Amelys Vater sah kurz zu seinen beiden Frauen hinüber, vertiefte sich dann aber wieder in den alten Rennzeitschriften. Kochrezepte waren nicht so sein Metier.

»Schau mal, Amely, der ist sehr alt, dieser Brief, kannst du entziffern, was da steht?« Marge hielt ihr den Umschlag hin. Die Tinte darauf war durch die Feuchtigkeit etwas zerlaufen. Es war eine alte, geschwungene Handschrift, Englisch – aber nicht so, wie man es von alten Texten gewohnt war, als hätte es jemand geschrieben, der eigentlich eine andere Schrift gelernt hatte.

»Puh, kniffelig. Warte mal … Für … meine Tochter … und das soll wohl was mit Notfall heißen.«

»Notfall? Zeig mal. Aber der ist ja noch zu, der Umschlag.«

Amely zuckte mit den Achseln. »War wohl nie ein Notfall. Meinst du, der ist von oder für deine Granny gewesen?«

Jetzt war es Marge, die die Schultern emporzog. »Vermutlich. Es liegt ja bei all den anderen Sachen von ihr. Ich habe den Karton, in dem auch diese Mappe war, damals aus dem Keller von meinem Dad mitgenommen, nachdem er … na ja, ich wollte nicht gleich alles wegschmeißen und hatte immer vor, das irgendwann durchzusehen.«

Amely wog den Brief in ihrer Hand. »Das ist auf jeden Fall was drin. Soll ich …?«

»Ja, mach ruhig auf. Wie gesagt, ich hätte es wohl alles längst schon einmal durchsehen sollen.«

Zaghaft löste Amely die Lasche des wohl über hundert Jahre alten Umschlags. Sie schauderte kurz dabei. Es war spannend. Aus dem Umschlag zog sie vorsichtig zwei Schriftstücke hervor. Es war zum einen ein handgeschriebener Brief mit einigen wenigen Absätzen und ein weiteres Dokument, welches allerdings noch älter erschien als der Umschlag und der Brief.

»Lass mal sehen.« Marge rutschte näher zu ihrer Tochter, und beide beugten sich über das Papier, das Amely in den Händen hielt.

Plötzlich sog Marge scharf die Luft ein und schlug sich die Hand vor den Mund. Dies lockte sogar Matt wieder hinter seiner Zeitung hervor. »Was habt ihr da gefunden? Ein altes Geheimrezept?«

Amely und ihre Mutter reagierten zunächst nicht auf seine Worte, beiden lasen die Zeilen noch mal.

»Denkst du …?« Amely sah kurz zu ihrer Mom und dann wieder auf die Buchstaben.

»Ich weiß nicht.« Diese schüttelte den Kopf. »Zeig mal das andere Blatt.«

Amely hielt es ihrer Mutter hin. »Das kann ich nicht lesen. Was ist das für eine Sprache?«

»Hmm, Matt – schau du mal bitte. Das ist bestimmt wichtig.« Marge reichte das Dokument ihrem Mann. Dieser schob sich seine Lesebrille auf der Nase etwas empor und studierte das Schriftstück. »Das müsste Deutsch sein.«

»Deutsch?«, entfuhr es Amely und ihrer Mutter fast gleichzeitig verwundert.

Er nickte. »Ja, ich glaub schon. Was ist denn das?«

Amely hob den Brief. »Das war hier mit dem Blatt in dem Umschlag, da steht etwas drauf von Notgroschen und war wohl für Moms Granny bestimmt.«

»Und? War Geld im Umschlag?« Er grinste.

Amely schüttelte den Kopf. »Nein, nur das Papier, das du da noch hast. Guck mal, da steht, glaube ich, eine Adresse von einer New Yorker Bank drauf.«

»Das kann ich nicht lesen. Also gut, bis auf die Adresse, ja.« Er gab das Blatt an Amely zurück. »Kannst du das nicht mit deinem Supertelefon übersetzen – die Dinger können so was doch heute.«

»Hm, könnte ich versuchen.« Amely holte ihr Handy aus der Tasche. »Mom, hast du mal einen Stift und ein Stück Papier?« Amely stand auf und setzte sich wieder an den Esstisch, das Dokument vor sich liegend.

Es war mühselig bis fast unmöglich, die alte schnörkelige Schrift zu entziffern. Amely konzentrierte sich zunächst auf die etwas größer gehaltenen Überschriften. Ihre Mutter war derweil in der Küche verschwunden, und Amely hörte dort Geschirr klappern, ihr Vater hatte den Sportkanal eingeschaltet und seine Pfeife neu angezündet.

Mit dem Online-Übersetzer hatte Amely tatsächlich Erfolg. Zwar war die Grammatik der Sätze, die das Programm ausspuckte miserabel, trotzdem war der Sinn verständlich. Plötzlich setzte Amely sich ruckartig aufrecht hin. »Mom? Dad?«

Marge kam aus der Küche zurück. »Hast du was herausgefunden?«

»Ähm ja … ich denke schon.«

»Und was steht da?« Marge beugte sich über Amelys Notizen.

»Ach! Matt? Matt, hörst du mal?«

»Was ist denn jetzt wieder?«

»Amely hat einen Teil übersetzt.« Marge hielt triumphierend das Blatt empor.

»Und?«

»Matt, da steht etwas von einem Golddepot.«

Amelys Vater lachte prustend. »Ja klar.«

»Matt, das steht da wirklich … denkst du …?«

»… dass ihr beide da gerade zwischen den Cheesecake-Rezepten deiner Granny ein altes Familienvermögen gefunden habt? Nein, denke ich nicht. Gibt es überhaupt eine Verbindung nach Deutschland? Deine Granny war doch keine

Deutsche!« Er lachte, schüttelte den Kopf und sah wieder auf seinen Fernseher. »Aber wenn doch, dann hat Amely ja gerade die Lösung für ihr Investitionsproblem gefunden.«

Marge sah nachdenklich in die Luft. »Also, ich weiß nicht. Meine Granny hat mir nicht viel über ihre Familie erzählt. Ob es Kontakt nach Deutschland gab, weiß ich nicht. Damals war immerhin die ganze Welt im Umbruch ... wer weiß ...«

Amely sah zu ihrer Mutter auf. »Denkst du, es lohnt sich, das alles einmal übersetzen zu lassen?«

»Also ich bin neugierig, wieso nicht? Weißt du, wo man so was machen lassen kann?«

Amely nickte. »Ja, wir haben da ein Büro, das übersetzt uns auch die Speisekarten, wenn wir ausländische Gäste haben. Da arbeitet eine junge Frau, die kann das, glaube ich. Darf ... darf ich das mitnehmen?«

»Natürlich.« Ihre Mutter tätschelte ihr liebevoll die Schulter. »Aber wenn da noch was zu holen ist, will ich was abhaben! Dein Vater knausert ja immer so«, fügte sie lachend hinzu.

9. Kapitel

Auf dem Atlantik im Juni 1900

»Oh Helena, du siehst fantastisch aus.« Clara trat einen Schritt zurück und betrachtete Helena eingehend.

Helena sah an sich hinab. Sie trug ihr Verlobungskleid. Es war ein Traum aus champagnerfarbenem Chiffon, am Saum, an den Armen und am Dekolleté mit feinster Brüsseler Spitze abgesetzt. Es schmiegte sich so leicht um ihren Körper, dass sie sich fast unbekleidet fühlte. Helena drehte sich zum Spiegel.

Clara hatte ihr die Haare aufwendig in kleinen Locken hochgesteckt und einige Perlen darin verteilt. Helena erkannte sich fast selbst nicht wieder. Sie sah schon fast aus wie eine echte Braut. In weniger als einer Stunde würde sie so den Ballsaal der Kaiser Wilhelm der Große betreten und ihr Schicksal besiegeln.

»Ist das nicht etwas zu vermessen für eine Verlobung?« Unsicher sah sie zu Clara hinüber.

Clara schüttelte nur den Kopf. »Das Fräulein Helena wird heute alle in den Schatten stellen, und so soll es auch sein. Und als Braut wird sie sich dann selbst übertreffen.«

Helena verzog das Gesicht. Clara wusste sehr wohl, dass Helena nicht besonders glücklich über ihre Zukunft war. Das Verhältnis der beiden jungen Frauen ging über das von Dienstmädchen und Herrin heraus. Sie waren engste Vertraute, Freundinnen, und Helena erzählte Clara alles, was sie bedrückte.

»Hier oben muss ich die Spitze aber noch etwas stärken.« Clara zupfte schon wieder an Helena herum.

»Vielleicht sollte ich einfach über Bord springen.« Helena sah sich immer noch mit starrem Blick im Spiegel an.

»Helena! So was darfst du gar nicht denken. Überleg nur, das teure Kleid«, gab Clara mit einem Grinsen zu bedenken, hielt aber inne, als sie bemerkte, dass Helena es ernst meinte. Zaghaft legte sie der Freundin den Arm um die Schulter. »Helena, du bekommst alles, was eine Frau sich wünschen kann. Nun denk nicht so düster.«

»... was eine Frau sich wünschen kann?« Helena schnaubte. »Gustav mustert mich wie ein Pferd vor dem Rennen. Es ist grässlich. Ich bin nur eine Trophäe für ihn und kann nichts dagegenhalten. Er ist ungehobelt und lüstern.«

»Aber er hat doch einen guten Namen, und die Familie ist so reich. Du wirst in einem traumhaften Haus in Blankenese leben, viele Angestellte haben und ... alles was du dir wünschst.«

»Was ich mir wünsche, sind Freiheit und Selbstbestimmung. Clara, du weißt, wie sehr ich dich dafür beneide, dass du irgendwann einmal heiraten kannst, wen immer du möchtest. Das ist viel mehr wert als jeder Reichtum.«

»Aber nur von Luft und Liebe kann man auch nicht leben. Ich werde nie das Privileg eines guten Namens besitzen, der mir Türen öffnet. Ich werde mir alles erkämpfen müssen, was ich erreichen möchte.« Clara verzog das Gesicht. »Ich würde sofort heiraten, wenn ein reicher Mann um meine Hand anhielte, auch wenn er dick und alt wäre.«

Helena seufzte. Sie hatten über dieses Thema schon so oft diskutiert. Aber das, was für Helena Freiheit bedeutete, war für Clara eher eine Bürde. Dabei ging es ihr als Dienstmädchen bei den van der Haards ja sogar gut. Sie wurde gut behandelt, hatte ein Zimmer im Haus der Familie, und ihr Lohn war ebenfalls nicht schlecht. Trotzdem war sie davon abhängig. Würde sie einmal heiraten, würde sie ihre Stelle aufgeben müssen, und dann wäre es ihr Ehemann, der dafür zu sorgen hatte, dass ihre Familie genügend Einkommen hatte. Natürlich wünschte Clara sich, dass besagter Mann dann nicht arm wäre wie eine Kirchenmaus. Helena wusste das alles, trotzdem machte es sie wahnsinnig, dass ihre Freundin sie so wenig verstand.

»Du siehst einfach nicht, dass ich wie in einem goldenen Käfig lebe!« Sie war so frustriert und verzweifelt, dass sie nicht anders konnte, als ihre Freundin wütend anzufahren.

Clara zuckte nur mit den Achseln, kniete sich nieder und zupfte an Helenas Kleid herum. »Wenn du Glück hast, wirst du schnell langweilig. Schließlich muss er sich um dich dann keine Mühe mehr machen und er kann sich weiter in der Stadt umsehen. Dann hast du deine Ruhe.«

»Und ich sitze dann als einsame Ehefrau in Blankenese, und die Leute reden hinter meinem Rücken über mich?«

»Das werden sie doch ohnehin, schließlich bist du dann die Frau des jungen Reeders Clausen«, gab Clara mit einem Augenzwinkern zurück. »Aber nach dem ersten Kind wird sich das alles legen.«

Helena schauderte. An Kinder und das, was sie dafür tun musste, wollte sie so genau noch gar nicht denken.

Bis kurz vor die Tür des Ballsaals ließ Clara nicht von ihr

ab, zupfte hier an einer Spitze, steckte dort eine Perle wieder fest. Sie hatte es sich zum persönlichen Ziel gesetzt, dass Helena am heutigen Abend einfach perfekt aussah. »Und sollte irgendetwas sein – ich bin den ganzen Abend hinter der Tür zu den Dienstbotenräumen!«, ermahnte sie Helena mehrmals. Clara durfte natürlich nicht mit hinein zur Festlichkeit. Somit würde sie stundenlang auf ihrem Platz hinter einer seitlichen Tür des Saales parat stehen.

Durch die gravierten Scheiben der großen Saaltür konnte Helena schon die hell erleuchteten Kristalllüster sehen. Gäste bewegten sich durch den Raum. Nur schemenhaft sah sie wie Gespenster deren Umrisse. Es spielte bereits leise Musik. Gleich würde es ein opulentes Dinner geben. Sieben Gänge. Helena glaubte nicht, dass sie auch nur einen Bissen herunterbekommen würde. Dazu wurden erlesene Weine aus Frankreich und Italien angeboten, die Gäste würden tanzen und um Mitternacht schließlich würde Helenas Vater sie in die Hand von Gustav übergeben. Es war eine Ehre, dass sie ihre Verlobung hier auf dem schnellsten Schiff der Welt feiern durfte. Sie hätte die glücklichste Frau auf diesem Schiff sein sollen. Stattdessen hätte ihre Laune gar nicht schlechter sein können. Wenn sie ehrlich war, hatte sie sogar etwas Angst. War die Verlobung erst einmal verkündet, gab es kein Zurück mehr.

Vor dem Saal wartete ihr Vater auf sie. An seinem Arm hatte sie das Fest zu betreten, an dem eines Fremden sollte sie es am Ende des Abends wieder verlassen.

Ihr Vater sah glücklich aus. Er trug einen Frack, und seine Augen strahlten, als er seine Tochter erblickte. »Helena, wie schön du aussiehst.« Er bot ihr seinen Arm.

Ihre Mutter und Anni waren bereits im Saal. Helena holte

tief Luft. Zwei Diener mit weißen Handschuhen zogen schwungvoll die zweiflüglige Tür zum Saal auf. Das Licht blendete Helena einen Augenblick. Dann sah sie, wie sich die bereits anwesenden Gäste sofort zur Tür drehten. Helena hörte bewundernde Ausrufe, es wurde getuschelt, manche Frauen klatschten leise vor Begeisterung. Und während man extra ihr zu Ehren einen Gang bildete und eine fröhliche, leichte Musik zum Aufmarsch gespielt wurde, führte ihr Vater sie mit stolz geschwellter Brust zum Tisch. Wie auch die beiden Tage zuvor saßen die Familien Clausen und van der Haard am größten Tisch, den sie mit dem Kapitän teilten. Er salutierte, als Helena und ihr Vater den Tisch erreichten, und Helena bemerkte, wie ihre Mutter sich die Augenwinkel trocken tupfte. Anni sah zu ihrer großen Schwester auf und strahlte über das ganze Gesicht. Helenas zukünftiger Ehemann stand neben dem Kapitän. Auch er lächelte, aber es lag keine Freude darin, sondern Genugtuung und Besitzerstolz. Heute würden nicht ihre Väter die Plätze neben dem Kapitän einnehmen, sondern Helena und Gustav. Helena fühlte sich wie in Trance. Jetzt war der Zeitpunkt gekommen, an dem sie nicht mehr zurückkonnte.

Wie in Zeitlupe schienen die Stunden zu vergehen. Helena konnte den Gesprächen um sie herum nicht folgen und sich nicht auf die vielen Gäste konzentrieren, die kamen, um ihr noch vor Mitternacht Glück für die Zukunft zu wünschen. Die Tänze, an denen sie aus Höflichkeit teilnehmen musste, überstand sie nur mit sehr viel Mühe und Willenskraft. Ihre ersten Tänze schenkte sie dem Kapitän und ihrem Vater. Sie beide waren gute Tänzer mit sicherer und doch sanfter Führung. Helena kannte die Tanzschritte im Schlaf, so folgte ihr Körper ganz selbstständig der Musik. Dann tanzte sie einmal mit ihrem zukünftigen Schwiegervater, und beim nächsten Tanz konnte sie nicht anders, als Anni den Gefallen zu tun, sie auch einmal auf das Parkett zu führen. Schließlich sollte die Arme nicht den ganzen Abend nur danebensitzen und zusehen müssen.

Kurz vor Mitternacht stoppte die Musik, und der Kapitän bat um Ruhe. Außer Helena, Gustav und ihren Eltern zogen sich alle Gäste von der Tanzfläche zurück und bildeten einen Kreis um die Hauptpersonen des Abends.

Der Kapitän räusperte sich. »Es ist mir eine große Ehre, in der heutigen Nacht, auf diesem Schiff diese Botschaft offiziell verkünden zu dürfen. Zwei angesehene Hamburger Familien, die der Schifffahrt seit so vielen Jahren so eng verbunden sind, werden sich heute hier miteinander vereinen.« Er nahm mit der linken Hand die rechte von Gustav und mit seiner Rechten die linke von Helena. Helena versuchte ihr Zittern zu unterdrücken und kämpfte gegen das Schwindelgefühl in ihrem Kopf.

»Hiermit verkünde ich die Verlobung von Herrn Gustav Clausen mit dem wunderschönen Fräulein Helena van der Haard! Möge diese Verbindung fruchtbar werden und allzeit eine Handbreit Wasser unter dem Kiel haben.« Er legte Helenas Hand in die von Gustav und Helena spürte wie dieser sofort schmerzhaft zudrückte, während der Kapitän einen Schritt zurück und die Verlobten aufeinander zu traten. »Und jetzt, lassen Sie uns gemeinsam für einen Moment nach draußen an Deck treten. Ich habe noch eine kleine Überraschung für das junge glückliche Paar.« Kaum waren alle vor den Türen des Saales an der Reling versammelt, entzündete sich ein fulminantes und eindrucksvolles Feuerwerk aus bunten glitzernden Lichtern. Begeistert klatschten die Gäste und gratulierten dem jungen Paar noch einmal.

Auch Helena war beeindruckt von der Pracht des Schauspiels, und doch schien es ihr, als sähe sie ihre Träume in der Luft verglühen. Nachdem nur noch der Qualm der Raketen wie Nebel über dem Wasser hing, rief der Kapitän: »Musik! Musik!«, und wieder bildete sich hier auf dem Dielenboden des Außendecks ein Kreis um die Verlobten.

Gustav zog Helena an sich, um sich in den ersten Schritt ihres ersten gemeinsamen Tanzes zu drehen. Der Moment hätte nicht romantischer sein können, doch Gustav griff so fest zu, dass Helena schmerzerfüllt das Gesicht verzog.

»Aua!«

Er umfasste sie noch fester, sie konnte die Stärke seines Armes wie einen Schraubstock um ihre Taille spüren.

»Jammerst du jetzt schon? Du wirst bald meine Frau sein, komm mal her, ich will schließlich wissen, was mich erwartet.« Ungebührlich tief lag seine Hand auf ihrem Rücken und presste sie an ihn. Er roch so stark nach Alkohol und Zigarrenrauch, dass Helena übel wurde.

10. Kapitel

Hamburg im Mai 2017

Jonas saß erneut in dem Büro seines Vaters in der Villa. Später am Tag hatte er einen Termin mit dem persönlichen Berater der Reederei Clausen bei der Bahrenfeld Privatbank. Es gab jetzt nichts Wichtigeres, als sich darum zu kümmern, dass die Finanzen der Reederei wieder ins Reine kamen. Vielleicht würde Herr Keller ihm mit einer Lösung weiterhelfen können.

Doch bis 14 Uhr hatte Jonas noch Zeit, und die wollte er so gut wie möglich nutzen. Also hatte er sich vorgenommen, den Schreibtisch seines Vaters aufzuräumen. Alle Unterlagen, die für das laufende Geschäft von Bedeutung waren, würde er mit in das Büro im Kontor nehmen. Die privaten Dinge seines Vaters wollte er allerdings vorerst noch nicht sortieren. Dafür würde er vermutlich mehr Zeit als einen halben Tag benötigen.

Zaghaft legte er seine Hände auf die Platte des wuchtigen Schreibtisches. Allein dieser hatte links und rechts an den Seiten mehrere große, tiefe Schubladen. Am besten fing er damit gleich an. Er zog vorsichtig an einem der obersten Griffe. Wie erwartet war die Schublade schwer und bis oben hin voll mit Papieren. Jonas nahm beherzt den ganzen Stapel heraus und positionierte ihn vor sich auf der Tischplatte. So ordentlich sein Vater sein Büro im Kontor gehalten hatte, hier in seinen privaten Räumen schien er es mit der Sortierung der Akten nicht so genau genommen zu haben. Jonas erkannte auf den ersten Blick, dass hier private und geschäftliche Rechnungen durcheinander aufbewahrt wurden. Seufzend machte er sich daran, den Stapel zu sortieren.

Je weiter Jonas sich in den Schubladen nach unten arbeitete, desto älter wurden auch die Papiere. Bei der ganz untersten Schublade hatte er sogar Schwierigkeiten, sie zu öffnen.

Jonas kniete sich auf den alten Dielenboden und versuchte die Lade ganz aus ihrer Führung herauszuziehen. Es fühlte sich an, als wäre sie verkantet oder ganz hinten etwas eingeklemmt. Jonas ruckelte vorsichtig und zog dann kräftig. Die Schublade gab nach, und er hörte, wie beim Herausziehen in der Führung noch Papier raschelte. Er beugte sich weiter vor und steckte seinen ganzen Arm in die Öffnung. Hervor zog er einen weiteren Stapel ziemlich alten und zerknitterten Papiers. Es musste schon viele Jahrzehnte hinter dieser Schublade gesteckt haben. Schon die Papiere in der Schublade waren uralt. Sie stammten noch von seinem Großvater, das erkannte Jonas an der Handschrift. Doch die, die er jetzt in der Hand hielt, waren wesentlich älter. Er zog sich am Schreibtisch hoch und ließ sich wieder auf den Stuhl fallen. Die Papiere waren teilweise zerknittert und einige Ecken eingerissen. Jonas glaubte nicht, dass sie für das aktuelle Tagesgeschäft noch Bedeutung haben könnten, doch sie machten ihn neugierig. War das ein Reichsadler da auf einem der Umschläge? Er zog eines der alten Couverts aus dem Stapel der restlichen Papiere. Dabei blieb er hängen, denn es steckte in einem Bündel Briefumschläge, die mit einem Bändchen zusammengehalten wurden. Sie sahen noch verschlossen aus, und verdutzt bemerkte Jonas, dass als Absender die Adresse ihrer Blankeneser Villa zu lesen war. Das sah eher nach privater Post aus als nach geschäftlicher. Als Jonas vorsichtig das Band löste, konnte er auch die Daten auf dem obersten Umschlag lesen. Der Absender war in der Tat dieses Haus, als Empfänger stand dort die Adresse einer Clara Hauser in New York. Die Post war zurückgeschickt worden. Unzählige Stempel zierten das Papier. »Undeliverable« stand dort – unzustellbar. Jetzt packte Jonas erst recht die Neugier, und er öffnete den ersten Brief.

Er war handgeschrieben in einer sehr alten schnörkeligen Schrift. Jonas musste sich ungemein konzentrieren, die Buchstaben und Wörter zu entziffern. Der Brief begann mit den Worten »Meine geliebte Schwester«.

Jonas sah kurz verwundert auf das Datum. Es lautete 1932. Jonas stieß einen leisen Pfiff aus. Der Brief war wirklich alt. Da sein Großvater keine Schwester gehabt hatte, musste er wohl aus der Generation davor stammen. 1932 war Karl-Justus Clausen noch ein Baby gewesen. Jonas las als Nächstes die Unterschrift: »In Liebe Deine Anni«. Wer war Anni? Er versuchte den Namen in den Erinnerungen über seinen Familienstammbaum zu finden. War es gar die Oma Anni, von der sein Großvater die Tage noch gesprochen hatte? Jonas versuchte sich zu erinnern. Aber diese Anni hatte sicher keine Schwester namens Clara gehabt, und der Name Hauser sagte ihm auch nichts. Das war etwas verwirrend. Jonas öffnete einen Brief nach dem anderen. Viel erfuhr er nicht daraus. Die Schrift war manchmal nicht entzifferbar und das, was er lesen konnte, bezog sich auf den Alltag vor fast hundert Jahren. Es fühlte sich merkwürdig an, diese alten, sehr privaten Zeilen zu lesen. Diese Anni hatte es wohl nicht leicht gehabt. Erst als Jonas den letzten Brief aus dem Couvert geholt hatte, stutzte er. Dies war kein persönlicher Brief, sondern anscheinend ein offizielles Dokument. Hier konnte er einige Sätze klar erkennen, in denen es um die Reederei ging. Aufgeregt las er weiter. In so einem alten Schriftstück von seiner aktuell noch existenten Firma zu lesen, berührte Jonas. Die lange Familientradition und das Bewusstsein, wie lange das Unternehmen schon existierte und florierte, waren plötzlich wieder gegenwärtig.

Nachdem Jonas das Schriftstück studiert hatte, richtete er sich auf, sah zum Fenster und dann wieder zurück auf das Papier. Das Dokument stammte aus dem Jahr 1914, und es schien, als sei es der Reederei Clausen damals sehr gut gegangen. Ein leicht verächtliches Lächeln huschte über Jonas Gesicht. Er las etwas von einem Golddepot, welches in New York angelegt worden war. Es musste eine wahrlich goldene Zeit gewesen sein. Jonas gab sich kurz einen Moment lang dem Traum hin, dass dieses Dokument vielleicht noch werthaltig sein könnte. Trotzdem war er sich bewusst, dass das nach all der Zeit mehr als unwahrscheinlich war. Er seufzte und entschied, es am Nachmittag mit zur Bank zu nehmen und es Herrn Keller zu zeigen. Vielleicht hatte es irgendeinen historischen Sammlerwert.

Dicke Regentropfen rannen am Nachmittag an den Scheiben von Jonas' Auto hinab, und die Scheibenwischer hatten schwer zu kämpfen, was sie hin und wieder mit einem gequälten Quietschen zu bemängeln schienen.

Jonas lenkte seinen Wagen durch die schmalen Straßen von Blankenese. Hier war alles noch etwas gediegener als im Rest von Hamburg. Zwischen den altehrwürdigen Jugendstilvillen im Treppenviertel waren etwas weiter oben im Ort neue luxuriöse Villen gebaut worden. Wer hier wohnte, brauchte sich meist keine Sorgen um die Kosten für den Unterhalt dieser Häuser zu machen. Die Grundstückspreise waren hoch wie nie zuvor und die Liste der wohlhabenden Interessenten, die auf die Möglichkeit warteten, hier sich hier niederzulassen, war lang. Schließlich gab man ein Haus in Blankenese nicht einfach auf. Wie die Villa Clausen waren viele der alten Gebäude schon seit Generationen in Familienbesitz, und wenn es Jonas irgendwie möglich war, würde er dafür sorgen, dass das bei seinem Elternhaus auch weiterhin so blieb.

Er war auf dem Weg zu seinem Termin mit Herrn Keller von der Bank. Mit ihm würde er alle bestehenden Möglichkeiten zur Rettung der Firma besprechen müssen. Außerdem würde er, wenn noch Zeit war, fragen, ob der Bankmitarbeiter etwas über die alten Dokumente wusste, die Jonas im Schreibtisch gefunden hatte. Natürlich waren sie bereits über hundert Jahre alt, doch die Reederei Clausen war bereits seit vielen Jahren Kunde der Bahrenfeld Bank. Vielleicht lagen ja auch hier noch irgendwo Unterlagen zu der Transaktion, die damals getätigt worden war.

Etwa eine Viertelstunde später saß Jonas auf einem leicht durchgesessenen Bürostuhl. Trotz seines Alters sah man ihm noch immer an, dass er angeschafft worden war, um wichtigen und gutbetuchten Kunden unangenehme Gespräche über Geld etwas zu erleichtern. Auf der anderen Seite des wuchtigen

Schreibtisches saß Herr Keller. Wie so vieles, was mit der Reederei zu tun hatte, kannte Jonas auch Herrn Keller schon seit Kindesbeinen. Der Mann kannte die Familie und das Unternehmen genau.

»Hallo, Herr Clausen. Auch wenn wir uns für diesen Moment wohl beide schönere Umstände gewünscht hätten, freue ich mich, Sie als neuen Geschäftsführer der Reederei Clausen begrüßen zu dürfen. Sicher möchten Sie sich vorerst mal einen Überblick darüber verschaffen, was im Unternehmen so los ist und wo Sie gerade stehen. Ich hoffe, der Wechsel vom warmen und sonnigen Lissabon ins Hamburger Schietwetter macht Ihnen nicht zusätzlich zu schaffen, und Sie konnten sich bereits wieder ein wenig einleben.« Während er sprach, goss er Jonas eine Tasse Kaffee ein und nahm sich dann selbst.

»Danke«, sagte Jonas und griff nach der Tasse, bevor er antwortete. »Ja. Trotz allem ist es schön, wieder hier zu sein. Ich freue mich auf die Herausforderungen, die mich in der Reederei erwarten, und ich habe mich auch bereits ein wenig in die Unterlagen eingearbeitet.« Jonas lächelte leicht. »Aber wie Ihnen sicher klar ist, brauche ich Ihre Hilfe.«

Herr Keller nickte bedächtig. »Ja natürlich. Ich werde Ihnen gerne alle Fragen beantworten.«

»Was ist passiert?«, wollte Jonas wissen. »Wie konnte es überhaupt dazu kommen, dass wir mit der Reederei so sehr ins Minus kommen konnten? Und warum hat mein Vater nicht schon längst gehandelt gehabt?«

»Nun, Herr Clausen, Ihr Vater hat leider in den letzten Jahren nicht oft unseren Rat gesucht. Wir haben ihn mehrmals darüber informiert, dass es zu massiven Einbrüchen bei den Umsätzen gekommen ist. Leider … mussten wir ihm dann auch später seine Kreditanfragen ablehnen. Wäre er eher auf uns zugekommen, hätten wir das Schiff vielleicht noch gemeinsam geradelegen können.«

»Er hat sich bereits um einen Kredit bemüht?« Jonas sah den Banker verblüfft an. »Dann hat er doch gewusst, wie es um die Firma stand.«

»Natürlich hat er das. Aber Ihr Vater war auch ein sehr stolzer Mann. Als er schließlich auf uns zukam, konnten wir nichts mehr tun. Sie verstehen, Herr Clausen, dass wir uns auch an die Richtlinien unseres Instituts halten müssen.«

»Und ich sitze jetzt mit dem Schlamassel da.« Jonas strich sich kurz nervös über das Haar. Das war alles nicht gut, gar nicht gut.

»Und zu welchem Ergebnis kommen wir nun unter dem Strich? Können Sie dazu etwas sagen?«, hakte Jonas nun nach.

»Unter Ausschluss der privaten Konten der Familie und unter der Annahme, dass die offenen Kundenrechnungen noch getilgt werden …« Er starrte einen Augenblick auf seinen Bildschirm, machte einige Mausklicks und sah Jonas dann wieder in die Augen. »… kommen wir auf einen Betrag von achthunderttausend Euro. Wird dieser Betrag nicht im Laufe des Jahres irgendwie aufgefangen, befürchte ich, dass sie um eine Insolvenzanmeldung nicht herumkommen.«

Jonas schluckte, obwohl er genau diesen Satz befürchtet hatte. »Dann kommen wir zumindest zu einem ähnlichen Ergebnis.«

»Es tut mir sehr leid, dass ich Ihnen keine positivere Nachricht überbringen kann. Ihr Vater hat wirklich versucht, aus diesem Loch herauszukommen. Es gab im vergangenen Jahr sogar einen Kaufinteressenten für die Reederei. Ich habe geraten, dessen Angebot anzunehmen. Doch Ihr Vater …«

»Verkaufen ist keine Option!«, rutschte es Jonas heraus.

Herr Keller lächelte jetzt leicht. »Ja, das hat Ihr Vater auch gesagt.«

»Dann sollten wir sehr zeitnah über die Möglichkeiten reden, die uns noch zur Verfügung stehen, um dieses Loch, wie sie es nennen, zu stopfen. Gibt es eine Chance für mich als neuen Geschäftsführer, noch einmal neu mit der Bank zu verhandeln?«

»Ich werde mit unserem Vorstand darüber sprechen. Aber so leid es mir tut, Herr Clausen, ich befürchte, Sie werden einen Teil des Geldes anderweitig aufbringen müssen. Ich glaube nicht, dass unser Institut in eine Vollfinanzierung einwilligt.«

Jonas unterdrückte einen Seufzer. Auch das hatte er befürchtet. Aber selbst ein Teilbetrag wäre schon eine Erleichterung, obwohl er keine Ahnung hatte, wo er den Restbetrag auftreiben sollte. Doch er musste jetzt jeden noch so dünnen Strohhalm ergreifen.

»Ich danke Ihnen, Herr Keller. Ich werde Ihnen meinen neuen Finanzplan so bald wie möglich vorlegen. Ich hoffe, die Bahrenfeld Bank möchte mich auch weiterhin noch als Kunden behalten.«

»Wir werden sehen, was wir tun können, Herr Clausen.«

»Danke, Herr Keller. Ich habe übrigens noch ein sehr altes Dokument zwischen den Firmenunterlagen im Schreibtisch meines Vaters gefunden. Falls Sie noch ein wenig Zeit übrig haben, würden Sie es sich einmal ansehen?«, leitete Jonas ein und holte die alten Schriftstücke aus seiner Tasche. »In diesen wirklich alten Papieren steht etwas von einem Vermögen, das eine Annemarie Clausen nach Amerika transferiert haben muss. Die Umschläge sind an eine Clara Hauser adressiert, scheinen allerdings nie bei ihr angekommen zu sein – es ist ein Rücksendestempel darauf. Annemarie Clausen war meine Ururgroßmutter. Mein Großvater spricht von ihr immer als Oma Anni. Ich weiß, die Briefe sind wirklich schon sehr alt – der älteste stammt aus dem Jahr 1914 –, und wenn ich ehrlich bin, glaube ich selbst nicht recht dran, dass es noch eine Spur gibt, die sich zu verfolgen lohnt. Die Transaktion muss ja auf dieser Seite des Kontinents irgendwie veranlasst und bestenfalls dokumentiert worden sein. Deshalb sind Sie meine letzte Hoffnung. Könnte es eventuell sein, dass die Bank noch Unterlagen aus dieser Zeit gelagert hat? Natürlich ist mir klar, dass keine Daten so lange aufbewahrt werden müssen, und in Anbetracht all der geschichtlichen Ereignisse, die seither stattgefunden haben, auch nicht immer konnten. Trotzdem dachte ich mir: Einen Versuch ist es wert.«

Herr Keller nahm Jonas die Briefe aus der Hand. Jonas schöpfte eine leise Hoffnung, als er sah, mit welch bedächtiger, fast schon ehrfurchtsvoller Vorsicht sein Bankberater sie aus ihren Umschlägen zog. Genauso hatte Jonas sich auch gefühlt, als er sie am Abend vorher gefunden hatte.

»Entschuldigen Sie, aber so alte Schriftstücke sieht man wirklich nicht oft. Und dann zu wissen, dass sie jemand verfasst hat, zu dem man in gewisser Weise eine persönliche Verbindung hat, wenn man das so nennen kann, das ist schon etwas Tolles, finden Sie nicht? So, sehen wir mal. Da kann mir der Computer jetzt natürlich nicht mehr weiterhelfen. Das hier ist auf jeden Fall der Bestätigungsschein einer Depoteinlage«, kommentierte Herr Keller das wichtigste Schriftstück. Jonas schien mit dem alten Dokument den richtigen Nerv bei dem Banker getroffen zu haben. »Ich weiß, dass wir in einem der Schränke noch sehr alte Unterlagen unserer wichtigsten Stammkunden aufbewahren. Vielleicht kann ich da einen Hinweis finden«, sagte er, erhob sich und verschwand in einem der Hinterzimmer.

Einige Minuten später kam Herr Keller mit einer Aktenkiste voller alter Unterlagen der Firma Clausen zurück.

»Ach, Herr Clausen, da haben sie aber wirklich ein schönes und nicht ganz uninteressantes Dokument gefunden.«

Jonas horchte auf.

»Also, ich habe das nun gerade noch mal von meinem Kollegen kontrollieren lassen. Aufgrund der uns vorliegenden Daten spricht nichts dagegen, dass dieses Depot noch Bestand hat. Ich konnte keine Auflösungsurkunde finden – so etwas hätte im Optimalfall bei uns eingehen müssen. Natürlich kann ich nichts versprechen, aber vielleicht haben Sie mit ein bisschen Glück einen ganz besonderen Fund gemacht. All die Jahre dürften dieses Depot nicht angegriffen haben, wenn es wirklich noch in New York existiert. Natürlich kann unsere Abteilung aufgrund der Einlagedaten nur eine Schätzung abgeben, aber der aktuelle Wert dieser Papiere dürfte sich auf circa …« er machte eine bedeutungsschwere Pause, »… auf rund eine Million Euro belaufen.«

Jonas riss die Augen auf. »Wie bitte? Da könnte wirklich noch Vermögen liegen? Das … das wäre ja meine Rettung.«

Der Blick, den Herr Keller Jonas zuwarf, war mahnend. »Freuen Sie sich bitte nicht zu früh. Wie gesagt, nur weil ich dazu kein Dokument vorliegen habe, heißt es nicht, dass das

Depot noch intakt ist. Ehrlich gesagt, habe ich so was auch noch nie erlebt. Sie sollten auf jeden Fall mit der zuständigen Bank in New York Kontakt aufnehmen. Und das ist leider nicht so einfach. Das Depot wurde personenbezogen eingerichtet. Auch wenn dies vor vielen Jahren geschehen ist, hat es immer noch Bestand. Es kann also nur die betreffende Person oder – was wohl in diesem Fall wahrscheinlicher ist – die rechtmäßigen Erben oder eine sonst wie zugangsberechtigte Person darauf zugreifen. Nur im Falle, dass es keine rechtmäßigen Nachkommen des Erblassers gibt, würde die Reederei wieder Zugriffsrechte bekommen.«

Jonas fuhr sich gequält mit beiden Händen durch die Haare. »Ach, das kann doch nicht sein. Aber das wäre wohl jetzt auch zu einfach gewesen.«

»Leider ist es so, Herr Clausen.«

»Und wer ist diese ominöse Person, zu deren Gunsten damals dieses Depot eingerichtet wurde?«

»Leider kann ich die genauen Daten nicht einsehen. Hier steht nur ein Name – Clara Hauser –, aber den Namen hatten sie ja bereits. Um mehr herauszufinden, müssten Sie sich bitte direkt an die Bank of New York Mellon Corporation wenden. Es gibt eine Filiale in Frankfurt, vielleicht kann man Ihnen dort genauere Auskunft geben.«

Draußen vor dem Bankgebäude holte Jonas erst einmal tief Luft. Es war vielleicht noch nicht völlig aussichtslos, die Firma zu retten, er müsste nur einen Weg finden, an dieses Geld zu kommen. Es ärgerte ihn, dass die Reederei keinen direkten Zugriff hatte. Andererseits konnte er sich nicht vorstellen, dass es irgendwo sonst noch jemanden gab, der ein

Anrecht auf dieses Vermögen hatte und es bisher unangetastet hatte liegen lassen. Wer ließ schon ein Depot jahrzehntelang bis heute, wie es war. Das war alles mehr als seltsam. Vielleicht war es über die Jahre einfach vergessen worden, in einer Schublade verschwunden, genau wie in seiner Familie. Trotz der vielen Fragen war es ein schmaler Silberstreif am Horizont. Vielleicht konnte er die Reederei vor ihrem Untergang bewahren. Auch wenn es nur ein kleines Fünkchen Hoffnung war, er würde es zu einem Feuer entfachen.

11. Kapitel

Im Hafen von New York – Hoboken
am 30. Juni 1900

Auf der Kaiser Wilhelm der Große

Anni war langweilig. Seit sie im Hafen lagen, hatte sich ihre Seekrankheit deutlich gebessert. Sie war so traurig gewesen, auf der Verlobungsfeier ihrer großen Schwester so schlechter Verfassung gewesen zu sein. Was mussten diese Schiffe auch so schrecklich schaukeln. Anni hatte von dem fulminanten Dinner kaum etwas essen können. Nur die Suppe war einigermaßen gegangen. Davon hatte sie sogar noch einmal nachnehmen können. Anni war an dem Abend so aufgeregt gewesen. Helena in ihrem wunderschönen Kleid, der zukünftige Ehemann im schicken Frack, all der Glanz und die vielen Leuchter des Saales. Ach, wenn ihr doch auch später solche Feierlichkeiten zugestanden würden. Seufzend wanderte sie in der Suite umher, strich mit den Fingern über die dunkle Holzplatte des großen Tisches, zupfte an einer Grünpflanze und ging dann hinüber zum Bullauge. Sie durfte die Suite alleine noch immer nicht verlassen, und ihre Mutter hatte sich nach der Nachmittagsteestunde etwas hingelegt. Helena war mit Clara, ihrem Vater und den Clausens zu einem Ausflug auf das Nachbarschiff aufgebrochen.

Hier am Pier des Norddeutschen Lloyd lagen, neben der Kaiser Wilhelm der Große, die Saale, die Main und die Bremen. Es war sozusagen das Treffen der deutschen Flaggschiffe. Nicht nur aus der Stadt selbst kamen Besucher, um sich die Seegiganten anzusehen, auch untereinander statteten die Passagiere den anderen Schiffen Besuche ab. Während Helena es nun als Tochter des Ingenieurs van der Haard und zukünftige Reedersfrau zustand, offizielle Termine wahrzunehmen, musste Anni brav in der Suite bei ihrer Mutter ausharren.

Auf See war es Anni sogar lieber gewesen, nicht nach oben an Deck zu gehen. Das Meer ängstigte sie immer noch. Vor der Einfahrt in den Fluss zum New Yorker Hafen hatten sie noch einmal heftigen Seegang gehabt, der das Schiff ganz schön zum Schwanken gebracht hatte. Anni hatte sich zwei Mal übergeben müssen. Es war ihr so unsäglich peinlich, aber für die Reaktion ihres Körpers konnte sie ja schließlich nichts, sosehr sie auch versuchte, es zu unterdrücken. Jetzt aber, seit sie die Kaimauern sehen konnte und das Schiff ruhig und fest vertäut im Hafen lag, sehnte Anni sich nach frischer Luft. Sie schob ihr Gesicht ganz dicht an das Bullauge, als könnte sie durch das Glas etwas davon erhaschen. Stattdessen beschlug durch ihren Atem nur die Scheibe. Vorsichtig wischte Anni sie mit der Hand wieder sauber. Nur eine Schliere wollte partout nicht verschwinden. Noch einmal fuhr Anni darüber. Dann erst bemerkte sie, dass es sich gar nicht um Schmutz auf der Scheibe, sondern um etwas in der Ferne dahinter handelte. Irgendwo am Pier stieg Rauch auf. Sie versuchte vom Bullauge aus etwas zu sehen, doch die Ursache des Rauchs konnte sie nicht finden. Fasziniert beobachtete Anni, wie die kleine weiße Wolke anwuchs und größer wurde. Vögel flogen empor und entfernten sich rasch von den Gebäuden am Pier. Dann mischte sich grauer Rauch zwischen die schneeweißen Wolken, und mit einem Mal quollen dicke schwarze Schwaden über den Dächern der Speicher hervor. Im Nu verdunkelte sich der gesamte Himmel über den Hafenanlagen. Anni wich vom Bullauge zurück. Unsicher sprang ihr Blick zwischen dem Schauspiel draußen und der verschlossenen Kabinentür ihrer Mutter hin und her. Erst als an den Hafenanlagen eine laute Sirene erklang, die sogar noch bis zu ihnen unter Deck des Schiffes hallte, löste Anni sich aus ihrer Starre und rannte auf die Tür zu. »Mama – Mama! Wach auf! Es brennt!«, rief sie und klopfte dabei heftig gegen das Holz.

Binnen Sekunden stand ihre Mutter im Morgenmantel vor ihr. »Anni!«, herrschte sie sie an. »Bis du verrückt, ich habe geschlafen!«

»Mama, schau doch, draußen brennt es!« Anni zerrte ihre Mutter am Ärmel zum Bullauge. Ein Verhalten, welches ihr normalerweise eine kräftige Ohrfeige eingebracht hätte. Margarete van der Haard ließ ihr Tochter in diesem Augenblick aber gewähren und stand einen Moment später vor Schreck erstarrt am Bullauge.

»Oh Gott – oh Gott. Feuer! Da draußen brennt ja alles …«, wiederholte sie Annis Worte mit Panik in der Stimme. Erst da schien sie tatsächlich zu realisieren, was sie gesehen hatte. Wie kopflos rannte sie durch den Raum, besann sich kurz, schloss ihren Morgenmantel komplett und riss schließlich die Tür der Suite auf.

Auf dem Gang eilten schon einige Passagiere hin und her. Annis Mutter fiel beinahe einem Schiffsstuart in die Arme, als sie einen Schritt über die Türschwelle machte. »Ma'am, bleiben Sie bitte in Ihrer Suite. Wir haben alles unter Kontrolle. Dieses Schiff brennt nicht.« Unsanft schob er sie wieder zurück in den Raum. »Aber mein Mann! Meine Tochter! Sie sind noch auf der Bremen.«

»Wir sind gerade dabei, alle Passagiere wieder an Bord zu holen. Bewahren Sie Ruhe, Ma'am, und bleiben Sie, wo Sie sind.« Seine Worte kamen so scharf, dass Annis Mutter nicht protestierte. Stattdessen trat sie wieder ein Stück zurück. Abrupt drehte sie sich um und kam auf ihre jüngere Tochter zu. Sie umschloss mit einem Arm fest Annis Schultern und drückte das Mädchen an sich.

Anni konnte sich nicht erinnern, ihrer Mutter jemals so lange so nah gewesen zu sein. Sie spürte, wie diese vor Angst und innerer Unruhe zitterte, und traute sich nicht, sich zu rühren. Draußen, vor der noch immer geöffneten Tür, rannten immer mehr Menschen vorbei. Einige sprachen leise miteinander, flüsterten beinahe unheilverheißend, andere schrien förmlich.

Eine gefühlte Ewigkeit standen Mutter und Tochter so beieinander, bis eine Gestalt in den Raum stolperte. Anni brauchte einen Augenblick, um unter dem Ruß das Gesicht ihres Vaters zu erkennen.

Sofort ließ ihre Mutter Anni aus der Umklammerung und warf ihrem Mann die Arme um den Hals. »Oh, Friedrich, Gott sei Dank. Was ist denn passiert?«

Anni beobachtete, wie ihr Vater ihre Mutter ein wenig von sich schob, um zu Atem zu kommen, und sich dann den Ruß aus dem Gesicht wischte. Er hustete und räusperte sich ein paar Mal, bevor er seine Stimme wiederfand. »Die Piers, die

Saale und die Main – sie brennen lichterloh! Sie machen uns gerade los. Wir … das Schiff muss auf den Fluss hinaus. Die Schlepper hängen schon an.« Er ließ sich erschöpft zu Boden sinken.

»Friedrich …« Ihre Mutter blickte hektisch zwischen ihrem Mann, dem Bullauge und der Tür zum Gang hin und her. »Friedrich – wo ist Helena?«

Er schüttelte den Kopf. »Ich … habe sie auf der Main zuletzt gesehen. Ich weiß nicht … es brannte alles, einige Leute sprangen über Bord, es brach Panik aus.« Aus seinem Blick sprach die reine Verzweiflung. Doch bei seiner Frau fand er keine Hilfe. Nachdem er gesprochen hatte, war es gänzlich um ihre Fassung geschehen. Sie schlug die Hände vor das Gesicht und brach in Tränen aus. »Nein! Helena! Nein!«

Anni hatte das Gefühl, dass es nun an ihr war, stark zu sein. Also eilte sie zu ihrem Vater und half ihm wieder auf die Beine. Ihre Mutter war vorerst nicht zu beruhigen, das wusste Anni.

Friedrich van der Haard fing sich schnell. Er packte Annis rechten Arm und zog ihre Mutter ebenfalls mit sich. »Wir müssen an Deck, wenn die Kaiser Wilhelm doch noch Feuer fängt, sind wir hier nicht sicher.«

Er schob seine Frau und seine Tochter schroff vor sich her. Im Gang zum Oberdeck herrschte dichtes Gedränge. Die Angst, unter Deck nicht sicher zu sein, verspürten wohl die meisten Passagiere.

Als sie an Deck kamen, sah Anni, wie sich das Schiff von den brennenden Hafenanlagen wegbewegte. Auf dem Pier herrschte Chaos, überall loderten Flammen aus den Gebäuden, Menschen rannten umher, Feuerwehr- und Schiffssirenen kreischten. Sie hörte, wie jemand rief: »Das Heck – es brennt am Heck!« Wenige Sekunden später stürmte eine Gruppe Matrosen an Anni und ihren Eltern vorbei in die entsprechende Richtung.

Friedrich van der Haard drückte die beiden Frauen an eine Wand und schirmte sie mit seinem Körper ab. »Wir bleiben erst einmal hier und rühren uns nicht vom Fleck!«, beschloss er.

Anni umklammerte den Arm ihrer Mutter und schluchzte. »Werden wir untergehen Mama?«

Ihre Mutter reagierte nicht, sondern starrte auf das Feuer am Hafen.

Auch Anni sah zum Pier. Menschen sprangen sowohl von den Kaimauern als auch von den anderen Schiffen aus ins Wasser. Während einige der Schiffe noch angedockt lagen, trieben andere bereits in die Sicherheit des breiter werdenden Flusses hinaus so wie die Kaiser Wilhelm der Große. Anni suchte mit den Augen das Ufer nach einem hellen Punkt ab. Helena hatte am Morgen ein gelbes Kleid getragen, doch nirgends war etwas zu sehen. In diesem Moment wurde die Zugkraft der Schlepper größer und das Schiff in eine scharfe Kehre manövriert. Anni warf einen letzten Blick auf die immer höher schlagenden Flammen im Hafen und die Menschen, die um ihr Leben kämpften. Und dann sah sie es. Sie war sich ganz sicher: Helenas gelbes Kleid.

»Helena, ich glaube, ich habe Helena …«, versuchte sie mit erstickender Stimme zu rufen. In diesem Moment packte ihr Vater Anni erneut am Handgelenk und rief über den Lärm hinweg: »Wir müssen weiter nach vorne, falls doch die Rettungsboote zu Wasser gelassen werden müssen.«

»Anni, komm mit!« Ohne auf die Worte seiner jüngeren Tochter zu achten, zerrte er Anni am Arm hinter sich her. Niemand achtete darauf, was ein zwölfjähriges Mädchen zu sagen hatte.

12. Kapitel

Auf der Main 30. Juni 1900

Helena hatte sich nach ihrem Vater umgesehen. Als sie feststellte, dass er sich immer noch so angeregt mit dem Kapitän des Schiffes unterhielt, beschloss sie, dass es wohl noch dauern würde, bis er sich loseisen konnte.

»Komm, wir gehen schon ein Stück vor.« Helena zog Clara mit sich.

Sie hatten nach der Saale auch noch die Main besichtigt, ein deutlich kleineres Schiff als die Kaiser Wilhelm der Große, und Helena hatte eigentlich keine Lust mehr, sich noch mehr Vorträge über Schiffstechnik anzuhören.

Jetzt schlenderte sie mit Clara ein Stück auf der dem Fluss zugewandten Seite des Schiffes auf dem schmalen Deck entlang. Das Wetter war etwas diesig an diesem Tag und lud wenig zu einem Aufenthalt im Freien ein, doch der Geruch von Öl und Kohle lag Helena so in der Nase, dass ihr etwas frische Luft ganz recht war.

Helena hatte der Besichtigungstour nur zugestimmt, weil sie gehofft hatte, so Gustav einige Zeit aus dem Weg gehen zu können. Seit der Nacht ihrer Verlobung behielt er sie tagsüber immer im Auge, als hätte er Angst, sie könnte gar davonschwimmen. Vielleicht hatte er bemerkt, dass sie nicht so voller Vorfreude auf diese Ehe war wie alle anderen, und – so mutmaßte Clara zumindest – genau das hatte seinen männlichen Jagdtrieb geweckt.

»Wenn du ihn ablehnst, wird er dich umso mehr haben wollen. Das ist so bei Männern.«

»Ja, soll ich denn nett sein zu ihm, auch wenn ich ihn nicht mag?«

Clara hatte daraufhin nur mit den Achseln gezuckt. »Ja.«

Helena hatte den Kopf geschüttelt. Das konnte sie nicht. Noch nicht. Vielleicht würde sie dieses Schauspiel eines Tages beherrschen, aber momentan bevorzugte sie noch die Strategie, ihm aus dem Weg zu gehen. Auf dem Schiff erwies sich das allerdings als gar nicht so einfach. Jetzt, da es offiziell verkündet worden war, befand es auch niemand mehr als ungebührlich, wenn die beiden tagsüber zusammen gesehen wurden.

Bereits am Morgen nach der Verlobung hatte Gustav Helena zu einem kurzen Spaziergang an Deck nach der langen Nacht bei ihren Eltern abgeholt. Dabei hatte er sie so grob am Arm gefasst, dass sie schon am Nachmittag dort zwei blaue Flecken bekommen hatte.

»Wir werden ein schönes Paar. Wir werden das Paar der Hamburger Gesellschaft. Sorg du nur immer recht dafür, dass du hübsch aussiehst.«

»Ich gehe nicht gerne auf Bälle«, hatte sie daraufhin erwidert, eigentlich mit dem Ziel, ihm gleich den Wind aus den Segeln zu nehmen.

»Wohin du gehst, werde ich zukünftig entscheiden. Du wirst in meinem Haus leben und in meinem Bett schlafen – und du wirst tun, was ich dir sage. Und wenn du widerspenstig wirst, werde ich dir das austreiben«, hatte er ihr ins Ohr geknurrt. Schon im nächsten Moment hatte er einem anderen Passagier wieder freundlich lächelnd zugenickt.

Seit diesem Augenblick verspürte Helena nicht nur Abneigung gegen ihn, sie hatte Angst. Dieser Mann war keinesfalls die Person, die er ihren und seinen Eltern und auch allen anderen vorspielte. Er hatte eine dunkle, böse Seite, und sie war nicht erpicht darauf, diese näher kennenzulernen. Doch es war unabwendbar, schließlich war sie mit ihm verlobt.

Gerade jetzt, wo sie an der Reling der Main stand und unter ihr das dunkle Wasser des Hudson River gurgelnd an den Schiffsrumpf schwappte, verspürte sie die Sehnsucht, sich einfach fallen zu lassen.

Als wenn Clara ihre Gedanken lesen konnte, fasste sie den Arm ihrer Freundin und zog sie ein Stück weiter.

Helena riss sich selbst aus ihren trüben Gedanken. Sie umrundeten gerade den Bug des Schiffes, als Clara stehen blieb und die Augen aufriss.

»Was hast du?« Helena folgte ihrem Blick. Sogleich sah sie die Flammen, die meterhoch aus einem Gebäude, direkt gegenüber dem Anleger schlugen. Plötzlich tobte um Clara und sie das Chaos. Matrosen und Passagiere der Saale rannten über das Deck. Auch unten auf dem Pier schoben sich plötzlich Menschen aus allen Richtungen zusammen.

Ein Matrose rannte direkt von hinten in die beiden hinein. »Los – los! Alle runter vom Schiff!«

»Runter? Aber … mein Vater …« Helena wandte sich in die Richtung, aus der sie eben gekommen waren, aber dort sah sie nur noch dicke schwarze Rauchwolken, welche sich über das Deck auf sie zuschoben. Sofort packte sie Clara bei der Hand. »Lauf! Das Schiff brennt!«

»Da unten brennt aber auch alles!«, kreischte Clara zurück.

Helena sah sich panisch um. Inzwischen biss der Rauch in Augen und Nase. »Da – wir müssen zur Gangway! Wenn wir hier bleiben, haben wir keine Chance!« Neben ihr fing ein Matrose an, mit einem Beil die Anlegeseile zu lösen. »Lauf, Clara!«

Die beiden jungen Frauen quetschten sich zwischen die anderen Passagiere, die panisch versuchten, das Schiff zu verlassen. Helena bekam fast keine Luft mehr. Der Steg schwankte unter den vielen unkontrollierten Bewegungen der fliehenden Menschen. Wenige Meter vor Helena stürzte ein Mann über das dünne Halteseil und fiel zwischen Schiff und Kaimauer. Taumelnd und stolpernd schafften Helena und Clara es den Holzsteg hinab von Deck. Das ganze Pier war in dicken Qualm gehüllt. Vor ihnen standen die Hallen und Gebäude lichterloh in Flammen. Die beiden jungen Frauen konnten spüren, wie die Hitze nach ihnen griff. Immer mehr Menschen wählten als Ausweg den Sprung in das Hafenbecken. Helena sah sich um. Wo sollten sie hin? In welcher Richtung lag die Kaiser Wilhelm? Sie hatte die Orientierung verloren. Der Rauch war inzwischen so dicht, dass sie kaum noch Clara neben sich sehen konnte. Diese hustete und keuchte und beugte sich nach Luft schnappend nach vorne. »Nach dort!«, ächzte sie und zeigte in eine Richtung. Aus dieser kamen aber immer mehr Menschen angerannt.

Helena versuchte, gegen den Strom der Fliehenden anzukämpfen. Gefährlich dicht an der Wasserkante laufend, zog sie Clara hinter sich her. In einem kurzen Augenblick, wo der Rauch sich lichtete, sah sie die Kaiser Wilhelm der Große. Das Schiff lag nicht mehr am Pier, sondern fuhr auf den Fluss hinaus. Verdattert blieb Helena stehen. Sie griff nach dem nächstbesten Mann, der an ihr vorbeirannte. »Warum legen die ab? Warum legen die ab?«

»Weil hier gleich alles in die Luft fliegt!«, brüllte der Mann zurück und riss sich los.

Helena machte auf dem Absatz kehrt und stieß Clara ebenso in die entgegengesetzte Richtung. Da alle dorthin zu fliehen schienen, kamen sie auch schneller voran. Clara taumelte.

»Los weiter! Wir müssen hier weg.«

Hinter ihnen gab es einen ohrenbetäubenden Knall. Die von der Explosion ausgehende Druckwelle schubste Helen einige Meter vorwärts. Allerdings drängten nun auch die nachfolgenden Menschen noch rücksichtsloser voran. Helena schaffte es, sie beide von der Kante der Kaimauer fortzubekommen. Die Gefahr, ins Wasser zu stürzen, war zu groß.

»Ich kann nicht … ich bekomme keine Luft mehr.« Clara wurde langsamer.

Auch Helenas Lungen brannten, aber sie durften nicht stehen bleiben. Neben ihnen fraß sich laut knisternd das Feuer seinen Weg durch ein weiteres Gebäude. Aus der oberen Etage sprang ein Mann einfach in die Menge. Helena registrierte, dass hier alles aus Holz erbaut worden war. Das Feuer würde sich noch weiter ausbreiten. Auf dem Wasser brannte es inzwischen auch überall. Trümmer und Schiffe vermischten sich zu einer undurchdringbaren Wand aus Feuer.

Helena musste husten. Immer und immer wieder wischte sie sich mit der freien Hand über die Augen, um nicht die Sicht zu verlieren. Ruß und Asche fielen wie Schnee vom Himmel.

Irgendwo musste es doch einen Ausgang aus diesem Pier geben. Sie zog Clara weiter. Sie mussten über gestürzte Menschen steigen. Menschen, die bluteten oder deren Kleidung qualmte. Helena stieg der Geruch von verbranntem Fleisch in die Nase. Sie würgte.

Plötzlich hörte sie hinter sich ein lautes Knarren und Krachen, Clara wurde ihr regelrecht aus der Hand gerissen. Als Helena herumwirbelte, sah sie nur noch einen Haufen Balken vor sich, der in einer Wolke aus Asche, Staub und Qualm unterging. »Clara! Clara!« Helena kämpfte sich panisch ein paar Schritte zurück. Clara lag direkt an einer brennenden Hauswand. Neben ihr ein schwerer Dachbalken, auf ihrer Stirn klaffte eine große Platzwunde, aus der unaufhörlich Blut über das Gesicht in ihren Nacken floss. Helena konnte bereits eine Blutlache erkennen, die sich unter Claras Kopf bildete. »Clara, du musst aufstehen, wir müssen weiter!« Helena zerrte an ihrer Freundin, doch diese schlug nur zögerlich die Augen auf. Helena ging neben ihr auf die Knie und hielt ihren Kopf. Sie spürte das warme Blut, welches Clara von der Schläfe tropfte, und sie spürte die Hitze des herannahenden Feuers. »Clara?«

»I…ich kann … nicht.« Claras Augenlider flatterten. »Lauf, Helena … du musst hier weg, schnell!«

»Nein, ich …! Hilfe!« Helena sah sich um, doch niemand achtete auf sie. In der Angst vor dem Feuer kümmerte sich jeder nur um sich selbst. Immer wieder fielen brennende Trümmer von den Gebäuden, und auch viele andere wurden verletzt und konnten ihren Weg nicht fortsetzen. Hilflos zerrte Helena an Claras Arm.

Plötzlich riss Clara die Augen auf. »Helena. Lauf … ich …

finde dein Glück!« Entsetzt sah Helena, wie das Leben aus Claras Augen wich. »Nein! Clara!« Die Flammen waren inzwischen gefährlich nahe, und Helena spürte die sengende Hitze, klammerte sich an Claras Hand fest, doch sie war bereits ganz schlaff. Helena wurde plötzlich hochgerissen. Jemand brüllte etwas neben ihr. Sie stolperte rückwärts, vorwärts, taumelte, wurde von ein paar starken Händen aufgefangen und dann von der sich unerbittlich vorwärts bewegenden Menschenmenge mitgerissen.

In diesem Moment wusste sie, dass sie Clara nie wiedersehen würde, und ihr wurde schwarz vor Augen.

13. Kapitel

Auf der Kaiser Wilhelm der Große

Anni zitterte am ganzen Körper. Irgendjemand hatte ihr eine Decke um die Schultern gelegt, doch sie konnte nicht aufhören. Sie saß zusammengekauert neben ihrer Mutter, die mit leerem Blick auf die entfernten Rauchwolken starrte.

Es war inzwischen später Abend. Vom Schiff aus hatten sie den Nachmittag über beobachten können, wie mehrfach Explosionen stattgefunden hatten, und das Feuer sich immer weiter durch die Gebäude fraß. Zwei Mal waren auch auf der Kaiser Wilhelm der Großen noch kleine Brandherde gefunden worden, doch die Mannschaft hatte sie erfolgreich löschen können.

Unweit der Kaiser Wilhelm lag das qualmende Wrack der Saale. Man hatte das Schiff auf der anderen Uferseite auf Grund laufen lassen, wo es binnen weniger Stunden ausgebrannt war. Ebenso war die Bremen zwar vom Pier gelöst worden, brannte aber weiter unten im Hafen noch immer wie eine leuchtende Fackel. Die Main war gänzlich in den Flammen an Land verschwunden. Überall um die Kaiser Wilhelm der Große trieben Leichen im Fluss. Die Matrosen der Kaiser Wilhelm holten die Verstorbenen an Bord und legten sie vorübergehend unter die Abdeckungen in die Rettungsboote. Nur ab und an wurde noch ein Überlebender geborgen. Die Verletzten brachte man in den großen Saal, in dem noch vor zwei Tagen das rauschende Fest zu Helenas Verlobung stattgefunden hatte. Jetzt lagen unter den glitzernden Kronleuchtern Menschen mit halbverbrannten Gesichtern oder Gliedmaßen. Ihr Jammern hallte bis hinaus auf Deck, wo die Passagiere saßen. Die gesamte Hafenanlage stand auch jetzt noch lichterloh in Flammen. Die Feuerwehr konzentrierte sich inzwischen nur noch darauf, zu verhindern, dass das Feuer auf die Stadt übergriff. Mehrere Gebäude, die direkt an die in Brand stehenden Anlagen angrenzten, wurden eingerissen, um eine Schneise zu den noch unversehrten Bauten zu schlagen und dem Feuer die Nahrung zu nehmen.

Helena und Clara waren auch jetzt noch nicht auf dem Schiff aufgetaucht. Annis Vater und Gustav Clausen hatten mehrmals alles abgesucht, in der Hoffnung, dass seine älteste Tochter es doch noch zurück an Bord geschafft hatte – erfolglos.

»Sie wird sicherlich in Sicherheit sein«, versuchte Peter Clausen die van der Haards zu beruhigen. »Wenn wieder etwas Ordnung eingekehrt ist, bringt man die fehlenden Passagiere vom Hafen zum Schiff zurück.«

Dass dort aber kein Hafen mehr war, sondern nur noch rauchende Schutt- und Aschehaufen, wollte so recht noch keiner wahrhaben.

Irgendwann tief in der Nacht konnten die Passagaire zurück in ihre Unterkünfte. Die Gefahr weiterer kleiner Brände auf der Kaiser Wilhelm der Große schien inzwischen gebannt. Martha stützte Annis Mutter auf dem Weg in die Suite und goss ihr dort sofort einen starken Cognac ein. Sie füllte noch ein zweites Glas und reichte es Anni. »Trink das, Kind. Das wird dir guttun.«

Das Getränk brannte in Annis Hals und schmeckte abscheulich, aber sofort wurde ihr wärmer und das fürchterliche Zittern ließ ein wenig nach. Martha brachte zunächst Annis Mutter zu Bett und dann Anni. Margarete van der Haard schwankte nur umher, mit glasigen Augen und leicht geöffnetem Mund. Sie war leichenblass und sprach kein Wort. Anni machte der Zustand ihrer Mutter Angst. Hilfesuchend klammerte sie sich an Martha, nachdem diese ihre Herrin versorgt hatte.

»Martha, was ist, wenn Helena etwas zugestoßen ist?«

»Mädchen, das wollen wir erst mal nicht befürchten. Du wirst sehen, morgen taucht sie sicherlich gesund und munter auf. Und nun versuche etwas zu schlafen.«

Anni konnte nicht schlafen. Sobald sie die Augen schloss, sah sie die Bilder des Tages vor ihrem inneren Auge. Die Flammen, die schwarzen Wolken, die um ihr Leben rennenden und um Hilfe schreienden Menschen – und immer wieder das gelbe Kleid, das in diesem einen kleinen Moment am Pier aufgetaucht war. So starrte Anni noch bis zum Morgengrauen in das Dunkel ihrer Kabine, bis die Erschöpfung sie schließlich übermannte und ihr doch die Augen zufielen.

Am Morgen des 1. Juli 1900 wurde das ganze Ausmaß der Katastrophe sichtbar, selbst aus der Ferne.

Die kompletten Dockanlagen des Norddeutschen Lloyd waren dem Feuer zum Opfer gefallen. Die Flammen hatten außerdem den Anleger der Scandinavian America Line zerstört sowie eine Lagerhalle von Campbell, den Wagenschuppen der Hafenbahn sowie mehrere Güterwagen. Auf vielen hundert Metern waren die Hafenanlagen dem Erdboden gleichgemacht und zu qualmenden Glut- und Aschehaufen zusammengefallen. Das einzige Schiff des Norddeutschen Lloyd, welches den Brand überstanden hatte, war die Kaiser Wilhelm der Große. Doch von ihr aus gingen am Vormittag mehrere Boote voll mit Leichen zu den Piers hinüber.

Anni tappte am Morgen alleine auf das Oberdeck. In der Kabine ihrer Mutter war es ganz still, Martha war bei ihr. Ihren Vater hatte Anni wiederum schon in aller Früh die Suite verlassen hören. Sie wollte nicht alleine sein, die Stille im Raum erdrückte sie fast. Auch konnte sie nicht mehr aus dem Bullauge schauen, es war vom Ruß ganz schwarz.

An Deck war es recht ruhig. Hier und da standen Passagiere und besahen sich die Reste des Hafens. Man sprach leise miteinander.

»Hallo, wie geht es dir?«

Anni zuckte zusammen, als sie hinter sich eine Stimme vernahm. Es war Albert Clausen, der jüngere Bruder von Gustav. Er war zwei Jahre älter als sie selbst, und Anni hatte mit ihm schon ein paar kurze, höfliche Sätze gesprochen. Schließlich gehörten sie bald zu einer Familie.

»Danke, es geht so«, antwortete Anni leise.

»Ist deine Schwester wieder da?«

Anni schüttelte den Kopf. Sie bemerkte, wie blass Albert aussah.

»Das tut mir leid«, sagte er. »Da… darf ich dich ein Stück begleiten?« Er fragte dies so höflich, als ginge es um einen Spaziergang im Park.

Anni nickte nur.

Es war ein komisches Gefühl, auf diesem Schiff herumzulaufen. Vor zwei Tagen noch war es voller Glanz und Pracht gewesen. Jetzt war es überall schmutzig und rußgeschwärzt. Da hatte man sich noch Gedanken über die richtige Kleidung und korrekte Umgangsformen gemacht – heute schienen alle einfach nur froh, noch am Leben zu sein.

Mit Albert an ihrer Seite umrundete Anni das Schiff einmal. Beide schwiegen. Als sie wieder beim Eingang des Oberdecks angekommen waren, sah Anni Albert verlegen an. »Danke für deine Begleitung.«

»Bitte, gern geschehen.« Er schlug leise die Hacken zusammen und verbeugte sich höflich. Anni wurde gewahr, dass sie es wirklich genossen hatte, seine Begleitung zu haben, und wie wenig er mit seinem großen Bruder gemein hatte.

Annis Mutter saß im Salon der Suite, Martha hatte ihr einen Tee kommen lassen. Die Bedienstete sah Anni mit einem strengen Blick an. »Wo warst du? Müssen wir uns um dich auch noch sorgen?«

»Entschuldigung, ich habe nur kurz etwas frische Luft geschnappt.«

»Hast du deinen Vater gesehen?« Die Stimme ihrer Mutter war dünn.

»Nein, Mutter. Ich glaube, es sind aber einige Boote rüber an Land gefahren, um … Er kommt bestimmt bald wieder.«

Ihre Mutter schlug die Hände vor das Gesicht. »Oh, wenn sie sie nicht finden …« Sie schluchzte.

»Anni, geh auf deine Kajüte, deine Mutter braucht Ruhe.« Martha scheuchte Anni hinaus.

Anni tat, wie ihr geheißen, und setzte sich in dem kleinen

Raum auf ihre Bettkante und nestelte nachdenklich an ihrem Kleid herum. Wo war Helena nur? War sie gesund? Irgendwann ließ sie sich auf die Seite fallen und schlief vor Erschöpfung ein.

Ein spitzer Schrei ließ sie hochfahren. Wie lange hatte sie geschlafen? Im Nu war sie auf den Beinen, zögerte aber, die Tür zum Hauptraum zu öffnen. Sie hörte leise Stimmen und ihre Mutter weinen. Anni drückte die Klinke hinunter und zog die Tür nur einen schmalen Spalt weit auf. Sie sah ihren Vater. Seine Kleidung war dreckig und sein Gesicht aschfahl.

»Wir haben wirklich alles abgesucht, aber da herrscht das Chaos. Überall schwelen auch jetzt noch kleine Feuer, in den Trümmern lodert noch immer die Glut, und es gibt sehr viele Verletzte. Ich … ich habe sie nicht finden können.«

»Aber sie weiß doch, dass das Schiff hier ist. Warum kommt sie nicht einfach zurück?« Ihre Mutter ließ die Schultern hängen. Anni hatte sie noch nie so haltlos gesehen. Sie schien in der Nacht um Jahre gealtert.

Ihr Vater hob leicht die Hände. »Vielleicht hat sie sich auf ein anderes Schiff retten können. Einige sind beim Ausbruch des Feuers flussabwärts gefahren.«

Annis Mutter legte sich die Hand auf den Mund und wandte sich ab.

14. Kapitel

Jersey City 4. Juli 1900

Helena versuchte, die Augen zu öffnen, doch ihre Lider waren schwer wie Blei. Sie hatte geschlafen und geträumt, sie hätte an der Elbe gestanden, kleine Segelboote waren den Fluss hinaufgekommen, doch dann hatten sie plötzlich Feuer gefangen und waren in Flammen aufgegangen.

Feuer – der Geruch lag ihr noch in der Nase. Sie musste wach werden, den fürchterlichen Traum loswerden. Sie strengte sich noch einmal an und schaffte es zu blinzeln. Schemenhaft sah sie eine Gestalt an ihrem Bett stehen. Helena wollte etwas sagen, doch ihre Stimme gehorchte ihr noch nicht. Wo war sie? Was war passiert?

Stattdessen sagte die Gestalt jetzt etwas zu ihr. Es war eine Frauenstimme, und sie sprach Englisch. »Schön ruhig, Miss, bleiben Sie bitte liegen, haben Sie keine Angst, Sie sind in Sicherheit.«

Helenas ganzer Körper schmerzte, und ihre Lunge fühlte sich an, als hätte das Feuer sie durchdrungen. Das Feuer! Dieser Teil des Traums war real gewesen! Sie war durch Feuer gelaufen. Die leisen Geräusche um sie herum drifteten fort, und sie schlief wieder ein. Sie träumte von der Villa an der Elbe, von ihrer Familie, von Anni – wie hübsch sie das letzte Mal auf der Horner Rennbahn ausgesehen hatte mit ihrem

Hütchen. Plötzlich ging dieses Hütchen in Flammen auf, setzte alles andere in Brand, die Pferde flogen wie brennende Fackeln an ihr vorbei – und dann war sie plötzlich wieder am Hafen, die Schiffe. Clara! Menschenmassen schoben sie davon, Helena konnte Clara nicht mehr sehen. Dann traf sie etwas am Arm und an den Schultern, der Schmerz war stechend und heiß, und als Nächstes war es dunkel um sie.

Helena riss die Augen auf. Panisch rang sie nach Atem. Der Geruch von verbranntem Fleisch haftete in ihrer Nase. Es war kein Traum gewesen, was sie eben erlebt hatte. Das war die Erinnerung. War es der Geruch von Clara, als die Flammen sie ergriffen? Helena musste würgen. Es war halbdunkel im Raum, was aber an ein paar zugezogenen Vorhängen am Fenster lag und wohl nicht an der Tageszeit.

Helena versuchte, den Kopf etwas zu bewegen. Sie lag in einem Bett mit weißen Laken. Es war ein kleines Zimmer, spärlich eingerichtet, aber kein Krankenzimmer. Neben ihr stand auf einem Nachttisch ein Glas Wasser. Jetzt erst spürte sie, wie trocken ihr Mund war und wie sehr ihre Kehle brannte. Ob sie nach dem Glas greifen konnte? Sie versuchte, den linken Arm zu heben, und ihr Blick fiel auf ihre Haut. Sie war rot und von Blasen übersät, an manchen Stellen hatte jemand Salbe auf die Wunden geschmiert.

Jetzt erst bemerkte sie, dass irgendjemand sie auch wohl umgezogen hatte. Das Hemd, welches sie trug, war nicht ihres. Ruckartig setzte sie sich ein Stückchen weit auf. Ein Fehler, denn tausend kleine Nadeln schienen ihren Körper zu durchbohren. Sie versuchte, den Schmerz wegzuatmen, etwas, was ihr Martha, als sie noch klein gewesen war, gegen ihre Bauchschmerzen beigebracht hatte. Martha … Anni!

Mama … Papa! Helena erschauderte bis ins Mark. Jetzt kamen auch die letzten Fetzen der Erinnerung zurück. Das Feuer war im Hafen von New York ausgebrochen. Sie hatte Clara zurückgelassen, weil sie vor den brennenden Schiffen hatte fliehen müssen. Ihre Familie hatte sicher alles gut überstanden. Man hatte die Kaiser Wilhelm ja als Erstes losgemacht, schließlich war sie das größte der Schiffe gewesen. Clara! Helena besah sich ihre Hand. Sie war sauber, es klebte kein Blut mehr daran.

Sie hatte es geschafft – sie war der Katastrophe entkommen und lebte noch, aber zu welchem Preis?

»… finde dein Glück!« Jetzt fielen ihr auch Claras letzte Worte wieder ein. Erst in diesem Moment verstand sie wirklich, was Clara damit gemeint hatte. Sie musste husten. Nun griff sie doch nach dem Glas Wasser und trank zaghaft einige Schlucke. Auch das schmerzte, aber trotzdem tat es gut. Langsam ließ Helena sich in das Bett zurücksinken. Sollte sie es wagen? In ihrem Kopf tanzten tausend Gedanken wild umher, doch einer drängte sich immer wieder nach vorne – die Erinnerungen an Gustav Clausen. Nein! Würde sie zurückkehren, dann würde sie alles verlieren.

Ihr Bewusstsein trudelte wieder hinab in den angenehmen dunklen Zustand des Erholungsschlafs.

»Miss? Hello? Miss?«

Helena spürte eine Hand auf ihrer Schulter. Sie öffnete die Augen. An ihrem Bett stand eine hagere Frau mit einem Lächeln im Gesicht.

»Oh fine! How are you?« Die Dame strich ihr kurz freundlich über die Stirn.

Helena gab sich Mühe, ihren Kopf in Gang zu bekommen und auf Englisch zu antworten. »I am fine. Thank you. Where I am?«

»Das freut mich.« Die Dame sprach betont langsam. Helena konnte ihr Englisch somit gut verstehen. »Sie sind in Jersey City. In New York war das Krankenhaus überfüllt wegen ... Ich war einmal Krankenschwester, das wissen die Leute hier in der Gegend, daher hat man Sie hierhergebracht.«

»Danke«, wiederholte Helena.

»Wie ist Ihr Name, Miss?«

Helena zögerte einen Augenblick. Dann sagte sie mit fester Stimme: »Clara Hauser.«

»Fine – Clara. Sie haben einige Brandwunden, es wird sicherlich eine oder gar zwei Wochen dauern, bis diese abgeheilt sind. Soll ich jemanden benachrichtigen lassen?«

Helena schwieg. Sie wusste nicht, was sie sagen sollte.

Die Dame zog die Augenbrauen empor. »Sie sind Deutsche, oder? Von welchem Schiff kamen Sie?«

»Von der Main. Ich war als Dienstmädchen einer Familie mit auf der Main.« Das war die erste Antwort, die Helena einfiel. Keinesfalls durfte sie ihre oder Claras wahre Geschichte erzählen. Sie würde Gefahr laufen, dass man ihre Identität herausfand.

»Oh ...« Das Gesicht der Dame wurde plötzlich sehr ernst. »Dieses Schiff ist völlig ausgebrannt und dann gesunken, viele der Passagiere ... haben es nicht geschafft. Ich weiß also nicht ... Wichtig ist, dass Sie wieder gesund werden, Miss Clara.« Die Dame nahm vorsichtig Helenas Hand und tätschelte diese. »Mein Name ist Elisabeth Rushmore. Und trinken Sie noch einen Schluck, und ruhen Sie sich aus.« Sie reichte Helena das Wasserglas und verließ dann den Raum.

Helena sah Ms. Rushmore nach. Sie fühlte sich in der Tat sicher bei ihr. Erschöpft schloss sie die Augen. »Clara Hauser« – das war also ab heute ihr Name. War es richtig, was sie tat? Mit der Angabe eines falschen Namens löschte sie augenblicklich ihr ganzes bisheriges Leben aus. Sie war von heute an nicht mehr Helena van der Haard. Diese Erkenntnis ließ sie schaudern.

15. Kapitel

Auf der Kaiser Wilhelm der Große 6. Juli 1900

Anni versuchte sich unsichtbar zu machen. Die Aufregung der letzten Tage hatte ihrer Mutter sehr zugesetzt. Wenn sie nicht gerade schlief, was jedes Mal eine gnädige Pause war, lief sie nervös in der Suite auf und ab, jammerte und weinte, man sollte ihr ihre Tochter wiederbringen. Martha versuchte sie so gut es ging zu beruhigen, brachte ihr Tee und sorgte mit bestimmenden Worten dafür, dass sie hin und wieder wenigstens einen kleinen Happen Essen zu sich nahm. »Frau van der Haard, es nützt wohl kaum, wenn Sie sich jetzt auch noch zu Tode hungern«, schalt sie immer wieder.

Martha selbst sah auch hager und gealtert aus, aber sie erfüllte ihre Aufgabe, die Familie zu versorgen, ohne zu murren.

Doch Anni mochte ihrer Mutter nicht mehr vor die Augen treten. Jedes Mal bekam sie einen stechenden Blick ab. Es war genau der Blick, mit dem ihre Mutter, seit Anni denken konnte, in ihren Augen Minderwertiges bemängelt hatte. Sei es ein ungenügender Stoff, unsaubere Arbeit der Angestellten oder schlechtes Essen. Sie hatte es zwar nicht laut ausgesprochen, doch Anni spürte die wachsende Abneigung ihrer Mutter gegen sie und die unausgesprochene Frage, warum nicht Anni etwas zugestoßen war, sondern ihrer großen Schwester.

Von Stunde zu Stunde wurde es gewisser, dass Helena nicht mehr an Bord kommen würde. Schließlich würden sie sich schon bald auf den Weg zurück nach Bremerhaven machen.

Der Kapitän hatte das Schiff schon für die Rückfahrt einheizen lassen. So standen jetzt zur Mittagsstunde die vier Schornsteine der Kaiser Wilhelm der Große bereits unter Volldampf. Zwei Schlepper rangierten das Schiff aus seiner provisorischen Position oberhalb von Manhattan heraus. Neben den eintausendundachtunddreißig eigentlichen Passagieren hatte die Kaiser Wilhelm der Große dreihundert Überlebende der anderen drei Lloyd-Schiffe aufgenommen. Am Hafen löschte man noch immer kleinerer Nachbrände und barg die Opfer.

Anni hatte an Deck munkeln hören, dass es viele waren und nicht nur Hafenarbeiter, sondern auch ehemalige Passagiere und viele Besucher aus der Stadt, welche zur Besichtigung der Schiffe in den Hafen gekommen waren. Zudem vermisste man noch über hundert Personen. Friedrich van der Haard war mit Gustav und Peter Clausen noch einmal an Land gegangen und hatte alle möglichen Stellen nach Helena abgesucht. Sie blieb unauffindbar. Er hatte sich sogar die Toten angesehen, doch das Feuer hatte sie wohl bis zur Unkenntlichkeit verbrannt.

So konnte er nicht mehr machen, als sie in der Hafenmeisterei auf die Liste der vermissten Personen setzen zu lassen und mit einem dort hinterlegten Scheck ihre Rückreise nach Deutschland abzusichern, so sie je wieder auftauchte. Die Kaiser Wilhelm der Große musste ablegen. Die Piers waren nicht mehr zum Anlegen geeignet, und Kapitän Engelhard beschloss, seinen ursprünglichen Fahrplan einzuhalten.

Martha murrte inzwischen nicht mehr, wenn Anni die Kabine alleine verließ, und so stand sie zu dieser Stunde an Deck und verfolgte bedrückt das Ablegemanöver, als Albert Clausen sich zu ihr gesellte.

»Meinst du, deine Schwester kommt noch zurück?«, fragte er, ohne den Blick vom Wasser zu nehmen.

»Ich hoffe.« Anni sah ihn kurz an. »Wie geht es deinem Bruder?«

Albert zuckte mit den Schultern. »Er trinkt sehr viel und ist manchmal sehr aufgebracht. Er glaubt auch nicht, dass Helena …« Albert senkte seinen Blick. »Er behauptet steif und fest, sie wäre fortgelaufen.«

Anni fuhr herum. »Nein, das hätte sie nie getan.«

»Vielleicht ist diese Annahme leichter zu ertragen als die, dass sie tot ist?«

Anni umschlang ihren Oberkörper mit den Armen. Da hatte er auch wieder recht, denn genau daran wollte auch Anni nicht glauben. Die Vorstellung, ihre Schwester nie wiederzusehen, war so ungreifbar. Trotzdem, fortzulaufen, das passte nicht zu Helena. Und doch dachte Anni immer wieder an diesen einen Augenblick, als sie zu den brennenden Hafenanlagen gestarrt hatte und ihre Augen einen hellgelben Punkt in all dem Qualm wahrgenommen hatten. Wahrscheinlich spielte die Erinnerung ein tückisches Spiel mit ihr, doch die Hoffnung, dass es wirklich Helenas Kleid gewesen war und sie die Flucht vom Pier geschafft hatte, war als zartes Pflänzchen in Annis Herzen geblieben, und die Vermutung, die Albert gerade ausgesprochen hatte, gab diesem Pflänzchen Nahrung und ließ es ein klein wenig wachsen.

Die Schlepper hatten das Schiff inzwischen gedreht. Der Blick war nun frei auf New York, und sie steuerten auf die Freiheitsstatue zu. Dieses Symbol der Freiheit und des Glücks hatte für Anni nun einen bitteren Beigeschmack.

16. Kapitel

Jersey City 9. Juli 1900

Mrs. Rushmore kümmerte sich um Helena. Jeden Morgen versorgte sie deren Brandwunden, und die Salbe ließ die Haut bereits heilen. Helena würde Narben zurückbehalten, doch die auf ihrer Haut waren nicht so tief wie die in ihrem Herzen. Jede Minute kreiste in ihrem Kopf der Zweifel, ob sie das Richtige getan hatte.

»Die unbeschädigten Schiffe haben den Hafen verlassen«, erzählte ihr Mrs. Rushmore beiläufig, während sie Helenas schmutzige Handtücher einsammelte.

Die Nachricht, dass die Kaiser Wilhelm der Große auf dem Rückweg nach Europa war, traf Helena. Sie hatten sie zurückgelassen. Hatte man sie wenigstens gesucht? Oder waren ihre Eltern davon ausgegangen, dass sie auf der Main umgekommen war? Wie mochte es ihren Eltern gehen? Und die arme kleine Anni, sie war nun ganz allein. Helena musste sich bemühen, diese Gedanken fortzuschieben. Sie hatte ihren Entschluss gefasst, jetzt gab es kein Zurück mehr. Sie würde ein neues Leben beginnen – ein Leben als Clara Hauser. Und es würde das Leben werden, von dem sie immer geträumt hatte, frei und selbstbestimmt, das nahm sie sich fest vor.

Mrs. Rushmore war Helena in diesen ersten Tagen, an denen sie noch immer zu schwach war, um das Bett zu verlassen, eine große Stütze. Zwei Tage lang hatte Helena geschlafen, nachdem man sie in das Haus von Mrs. Rushmore gebracht hatte. Jetzt, weitere drei Tage später, konnte sie das erste Mal wieder aufstehen und vorsichtig ein paar Schritte in dem Zimmer herumtappen.

Als Erstes sprach sie Mrs. Rushmore auf ihre größte Sorge an. »Ma'am, ich habe kein Geld, Ihnen Ihre Hilfe zu bezahlen.«

Mrs. Rushmore, die soeben ein frisches Kleid für Helena in das Zimmer gebracht hatte, blieb verdutzt stehen.

»Oh, Clara, mein Kind, das muss dir keine Sorgen machen. Ich denke, wir finden einen Weg. Mir war wichtig, dass du gesund wirst. Deine Wunden – es hätte auch zu einer schlimmen Infektion kommen können.«

»Ich bin Ihnen auch sehr dankbar dafür. Aber sobald es mir besser geht … ich sollte Ihnen dann nicht länger zur Last fallen.«

Mrs. Rushmore sah Helena milde an. »Wo möchtest du denn hin? Willst du zurück nach Deutschland?«

Helena räusperte sich verlegen. So weit hatte sie ihre Geschichte noch gar nicht weitergesponnen. »Nein, ich glaube, ich werde in Amerika bleiben.«

»Hast du keine Familie, die auf dich wartet? Oder gar einen jungen Mann? Du sprichst sehr gut Englisch, warst du in der Schule?«

»Ja, ich habe in der Schule Englisch gelernt und nein … nein, ich war allein auf dem Schiff.«

»Oh, das ist traurig.«

»Ja, meine Eltern starben früh. Ich arbeitete schon als junges Mädchen als Dienstmagd.« Helena wunderte sich über sich selbst, wie schnell ihr jetzt Details einfielen. »Ich komme aus einem kleinen Dorf, dort gab es nicht viel Arbeit, so ging ich nach … Bremerhaven.« Sie wusste zwar nicht, wie ortskundig die Dame in Deutschland war, aber besser, sie verschwieg ab sofort jegliche Spur nach Hamburg.

In den folgenden Tagen erzählte Helena ihrer Gastgeberin mehr und mehr von sich als Clara Hauser und versuchte dabei, ihrem neuen Ich einen roten Faden zu geben.

Sie wusste immer noch nicht genau, wo sie war. Ab und an hörte sie aus anderen Ecken des Hauses Stimmen und Gelächter. Schritte im Flur hatten ihr verraten, dass sie in dem Haus nicht mit Mrs. Rushmore alleine war. Vielleicht führte die Dame eine Pension?

Die Tage allein in ihrem Zimmer hatten Helena neugierig gemacht, und eines Abends, als sie wieder hörte, dass irgendetwas im Haus vor sich ging, nahm sie allen Mut zusammen und schwang die Beine über die Bettkante. Das Stehen und Gehen ging nur etwas zögerlich, aber schnell verschwand das Schwindelgefühl aus ihrem Kopf.

Helena erfrischte sich etwas an der Waschschüssel, kämmte sich die Haare und schlüpfte dann in das Kleid, das Mrs. Rushmore schon vor einigen Tagen vorsorglich für sie bereitgelegt hatte. Ihre eigene Kleidung war nicht mehr zu gebrauchen gewesen, verrußt und beschmutzt mit Blut. Einzig ihre Schuhe konnte sie wieder anziehen, die hatte jemand gesäubert und neben die Tür gestellt.

Helena öffnete zaghaft die Tür ihres Zimmers. Das Haus war größer, als sie gedacht hatte, denn vor ihr lag ein langer Flur mit unzähligen Türen. Vorsichtig tappte Helena zur Treppe. Im Flur beschlich sie schon das Gefühl, dass dies weder ein gewöhnliches New Yorker Wohnhaus war noch eine Pension. Es sah außerhalb ihres Zimmers ganz anders aus. Die Wände waren mit dicken roten Stoffen gepolstert. Es standen keine Möbel in dem langen Flur, den sie jetzt durchquerte, aber dafür zierten Gemälde mit freizügig bekleideten Frauen die Wände.

Helena wägte kurz ab, irgendetwas in ihr sagte ihr, dass sie hier nicht hergehörte und dass es ein Fehler war, hier zu sein. Doch Mrs. Rushmore hatte sie gesund gepflegt und sich um sie gekümmert und wo sollte sie hin?

Sie stieg eine Treppe hinab, die sie gleich in einen großen Raum im Untergeschoss des Hauses führte. Er war merkwürdig eingerichtet. An einer Seite gab es eine Bar, die den Eindruck eines Schankraums vermittelte, der Rest des Raumes wirkte allerdings eher wie ein gemütlich eingerichteter Wohnraum voller bequemer Sitzmöbel und dunkelholziger Tische.

Ein junges blondes Mädchen in einem auffälligen gelben Kleid stand an einem der Tische und drehte sich jetzt zu Helena um.

»Oh, hallo. Du bist das deutsche Mädchen vom Hafen, oder? Geht es dir wieder besser?« Sie sprach Englisch mit einem starken amerikanischen Akzent. »Ich bin Nicola, verstehst du mich?«

Helena nickt. »Ja, es geht mir wieder besser.«

Nicola lächelte sie an. »Ich werde mal Mrs. Rushmore Bescheid geben. Sie sagte schon, du wärst nett und anstellig, dann wird sie dich vielleicht behalten.«

»Behalten?« Helena wusste nicht, was diese Nicola meinte, und bevor sie eine Antwort bekam, war Nicola schon durch eine Tür verschwunden. Kurz darauf kam sie wieder und winkte Helena zu. »Komm, sie will dich sehen.«

Helena folgte Nicola in den Nebenraum. Auch hier war alles opulent mit Möbeln aus Samt ausgestattet und dicke grüne Vorhänge ließen nur wenig Tageslicht durch die Fenster. Auf einem Sofa saß Mrs. Rushmore, aber Helena erkannte sie erst auf den zweiten Blick, denn die Dame sah heute nicht so bieder und anständig aus wie in den Stunden oben in Helenas Zimmer, wenn sie sich um ihre Patientin gekümmert hatte. Heute sah sie eher aus wie ein exotischer Vogel. Ein buntes Kleid mit tiefem Ausschnitt präsentierte ihre Oberweite mehr, als dass es sie verdeckte. Im Gegensatz dazu stachen ihre zarten dünnen Beine heraus, die sie elegant und fast entblößt unter dem recht kurzen Rock übereinandergeschlagen hatte.

»Schön, dass es dir besser geht. Tritt näher, Mädchen, und setz dich. Dann reden wir.« Mrs. Rushmore winkte sie mit einer eleganten Bewegung zu sich.

Helena tat wie befohlen und setzte sich zaghaft neben der Dame auf das Sofa.

»Gar nicht so übel. Bist ein hübsches Mädchen und anständig zudem, das weiß ich ja schon. Hat Nicola dir gesagt, womit wir hier unser Geld verdienen?«

»Nein, Ma'am, sie sagte nur, dass Sie mich sprechen wollten.«

»Wie ich schon gesagt hatte: Du könntest hier arbeiten, wenn du das möchtest. Natürlich kannst du deine Unterkunft und Verpflegung der letzten Wochen auch anders bezahlen …«

Helenas Herz klopfte bis zum Hals. »Aber … ich habe ja kein Geld. Ich muss mir erst eine Arbeit suchen.«

Mrs. Rushmore stand von dem Sofa auf und ging zu einem kleinen Tisch, auf dem eine Karaffe mit Wasser und Gläser standen. »Deswegen biete ich dir ja eine Arbeit an.« Auf Helenas fragenden Blick lachte sie auf. »Kind, du weißt immer noch nicht, was das hier ist, oder?«

»Nein, Ma'am«, gab Helena ehrlich zu.

»Das hier ist ein Etablissement, in dem Männer sich vergnügen können. Als Krankenschwester – na, da habe ich nicht viel verdient. Du verstehst? Wir sind Huren.« Mrs. Rushmore goss sich etwas Wasser in ein Glas und lachte, dann sah sie fragend zu Helena, diese schüttelte aber schnell den Kopf.

»Oh.« Mehr brachte Helena auch zu dieser Nachricht nicht über die Lippen. Es war ihr fürchterlich unangenehm, aber jetzt fiel es ihr wie Schuppen von den Augen. Die bunten Kleider, die seltsame Ausstattung des Hauses. Helena hatte schon von Frauen gehört, die in solchen Häusern arbeiteten. Das hatte es in Hamburg auch gegeben. Gesehen oder gar betreten hatte sie natürlich noch nie ein Hurenhaus, und auch jetzt gerade war ihr eher danach, sofort zu fliehen. Aber wenn sie in Amerika bleiben und nicht auf der Straße schlafen wollte, würde sie eine Arbeit brauchen. Bei Mrs. Rushmore stand sie bereits in der Schuld, und diese Schuld gedachte sie zurückzuzahlen. Aber sie, Helena van der Haard eine Hure? Sie hatte mit Männern überhaupt keine Erfahrung und überhaupt. Helena schauderte, und ihr wurde übel. »Ich sollte vielleicht besser gehen. Ich werde meine Schuld abbezahlen, sicherlich, aber … ich … kann nicht …«

»Na, nun hab mal nicht gleich Angst. Wir werden dich schon nicht beißen oder dem nächstbesten Kerl vorwerfen. Du kannst dich auch erst mal mit anderen Dingen nützlich machen. Gläser spülen, den anderen Mädchen helfen, ihre Zimmer sauber zu halten, die Tische reinigen – vielleicht kannst du in einigen Tagen abends Getränke ausschenken, wenn du noch etwas mehr zu Kräften gekommen bist. Du siehst gut aus und bist gepflegt. Das mögen die Männer.«

Mrs. Rushmore grinste.

Helena überlegte fieberhaft, was sie für Alternativen hatte, doch so, wie es aussah, hatte sie die im Moment nicht. Sie wusste nicht, wohin sie gehen sollte und wie sie in dieser Stadt überleben konnte. Sie hatte nicht geplant, ihr neues Leben mit Schulden zu beginnen. Doch Geld hatte sie auch keines. Das war ein Zustand, den sie nicht kannte, und er machte ihr Angst. Dennoch war ihr klar, dass sie sie bis auf den letzten Pfennig zurückzahlen würde, das gebot ihre gute Erziehung, da war es egal, was Mrs. Rushmore für ein Etablissement führte. Wenn Helena ihre Schulden abarbeiten konnte, dann würde sie dies auch tun. Sie straffte die Schultern. »Gut, ich helfe beim Saubermachen und vielleicht … Ausgeschenkt habe ich noch nie … aber ich werde nicht …« Sie schüttelte den Kopf.

»Schon gut, Mädchen, ich denke, wir bekommen das hin. Die anderen werden dir im Gastraum alles zeigen und erklären und dann kannst du erst mal anfangen. Aber für heute bekommst du erst einmal etwas Kräftiges zu essen, und dann legst du dich wieder hin. Mit der Arbeit kannst du morgen beginnen, wenn du wieder etwas weniger wackelig auf den Beinen bist.«

17. Kapitel

Hamburg im Mai 2017

Auf dem Rückweg von der Bank zur Villa hing Jonas seinen Gedanken nach. Die Reederei stand kurz vor der Insolvenz, das hatte ihm Herr Keller noch einmal bestätigt. Jonas musste so schnell wie möglich eine Lösung für dieses Problem finden. Er wusste, dass es Unsinn war, sich auf die Hoffnung zu stützen, dass irgendwo bei einer New Yorker Bank noch ein längst vergessenes Familienvermögen lag. Trotzdem erschien der Gedanke ihm in diesem Moment tröstlich.

An der Villa Clausen angekommen, blickte Jonas aus dem Auto gen Himmel. Dann rannte er so schnell er konnte das kurze Stück bis zur Haustür. Doch genau in diesem Moment erwischte ihn eine nasse Böe, und als er schließlich im Hausflur stand, tropfte er wie ein begossener Pudel. Zurzeit wechselte das Wetter täglich, mal war es schon angenehm warm, sodass man sich auf den baldigen Sommer freute, anderntags war es wieder kalt und nass, wie heute.

Auch im Haus war es noch kühl. Im Sommer war es angenehm, dass die hohen Räume des Altbaus sich nicht so sehr aufheizten. Doch jetzt in der Übergangszeit, in der die Heizung bereits abgestellt war, diese Sparsamkeit hatte noch niemand seinem Großvater austreiben können, die Temperaturen aber noch nicht so ausdauernd hoch blieben, dass sie die winterliche Kälte aus den Mauern vertrieben, war es zeitweise noch unangenehm. Am nächsten Tag sollte die Windjammerparade zur Feier des Hafengeburtstages stattfinden. Jonas hoffte, dass das Wetter sich bis dahin wieder änderte. Bei Sturm und Wind wäre es keine Freude, den Schiffen zuzusehen, wo seine Großeltern sich doch schon darauf freuten.

Rasch zog Jonas sich trockene Sachen an und kehrte dann an den Schreibtisch im Arbeitszimmer seines Vaters zurück. Mit einer Mausbewegung erweckte er seinen Computer zum Leben und öffnete die Bankübersicht auf seinem Computer. Er würde wohl bei dieser Bank of New York Mellon Corporation anrufen müssen, um zu erfragen, wie es um dieses Depot bestellt war. Schnell suchte er aus dem Internet die Kontaktdaten der deutschen Filiale in Frankfurt heraus und griff zum Telefon.

Eine halbe Stunde später schnippte Jonas genervt einen Kugelschreiber mit den Fingern vom Schreibtisch, sodass dieser auf dem alten Dielenboden landete. Die Bank hatte ihm zwar bestätigt, dass das Depot noch bestand, weigerte sich aber vehement, weitere Auskünfte zu geben. Das Golddepot aufzulösen war außerdem nicht ganz einfach. Er würde dazu die Originalpapiere benötigen oder müsse die für den Zugriff berechtigte Person sein. Natürlich hatte die Bank auch eine Schweigepflicht, mit der die Daten ihrer Kunden geschützt werden sollten. Jonas verzog wütend das Gesicht. »Da müssen Sie sich direkt an die Hauptfiliale in New York wenden, und am besten persönlich dort erscheinen, um Ihr Gesuch einzureichen«, hatte der Banker ihm am Telefon mit spitzem

Unterton gesagt, in der Hoffnung, Jonas damit abwimmeln zu können.

»Haben Sie da nicht eine Möglichkeit, nachzuhaken und Informationen für mich zu beschaffen?« Jonas hatte nicht klein beigeben wollen.

»Nein, das ist leider nicht möglich. Unser Haus hat seine Prinzipien, mit denen wir die Privatsphäre unserer Kunden schützen wollen. Gerade in Zeiten wie diesen, wo immer wieder Datenklau betrieben wird und vertrauliche Daten an Stellen gelangen, an die sie nicht gehören.«

Jonas hatte aufgegeben, zumindest in diesem Telefongespräch. Jetzt erweckte er erneut seinen PC zum Leben und öffnete eine Suchmaschine. Vielleicht fand er ja tatsächlich einige Informationen über die Personen und Begleitumstände dieses Depots. Er gab den Namen Clara Hauser in das Suchfeld ein. Die Menge der Treffer war fünfstellig. Der Name war einfach zu häufig. Jonas überflog die ersten Ergebnisse. Eine Gastwirtin aus dem Allgäu, eine Friseurin aus Mönchengladbach – so würde er nicht weiterkommen. Die Clara Hauser, die er suchte, lebte ja längst nicht mehr. Er seufzte – es drängte ihn, dieser Sache nachzugehen. Immerhin ging es um einen größeren Geldbetrag, der zur Rettung der Reederei beitragen könnte.

Am nächsten Morgen war Jonas früh auf den Beinen und ging gleich nach dem Frühstück zu seinen Großeltern hinunter. Heute fand die große Parade der Windjammer statt. Auch wenn er sich am liebsten weiter mit der Recherche nach Clara Hauser beschäftigt hätte, dieser Tag würde zunächst den Schiffen gehören – und seinen Großeltern. Das Wetter war heute wesentlich besser als noch in den letzten Tagen, und es versprach, ein warmer Maitag zu werden.

»Oh, Jonas. Wie schön, beeil dich, die ersten Kähne sind schon durch«, begrüßte seine Großmutter ihn herzlich, als er in ihre Küche trat und schob ihn gleich weiter zur Terrasse.

Jonas drückte seiner Großmutter ein liebevolles Küsschen auf die runzelige Wange und trat dann durch die Terrassentür hinaus.

Sein Großvater stand schon mit einem Fernglas bewaffnet am Geländer und beobachtete das Geschehen auf der Elbe. »Ah, Junge, du kommst gerade richtig«, grüßte er seinen Enkel, ohne sich umzudrehen. »Gleich geht es los – ich sehe schon die ersten Segel auftauchen. Es sind viele große Windjammer dabei dieses Jahr.«

Jonas zog für seine Großmutter einen Stuhl herbei, auf den sie sich dankbar niederließ, als sie jetzt zu ihnen stieß, und die Haushälterin brachte auf einem Tablett für jeden ein Glas Sekt. Für die Familie Clausen war der Hafengeburtstag beinahe ein Feiertag, genau wie Weihnachten und Ostern. Trotzdem vermied Jonas inzwischen, so wie viele Hamburger, sich an diesen Tagen in der Nähe der Landungsbrücken aufzuhalten. Dort war einfach zu viel Rummel, der sich nicht nur um die Schiffe und den Hafen drehte. Was Jonas und seine Großeltern jedes Jahr aufs Neue genossen, war genau das hier: Ihre Blicke richteten sich dann auf die Elbe.

Jonas lief eine wohlige Gänsehaut über den Rücken, als die wirklich großen Schiffe in Sichtweite kamen. Die weißen Segel im Wind, kleine Wellen vor sich hertreibend, steuerten sie auf den Hafen zu.

Seine Großmutter war ebenso begeistert dabei. »Die

Kruzenshtern – da schau doch! Sie ist genauso alt wie dein Opa, nur … sieht sie noch besser aus.« Jonas' Großmutter grinste schelmisch, sah ihren Mann dabei aber ganz verliebt an.

Die Kruzenshtern war eine imposante russische Viermaststahlbark, die einst unter der Flagge des Deutschen Reiches gefahren war. An diesem Tag war sie auf jeden Fall das Highlight der Parade, und als einziger der berühmten Flying P-Liner noch heute im Einsatz auf See. Jonas hatte sie bereits einmal unter Vollsegel gesehen – ein Anblick, der unbeschreiblich gewesen war. Sie jetzt zwischen all den kleineren Seglern vor Blankenese vorbeischippern zu sehen war imposant.

»Hast du denn unser Schiff auch gesehen?« Jonas warf seiner Großmutter einen belustigt-vorwurfsvollen Blick zu.

»Ja, ja … hab ich, aber ein Schiff ohne Segel oder rauchende Schornsteine … ich weiß, die Delos Sol ist ein tolles Kreuzfahrtschiff, und ich habe mit ihr damals auch eine wirklich schöne Reise gehabt, dennoch … da qualmt und flattert halt nichts.« Sie zwinkerte.

Die Reederei Clausen hielt ein Fünftel Anteil an dem Kreuzfahrer, der auch wenigstens noch gute Erträge brachte, wie Jonas heute gesehen hatte. Jonas mochte das Schiff, auch wenn er selbst noch nicht damit gereist war. Es war aber auch nur ein mittelgroßes Passagierschiff. Etwas persönlicher als die touristischen Riesenpötte.

Insgeheim hatte er immer geträumt, vielleicht eines Tages mit der Reederei doch tiefer in diese Branche einzusteigen. Es war ja nicht so gewesen, dass er sich all die Jahre keine Gedanken gemacht hatte, während er darauf gewartet hatte, seinen Platz in der Firma einnehmen zu können.

Die monströsen Cargo-Schiffe machten das Containergeschäft nicht einfacher. Die Japaner bauten fleißig Schiffe, die immer größer wurden und mittlerweile bereits bis zu zwanzigtausend Containerplätze für zwanzig Fuß Container aufwiesen. Eine Zahl, bei der selbst einem Branchenerfahrenen wie Jonas ganz schwindelig wurde. Stellte man all diese Container hintereinander, war die Schlange einhundertzwanzig Kilometer lang, und ein einzelner Lkw-Fahrer bräuchte zwanzig Jahre, um das Schiff zu leeren.

Auch im Kreuzfahrtgeschäft wurden die Schiffe immer größer, doch Jonas hatte im Mittelmeer moderne Großsegler gesehen. Sie wurden als Kreuzfahrer genutzt. Eine feine und leise Art des Reisens, die noch dazu umweltfreundlicher war. Dort sah Jonas Potenzial. Gerade in der heutigen Zeit, in der immer mehr auf Nachhaltigkeit und Umweltschutz geachtet wurde. Natürlich würde so etwas eine gewisse Planung und Umstrukturierung bedeuten – und einige Investitionen. Nach den Erkenntnissen der vergangenen Tage und dem gestrigen Termin waren solche Sprünge erst einmal eine schöne Vorstellung, und er musste die tatsächlichen Pläne erst einmal auf Eis legen.

Doch er fand, dass er jetzt, wo er mit seinen Großeltern so entspannt zusammensaß, noch einmal die alten Papiere ansprechen konnte.

»Hey, hörst du mir überhaupt zu, Jonas?« Die Stimme seiner Großmutter holte ihn aus seinen Gedanken.

»Entschuldige, ich war mit meinen Gedanken woanders. Was hast du gesagt?«

»Würdest du mal den kleinen runden Tisch dort drüben hier in die Sonne stellen? Dann können wir den Kuchen hier draußen essen, und dein Großvater muss sich nicht von den Schiffen trennen.«

Die Haushälterin brachte jetzt den Kuchen, Teller und Tassen und eine große Kanne Kaffee auf die Terrasse.

»Oh, dein Käsekuchen, Oma!« Jonas' Magen erinnerte ihn knurrend daran, dass er kein Frühstück gehabt hatte. Lange hatte er den Kuchen seiner Großmutter nicht mehr gegessen. Zarte Käsecreme, durchzogen von ganz feinen Schichten Pflaumenmus. Jonas musste glücklich schmunzeln.

Jetzt wandte er sich seinem Großvater zu, während seine Großmutter den Kuchen verteilte.

»Opa, ich war gestern bei der Bank. Ich musste einige Dinge mit Herrn Keller besprechen«, begann Jonas. »Unter anderem habe ich ihm einige alte Dokumente gezeigt, die ich beim Aufräumen gefunden habe. Kannst du dich vielleicht an sie erinnern? Eingeklemmt zwischen den Schubladen lagen einige Briefe von einer Anni und ein altes Dokument zu einer Goldanlage.«

Jonas' Großvater holte tief Luft, als müsse er weiter ausholen. »Also – Anni, sagt du. Das war meine Großmutter Annemarie. Und von ihr lagen da noch Papiere in den Schubladen? Wirklich? Oha. Aber jetzt, wo du es sagst, erinnere ich mich an diesen Depotschein.«

»Wirklich? Und weißt du auch, was es damit auf sich hat?«

Sein Großvater wackelte bedächtig mit dem Kopf. »Der ist mir auch schon einmal in die Finger gefallen. Ein Stapel alter Briefe und obenauf dieser Schein. Ich habe mich damals nicht weiter damit beschäftigt. Er war ja auch damals schon uralt, deswegen habe ich mich einfach über das Alter der Dokumente gefreut und sie dann wohl wieder zurückgelegt. Ich kann dir nicht sagen, was genau das ist und was es zu bedeuten hat, aber ich vermute, dass da längst kein Vermögen mehr liegt. Herr Keller hat ja vor ein paar Jahren mit deinem Vater auch noch mal alle Konten umstrukturiert. Also wenn da noch was gewesen wäre, wäre es wohl aufgefallen.«

Jonas überlegte. Auch das musste schon wieder einige Jahrzehnte her sein, aber sein Großvater dachte vermutlich in anderen Dimensionen als er.

»Die Bank existiert noch. Ich habe dort angerufen, beziehungsweise bei ihrer deutschen Niederlassung in Frankfurt. Es ist wohl in der Tat so, dass es dieses Depot noch gibt und all die Jahre dort nie jemand drauf zugegriffen hat. Trotzdem finde ich es merkwürdig«, hakte Jonas weiter nach. »In New York oder an der Ostküste sind wir an keinen Geschäften oder Reedereien beteiligt, und ich glaube auch nicht, dass das Geld damals für eine Schiffsbeteiligung gedacht war. Das Depot wurde auf den Namen Clara Hauser angelegt. Sagt dir dieser Name vielleicht noch etwas?«

»Clara Hauser?« Er fasste sich an seine Stirn, während er nachdachte. »Nein, der sagt mir überhaupt nichts. Aber vielleicht macht auch einfach mein Kopf nicht mehr richtig mit. Catharina, du kannst dich doch immer besser an solche Dinge erinnern. Oma Anni kanntest du ja noch. Und für dich waren ihre Geschichten damals noch neu, du hast sicher besser behalten, was sie immer so erzählt hat.«

Jonas' Großmutter hatte die ganze Zeit noch nichts dazu gesagt, sondern nur gespannt zugehört. Jetzt klinkte sie sich ein. »Ich bin mir nicht ganz sicher, aber ich glaube, ich habe den Namen schon einmal irgendwo gesehen.« Sie stand auf und lief eilig ins Haus. Jonas wunderte sich immer, wie flink sie ob ihres Alters manchmal noch sein konnte.

»Und diese Frau lebte in Amerika?« Karl-Justus Clausen schüttelte den Kopf, als könne er das alles nicht begreifen.

Jonas begriff es auch noch nicht. Mehr als diesen Namen und die Bestätigung, dass es das Depot noch gab, hatte ihm der Banker am Telefon schließlich auch nicht sagen können.

»Hier – ich habe es. Paulina musste es mir aus dem Schrank holen, es lag ganz oben.« Sie trug einen dicken, in Leder gebundenen Wälzer und setzte ihn auf dem kleinen Terrassentisch ab, dass das Kaffeegeschirr klirrte.

»Was hast du denn da jetzt ausgegraben, Catharina?«

Jonas' Großmutter reagierte gar nicht darauf, sondern wies die beiden Männer nur an: »Schaut her, das ist eins der ganz alten Fotoalben. Ich habe vor Jahren mal darin gestöbert, weil ich ein paar schöne alte Bilder der Familie haben wollte und dabei …«, sie begann die dicken, Pappseiten des alten Albums umzublättern, »… habe ich den Namen irgendwo gelesen, wenn ich mich recht erinnere.«

Bei jeder umgeblätterten Seite stieb eine kleine Staubwolke von dem dicken Album auf. Es waren uralte Fotografien, teils schon verblichen und stark rissig. Manche sahen aus, als wären sie von Hand nachkoloriert worden. Jonas hatte dieses Album noch nie gesehen. »Wo kommt das her?«

»Das stand in der Bibliothek. Es stammt aus der Familie der Großmutter deines Großvaters.« Jonas Großmutter blätterte eifrig weiter. »Hier, das müsste es sein.« Sie tippte auf eine Fotografie, die beinahe eine halbe Seite einnahm. Diese zeigte eine Terrasse vor einem großen Haus. Es war nicht die Villa Clausen, schien aber ebenfalls in Hamburg zu sein. Auf dieser Terrasse standen einige Personen für das Foto arrangiert.

Jonas musste genau hinsehen, um auf dem in Grautönen gehaltenen Bild etwas zu erkennen. Die Personen waren überwiegend Frauen.

»Schaut, und hier drunter steht es geschrieben.« Catharina Clausen fuhr mit dem Finger einen handschriftlichen Eintrag entlang. »Das ist noch die alte deutsche Schrift, gebt mir einen Augenblick, ich habe so was auch schon lange nicht mehr gelesen.« Sie stieß mit der Nase fast auf das Album, während sie sich auf den Text konzentrierte.

»Da steht geschrieben: Sommer 1898, Fräulein Helena van der Haard, Fräulein Annemarie van der Haard, Hauslehrer Wilhelm Frick, Dienstmädchen Clara Hauser, Köchin Elsa Grundman.«

Jonas streckte seine Hände nach dem großen Album aus und zog es auf seine Seite des Tisches. »Dienstmädchen sagst du?« Er beschaute sich das Bild, das Gesicht der Frau war kaum noch zu erkennen. »Annemarie van der Haard? Das war dann deine Großmutter, Opa?«

Karl-Justus Clausen war tief in Gedanken versunken. Immer und immer wieder strich er sich über seinen weißen Bart. »Hauser … das war das Dienstmädchen der Schwester meiner Großmutter, jetzt erinnere ich mich. Sie hat es einmal erzählt. Das war eine schlimme Geschichte damals. Meine Großmutter hat nicht viel darüber geredet.«

»Was für eine schlimme Geschichte?« Jonas sah seinen Großvater aufmunternd an.

Dessen Blick war fest auf die noch immer auf der Elbe vorbeifahrenden Schiffe gerichtet. »Das Unglück. Ich habe dir doch schon oft davon erzählt. Es muss ein Drama gewesen sein damals. Erst das rauschende Fest im Saal der Kaiser Wilhelm der Große, dem schnellsten Schiff seiner Zeit. Und dann …«

Jonas dachte an das Buddelschiff, das oben im Büro auf einem der Regalbretter stand. Auf kleinen blau-weißen Wellen festgeklebt, erinnerte das Modell des großen Dampfers daran, was er einmal für Deutschland, den Norddeutschen Lloyd und die Familie Clausen bedeutet hatte. Auch Jonas blickte auf die Elbe hinaus und fröstelte plötzlich. »Aber was genau ist damals wirklich geschehen? Du hast immer nur von dem wunderbaren Schiff und dem Brand in Hoboken erzählt. In welcher Verbindung stand unsere Familie damit?«

»Die Schwester meiner Großmutter feierte damals im Festsaal dieses berühmten Schiffes ihre Verlobung. Schon zu jener Zeit waren die Clausens eine bedeutende Hamburger Familie. Der älteste Sohn wurde auf dieser Reise mit der ältesten Tochter des Schiffsingenieurs van der Haard verlobt. Es war eine wichtige Verbindung, die da gefeiert wurde. Doch dann geschah das Unglück. Jener Hafenbrand in Hoboken. Das war am 1. Juli 1900 – nur einen Tag nach dem Fest. Der Brand war die größte Katastrophe seiner Zeit, für den Lloyd und auch für New York. Es wurden viele Schiffe zerstört, und viele Menschen starben. Auf den Piers lagerten Unmengen an Baumwolle und Schnaps. Alle Gebäude waren aus Holz. Das hat gebrannt wie Zunder.« Karl-Justus Clausen seufzte tief. »Meine Großmutter verlor dabei ihre Schwester. Die Familie und vor allem meine Großmutter sind lange nicht über diesen Verlust hinweggekommen. Die Möglichkeit einer Verbindung der beiden Familien war damit auch vorerst vertan, schließlich war meine Großmutter erst zwölf, als sie sich mit ihren Eltern auf diese Reise machte.«

Einen Moment folgten sie mit ihren Blicken alle schweigend der eindrucksvoll mit roten Segeln bespannten Brigantine, die unten auf der Elbe in Richtung Hafen vorbeifuhr.

Dann zuckte Jonas' Großvater mit den Schultern und fuhr fort: »Ich kann mich tatsächlich nicht mehr an alle Einzelheiten erinnern, aber wenn ich jetzt so darüber nachdenke, dann könnte es sein, dass auch das Dienstmädchen damals zurückgeblieben ist. Helena hätte das Schiff sicherlich nicht alleine verlassen. In dem Chaos des Feuers muss es schwer gewesen sein, den Überblick zu behalten. Vielleicht haben sie sich verloren oder einfach den Weg zurück aufs Schiff nicht geschafft. Vermutlich sind sie beide an Land geblieben, als die Kaiser Wilhelm als erstes der anliegenden Schiffe auf der Flucht vor dem Feuer vom Pier ablegte.

Die Kaiser Wilhelm war das einzige der direkt betroffenen Schiffe, das die Katastrophe halbwegs unbeschadet überstand. Trotzdem waren viele der Passagiere nicht mehr an Bord gekommen. Dass Clara Hauser später wieder Kontakt zur Familie aufgenommen hat, halte ich durchaus für möglich. Vielleicht war sie auch verletzt worden und hat die Abreise des Schiffes wenige Tage nach dem Brand verpasst.

Ich schätze meine Großmutter so ein, dass sie vielleicht sogar Schuldgefühle geplagt hatten, schließlich hatte die junge Frau die Reise ja in den Diensten der Familie van der Haard angetreten und nicht aus eigenen Stücken.

Ist es nicht komisch, wie viele Erinnerungen plötzlich wieder da sind, wenn man beginnt darüber zu sprechen? Jetzt weiß ich auch wieder, dass meine Großmutter noch viele

Jahrzehnte später von einem ganz bestimmten Moment gesprochen hat. Jenem Moment, in dem sie ein letztes Mal auf die brennenden und qualmenden Piers zurückgesehen hat. Bis zu ihrem Tod bestand sie darauf, dass sie Helena in jenem Augenblick dort gesehen hatte. ›Das gelbe Kleid! Ich habe das gelbe Kleid gesehen! Ich wusste, dass es Helena war‹, hat sie immer und immer wiederholt. Sie war die Einzige gewesen, die immer daran geglaubt hatte, dass ihre Schwester das Unglück überlebt hat.«

»So ein Verlust ist ja auch schwer zu begreifen.« Jonas fühlte sich an den plötzlichen Tod seiner Mutter erinnert.

»Nein, nicht so.« Sein Großvater wischte abwehrend mit der Hand durch die Luft. »Das war anders. Ich war damals ja auch noch ein Kind, aber sie hat von Helena gesprochen, als würde sie wirklich noch leben.«

»Und wie ging es dann weiter? Hat Großmutter Anni irgendwann doch den Platz ihrer Schwester eingenommen und den Clausen-Erben geheiratet, als sie alt genug war?« Jonas kam mit den Namen seiner Vorfahren immer wieder durcheinander.

Karl-Justus Clausen nickte vage. »Nein, nicht so, wie du denkst. Mein Großvater war Albert Clausen. Wie Anni war auch er das zweite Kind in der Familie.«

Jonas beobachtete nachdenklich die Wolken, die über ihnen am Himmel entlangzogen. Diese alte Geschichte hatte seine Neugier noch mehr angefacht. Plötzlich war all das nicht mehr einfach nur Vergangenheit und eine Geschichte. Es war real und die Menschen, die dabei eine Rolle spielten, hatten für Jonas Charakter und Leben bekommen. Vielleicht hatten sie sogar einmal auf derselben Terrasse gestanden wie er jetzt.

Aus welchen Gründen auch immer waren damals Finanzmittel nach Amerika transferiert worden. Jetzt erschien es ihm nicht mehr abwegig, dass die Person, auf deren Namen das Depot ausgestellt worden war, einst mit der Familie verbunden gewesen war. Er wollte der Sache nachgehen. Das Problem war jetzt nur, dass er dafür nach New York reisen musste.

»Darf ich mir dieses Bild einmal ausleihen?« Er deutete auf das Fotoalbum.

»Natürlich.« Seine Großmutter zog es vorsichtig aus den in die dicke Pappseite geschnittenen Halteschlitzen und reichte es Jonas.

Damit war das Gespräch vorerst beendet, und sie widmeten sich all drei wieder der Parade an Segelschiffen und Jachten, die noch immer in einem scheinbar unaufhörlichen Strom in Richtung Hamburger Hafen fuhren.

18. Kapitel

Manhattan im Mai 2017

Amely drängte sich zwischen den Menschen auf dem Bürgersteig hindurch. Halb New York schien heute auf den Beinen zu sein. Amely hatte bis zum Mittag Zeit, sie musste heute erst in der Spätschicht arbeiten. Den Vormittag wollte sie nutzen, um das Schriftstück übersetzen zu lassen, das sie mit ihren Eltern in dem alten Kochbuch gefunden hatte.

Als sie das kleine Übersetzungsbüro erreichte, war sie ganz außer Atem, so sehr hatte sie sich beeilt. Allerdings spielte an diesem Tag vielleicht auch eine gewisse Aufregung eine Rolle.

Das Übersetzungsbüro war in einem ehemaligen Café eingerichtet. Im Raum standen Tische in lockerer Ansammlung zusammen. Daher hatte es seinen früheren gemütlichen Charme behalten und wirkte nicht wie ein klassischer Büroraum. An den Tischen saßen überwiegend junge selbstständige Übersetzer, die sich selbst um ihre Aufträge kümmern mussten und sich teilweise mit Tagesaufträgen über Wasser hielten. Es herrschte eine lockere Stimmung, und vom ehemaligen Tresen aus wurden die Kunden sogar bewirtet, während sie warteten. Amely gefiel dieses lockere Konzept.

»Hi, Amely!« Jeff, ein junger Mann mit Vollbart, winkte ihr fröhlich zu. »Wieder Französisch heute?« Er hatte bereits einige Menükarten für das Restaurant übersetzt, in dem Amely arbeitete, daher kannten sie sich bereits.

»Hallo, Jeff. Nein, heute kein Französisch. Ich habe einen deutschen Text. Gibt's bei euch jemanden, der das übersetzen kann?«

Jeff sah sich um und deutete dann auf eine junge Frau an einem der Tische. »Für Übersetzungen aus dem Deutschen ist Shelly die Beste. Shelly, hast du einen Moment Zeit?«

Die junge Frau hob ihren Kopf und winkte. »Ja, was gibt's denn?«

Amely ging zu ihr an den Tisch. »Hi, ich bin Amely. Ich habe ein altes Dokument gefunden, das aus dem Deutschen übersetzt werden müsste.«

Shelly nickte. »Das ist grundsätzlich kein Problem. Zeig mal her, wie viel Text ist das denn?«

Amely kramte aus ihrer Tasche die Mappe mit dem alten Dokument hervor.

Shelly nahm sie ihr aus der Hand und sah sich das Schriftstück genau an. »Oh, das ist ja alt. Das ist ziemlich schwer zu lesen, aber ich denke, das ist auch schon das größte Problem. Wenn ich mich wieder in die alte Schrift erst eingelesen habe, geht das schnell. Ich habe mit dieser Schrift bei meinen Recherchen während des Studiums in Deutschland oft zu tun gehabt. Das kann ich dir sofort machen. Setzt dich ruhig erst mal und bestell dir einen Kaffee.« Bei ihren letzten Worten war Shelly allerdings schon ganz in den Text versunken.

Amely ging also erst einmal zum Tresen, ließ sich einen Kaffee machen und setzte sich dann mit ihrer Tasse auf den Stuhl Shelly gegenüber. Ihre Gedanken schweiften ab, während sie Shelly beobachtete. Ob dieses Schriftstück wirklich etwas Interessantes enthielt, das ihr weiterhelfen oder sie sogar zu einem Vermögen führen würde? Das war Unsinn, sagte sie sich. Das Papier war uralt, was sollte da schon bei herauskommen. Trotzdem wollte sie es nicht unversucht lassen. Außerdem machte es sie neugierig, dass sie ein in Deutsch verfasstes Dokument in den Unterlagen ihrer Familie gefunden hatte.

Amely dachte noch einmal an den Sonntag zurück. Sie war erleichtert, dass ihre Eltern zumindest nicht all ihre Hoffnung im Keim erstickt hatten. Hoffentlich trafen sie ihre Entscheidung bald. Sie wurde langsam ungeduldig, jetzt wo ihr Traum immer greifbarer und realistischer wurde.

Gut eine halbe Stunde später hob Shelly das erste Mal wieder ihren Kopf von den Papieren. Amely hatte beobachtet, wie sich die junge Frau viele Notizen gemacht hatte und nun begann, etwas in ihren Laptop einzutippen.

»Hast du es geschafft?« Amely war schon neugierig.

»Ja, Augenblick, ich schreibe es jetzt gerade einmal ins Reine.«

Amely rutschte nervös auf ihrem Stuhl hin und her.

Dann machte Shelly endlich ein paar Mausklicks, stand auf und ging zu einem Drucker, der etwas abseits zur allgemeinen Verfügung stand. Mit dem Ausdruck in der Hand kam sie zurück.

»So, das müsste es gewesen sein.« Sie grinste breit. »Ich glaube, da hast du etwas ganz Besonderes ausgegraben – ich wünsche dir viel Glück!«

»Was?« Amely nahm das Papier entgegen und las, was Shelly für sie übersetzt hatte.

Bescheinigung über die Anlage eines Golddepots bei der Bank of New York. August 1914.
Die Auftragstellerin Annemarie Clausen, wohnhaft in Hamburg-Blankenese, richtet zugunsten von Frau Clara Hauser, wohnhaft in New York, folgendes Depot ein:
Goldeinlage im Namen der Reederei Clausen
Einlage 71.000 Goldmark.
Die Bank of New York ist berechtigt, die Einlage gegen Vorlage des Identifizierungsschlüssels an die Begünstigte auszugeben.

Amely las den Text noch einmal. Dann hob sie ihren Blick und starrte Shelly an. Diese saß ihr mit verschränkten Armen gegenüber und grinste über das ganze Gesicht.

»Also, ich weiß ja nicht, in welcher Verbindung zu dem Dokument du stehst – aber ich würde da bei dieser Bank auf jeden Fall noch mal nachfragen, was das zu bedeuten hat und ob da noch was von übrig ist. Wenn du da dran kommst … das wäre durchaus noch was wert.« Shelly drehte den Bildschirm ihres Laptops etwas in Amelys Richtung.

Amely sah auf den Bildschirm und brauchte einen Augenblick, bis ihr bewusst wurde, was dort angezeigt wurde. »Was?«, entfuhr es ihr laut. Gleich schlug sie sich die Hand vor den Mund und musste lachen. »Nein, das kann nicht sein … also das wäre … nein.«

Shelly grinste immer noch. »Also, das ist jetzt natürlich nur ein Onlinerechner, ich hab keine Ahnung, wie vertrauenswürdig so was ist. Aber zumindest als Richtwert kannst du es bestimmt sehen.« Sie tippte auf das Platt Papier, auf dem die

Übersetzung zu lesen war. »Bei 71.000 Goldmark käme man wohl heute auf diesen Betrag in Dollar.«

Amely starrte noch mal auf die Zahl auf dem Bildschirm. Dort standen runde 1,2 Millionen im Umrechnungsfeld. »Das kann nicht sein«, wiederholte Amely leise und versuchte, ihren Herzschlag zu beruhigen.

Shelly sah nun auch etwas ernster aus. »Okay, du weißt natürlich nicht, ob das Vermögen noch in diesem Depot liegt. Schließlich war das damals sicher auch eine Menge Geld, und das lässt man doch nicht einfach liegen. Was hier nicht mit dabeisteht, ist der Identifikationsschlüssel, den du anscheinend brauchst, um das Depot zu öffnen.«

»Mist, du hast recht. Aber ich vermute ohnehin, dass das eine Sackgasse ist. Trotzdem ist es spannend zu wissen, was darinstand. Das Schreiben war an die Großmutter meiner Mutter adressiert. Sie war diese Clara Hauser. Wir haben es letztens auf dem Dachboden gefunden.«

»War deine Urgroßmutter denn reich?« Shelly hob die Augenbrauen.

Amely lachte. »Nein, nicht wirklich, soweit ich weiß, war sie Schneiderin.«

»Na, wie auch immer – ich würde da auf jeden Fall mal in der Bank nachfragen. Sicher ist sicher.«

»Ja, das werde ich.« Amely legte das alte Dokument sorgsam zusammen mit der Übersetzung wieder in die Mappe. Sie bedankte sich nochmals bei Shelly, ließ sich deren Rechnung geben und erhob sich. In ihrem Kopf schwirrten tausend Gedanken. Sie musste unbedingt sofort herausfinden, ob es diese Bank und dieses Depot noch gab, also zog sie ihr Handy aus der Tasche und gab noch während sie das Übersetzungsbüro verließ »Bank of New York« in die Suchleiste ein und bekam gleich mehrere Ergebnisse. Die Bank hieß inzwischen »The Bank of New York Mellon Corporation« und hatte ihren Hauptsitz an der Wall Street. Dass in dem Artikel stand, die Bank habe in den vergangenen Jahrzehnten mit etlichen anderen Banken fusioniert, ließ Amelys Hoffnung, dass das Depot noch existierte, zwar schwinden. Trotzdem war sie sich bewusst, dass sie gar nicht anders konnte, als sich wenigstens Gewissheit zu verschaffen. Also wählte sie die Nummer, die das Internet ihr ausspuckte, und machte einen Termin für den nächsten Tag um elf Uhr aus.

Jetzt musste sie sich nur noch auf die Suche nach dem Identifizierungsschlüssel machen. Ohne den hätte sie vermutlich keine Chance, an das Vermögen heranzukommen. In der Mappe mit den Rezepten hatte sie nichts gefunden, was als solch ein Schlüssel dienen könnte. Amely hatte sie in ihrem Apartment noch mal durchgesehen. Die restlichen Dokumente waren tatsächlich nur Rezepte gewesen. Vielleicht lag ja in der Kiste, in der Amelys Mutter die alten Seiten gefunden hatte, noch etwas. Also schrieb Amely ihr eine Nachricht, bat sie, ein weiteres Mal nachzusehen. Dann steckte sie ihr Handy in die Tasche zurück und machte sich auf den Weg zu ihrer Spätschicht. Immerhin würde die Arbeit sie von ihrer Aufregung und Ungeduld vor dem morgigen Tag ablenken.

19. Kapitel

Jersey City im September 1900

Helena gewöhnte sich nur langsam an ihre neue Arbeit. Mrs. Ruhsmore gab sich Mühe, dass die Gäste und auch ihre Mädchen sich bei ihr wohlfühlten, und daher war der große Raum im unteren Bereich des Hauses auch stets sehr sauber und gepflegt. Hier konnten sich die Kunden aufhalten, etwas trinken, die Mädchen begutachten und sich schließlich eines aussuchen. Sie wurden von Ms. Rushmore stets behandelt, als wären sie in einem noblen Hotel anstatt in einem Hurenhaus. Eine Geschäftspraktik, die sich anscheinend auszahlte. Das Etablissement war immer gut besucht.

In ihren ersten Wochen war Helena verschüchtert durch den Gastraum gehuscht, immer bedacht darauf, keinem der männlichen Kunden zu begegnen oder gar aufzufallen. Es war ihr sehr peinlich gewesen, in so einem Haus zu arbeiten, obwohl sie ja niemand kannte in dieser Stadt. Nach und nach verstand sie sich immer besser mit den Mädchen und hatte sich an den Alltag gewöhnt. Inzwischen machte es ihr auch nichts mehr aus, sich zwischen den Gästen zu bewegen.

In der Zeit, in der die Frauen auf Kunden warteten, musste Helena wachsam sein. Die anderen waren neugierig. Gerade Beth war sehr interessiert an Claras Geschichte.

»Wie hast du denn in Deutschland gelebt?«, fragte sie schon gleich am ersten Abend, den sie gemeinsam im Schankraum verbrachten.

Helena war zusammengezuckt und hatte nur zögerlich eine Antwort hervorgebracht. »Ich habe im Haus der Familie gelebt, bei der ich auch gearbeitet habe. In einer Kammer unter dem Dach.«

»Und woher sprichst du so gut Englisch, Clara? Bis du zur Schule gegangen?« Beth hatte sie mit offener Neugier angesehen. Die junge Frau war hager und trug ihr dunkles Haar stets akkurat zu einem Knoten aufgebunden, wenn gerade keine Kunden erwartet wurden. Helena wusste noch nicht viel über die anderen Frauen, sie selbst hielt sich mit Fragen zurück, um nicht zu neugierig zu wirken.

»Ja, ich war in der Schule. Außerdem hatte der Herr des Hauses oft Besuch aus Amerika und England. Deshalb haben seine Kinder Englischunterricht bekommen, bei dem auch ich oft anwesend war. Ich war ja nicht einfach nur Dienstmagd, sondern beinahe so etwas wie eine Gesellschafterin für die älteste Tochter.« Wieder eine Lüge mehr, hatte Helena im Stillen gedacht, doch sie musste sich langsam an ihre neue alte Lebensgeschichte gewöhnen, musste sie verinnerlichen.

»Bist du traurig, dass diese Leute … bei dem Brand … du hast schließlich alles verloren?«, hakte ein anderes Mädchen nach.

Helena fiel es nicht schwer, diesmal eine halbwegs ehrliche Antwort zu geben. Es stimmte ja! Sie hatte alles verloren, allem voran ihre Familie. »Ja, es ist traurig und ich vermisse sie.«

»Na, aber mit Ms. Rushmore hast du Glück gehabt. In einem Krankenhaus hätten sie dich nicht so gut behandelt.«

Die Wochen zogen vorbei, und bald wurde der Alltag im Haus von Mrs. Ruhsmore auch zu Helenas neuem Alltag.

Ihre festen Aufgaben waren inzwischen, die Tische und den Tresen sauber zu halten. Das bedeutete auch, die Gläser zu spülen, und hin und wieder schenkte sie sogar einen Drink ein. Außerdem kümmerte Helena sich um die Wäsche der anderen Frauen, brachte die Zimmer wieder in Ordnung und machte, wenn nötig, sauber, wenn die Männer wieder gegangen waren und die Mädchen sich auf den nächsten Freier vorbereiteten. Mrs. Rushmore drängte Helena zu nichts, doch der Lohn, den Helena jede Woche für ihre Arbeit bekam, waren nur wenige Penny, und Helena wusste, dass sie Jahre brauchen würde, wenn sie mit diesem Verdienst ihre Schuld begleichen wollte.

Schon in der ersten Woche nach ihrer Genesung hatte Helena jede Gelegenheit genutzt, hin und wieder das Haus zu verlassen. Ihre Ausflüge zeigten ihr, wie viel Glück sie tatsächlich gehabt hatte, bei Mrs. Rushmore zu landen. Weder in Jersey City noch im nahen New York war das Leben leicht. Helena hatte noch nie zuvor so viel Armut gesehen. Überall sah sie Menschen, die einfach auf den Straßen lebten.

Helena bekam ein ganz anderes Bild von ihrer neuen Heimat als das, was sie sich immer vorgestellt hatte. Hamburg war gepflegt gewesen. Natürlich hatte sie von der schlimmen Choleraepidemie gehört, die vor einigen Jahren unter den Arbeitern im Gängeviertel und am Hafen gewütet hatte. Sie hatte nur aufgrund der beengten Lebensverhältnisse und fehlenden Hygiene ausbrechen können, hatte es damals geheißen. Aber das war Helena weit weg erschienen. Sie hatte immer angenommen, in Amerika, besonders in New York, ging es den Menschen gut. Es war eine florierende Stadt. War Amerika nicht das Land der Träume? Wenn sie jetzt durch die Straßen ging, stellte sie fest: Es war das Land der bitteren Wahrheiten. Erst in diesen Tagen wurde ihr wirklich bewusst, wie privilegiert sie aufgewachsen war und wie recht Clara immer gehabt hatte, wenn sie über Helenas Wunsch nach Freiheit geschimpft hatte. Vielleicht hatte Helena die Armut in Hamburg auch einfach nur ausgeblendet. Hatte sich als Mädchen aus gutem Hause nur in den wohlsituierten Vierteln der Stadt aufgehalten und so nichts vom wahren Leben mitbekommen.

Hier war das anders. Auch wenn ihr neues Heim sauber, in seinem Metier angesehen und gemütlich war, lag es in ärmlicher Umgebung. Hier, wo sich nach ihrer Einreise viele der Einwanderer vorerst niederließen, waren die Mietshäuser überfüllt. Viel zu viele teilten sich kleinste Wohnungen. In manchen Innenhöfen waren Bretterverschläge gebaut worden, damit man für die Nacht zumindest ein Dach über dem Kopf hatte. Ratten huschten am helllichten Tag über die Straßen, klapperdürre Hunde streunten umher, beinahe überall lag Unrat und durch die Rinnsteine floss eine dunkle, übelriechende Masse.

Vor manchen Häusern standen magere Kutschgäule, die ihren Besitzern ein kleines Auskommen sicherten. Doch wenn Helena sah, wie viele Kinder auf den Straßen vor den Häusern im Dreck spielten, wurde ihr gewahr, dass die armen Gäule nicht nur für ihr Futter ackerten. Sie hatte falsche

Vorstellungen von diesem Land gehabt, das musste sie sich jetzt eingestehen.

Auch sie würde sich etwas einfallen lassen müssen. Bei ihrem momentanen Stundenlohn würde sie noch viele Jahre in dem Haus von Mrs. Rushmore festsitzen. Sie musste schneller mehr Geld verdienen. An ganz schwierigen Tagen hatte Helena sogar schon einmal überlegt, ob sie sich nicht von den anderen Mädchen im Haus in ihr Geschäft einweisen lassen sollte. Dass deren Arbeit lukrativ war, wusste sie inzwischen. Es könnte ihr helfen, schneller ihre Schuld zu bezahlen. Trotzdem, der Gedanke ließ sie schaudern.

Helena seufzte, stand auf, nahm sich nochmals ihren Lappen und wischte gedankenverloren über die bereits sauberen Tische.

20. Kapitel

Manhattan im Mai 2017

Pünktlich zum vereinbarten Termin traf Amely bei der Bank ein.

Die Gebäude und die Atmosphäre in der Wall Street überwältigten Amely immer wieder. Es war ein warmer Frühsommertag. Sie hatte es geschafft, ihre Schicht zu tauschen, damit sie auch heute erst mittags mit dem Arbeiten anfangen musste. Ihr Chef hatte zwar ein wenig gemurrt, aber dennoch schließlich eingewilligt.

Am Empfangstresen der Bank saßen drei Damen mit braunen Haaren, im grauen Businessdress, alle mit fast derselben Frisur und alle ein Headset im Ohr, während ihre Finger über die Tastaturen vor ihnen flogen.

Amely wartete, bis eine der drei ihren Blick hob und sie auffordernd anblickte. »Thompson – ich habe einen Termin«, stellte sie sich vor.

»Ja, Augenblick.« Sie tippte wieder etwas in die Tasten. »Sie müssten einmal bitte mit dem Fahrstuhl in das vierte Geschoss fahren. Dort gehen Sie links, bis Sie Raum 85 erreichen. Miss Conner erwartet sie dort.«

»Danke schön.« Amely machte sich auf den Weg.

Sie fand das Büro 85 auf Anhieb, und da die Tür aufstand, brauchte sie auch nicht zu klopfen. Hinter einem schmalen

Schreibtisch saß eine junge Frau und lächelte ihr freundlich entgegen. »Mrs. Thompson?« Ihr Blick sprang kurz zwischen Amely und ihrem Kalender auf dem Tisch hin und her.

»Ja.« Amely nickte.

Miss Conner lachte. »Nehmen Sie doch bitte Platz. Was kann ich denn für Sie tun?«

Amely wiederholte ihre Geschichte von den alten Unterlagen, die ihre Mutter wiederum von ihrer Großmutter bekommen hatte und die seit Langem in dem alten Kochbuch vergessen worden waren. »Als meine Mutter mir das Kochbuch schenken wollte, haben wir dieses Dokument entdeckt. Und nun meine Frage: Was hat es damit auf sich? Gibt es dazu noch Informationen bei Ihnen in der Bank, oder besteht das Depot längst nicht mehr, und ich kann dieses Papier getrost entsorgen?«

»Darf ich das Schriftstück einmal sehen? Dann kann ich selbstverständlich herausfinden, ob sich dahinter noch ein Vermögen, na ja, oder sagen wir wenigstens eine Anlage befindet.«

»Natürlich.« Amely übergab der jungen Frau die Mappe, in der sie das alte Dokument und auch die Übersetzung aufbewahrte.

Diese zog das Papier heraus und sah es sich genau an.

»Wow, da haben Sie zumindest ein Stück mit historischem Wert. Wie Sie vielleicht wissen, hat die Bank aus New York vor einigen Jahren fusioniert. Dies hier ist nur ein altes Schreiben zu einem Wertpapierfonds, noch original von der ausgebenden Bank. Wie ich sehe, haben Sie das Dokument schon übersetzen lassen.«

»Ja, wir waren neugierig. Aber … es ist wohl … wertlos, oder?«, schoss es aus Amely heraus.

Die junge Frau lächelte milde und schüttelte den Kopf. »Das muss nicht sein. Geben Sie mir einen Moment, und ich prüfe das.« Sie wandte sich ihrem Computer zu und begann zu tippen.

Amely merkte, wie sie nervös wurde, bis ihr Gegenüber den Kopf hob und wieder sprach.

»Also, es besteht in der Tat noch ein Depot unter diesen Daten. Es wurde in den vergangenen Jahren zwar mehrmals modernen Standards und Zinssätzen angepasst, aber es ist noch da.«

Amely schauderte und richtete sich auf. »Oh! Wirklich, wir hatte ja keine Ahnung …«

»Ja, das finde ich tatsächlich auch ziemlich bemerkenswert. Hundert Jahre sind eine wirklich lange Zeit, und ich wusste selbst nicht, dass sich ein Depot so lange halten kann. Lachen Sie mich nicht aus, aber jetzt bin ich auch ein wenig aufgeregt.« Die junge Bankangestellte lächelte Amely beinahe komplizenhaft an, wurde dann aber gleich wieder ernst. »Sie müssen allerdings verstehen, dass ich zunächst einmal Ihre Identität prüfen muss, bevor ich Ihnen weitere Informationen geben kann, Mrs. Thompson. Und es ist auch, wie aus dem Dokument hervorgeht, ein Identifizierungsschlüssel notwendig, um das Depot zu öffnen oder aufzulösen. Haben Sie einen solchen?«

Jetzt sank auch Amelys Euphorie wieder ein wenig. Das hatte sie befürchtet. »Meine Mutter hat noch danach gesucht, aber bisher nichts gefunden. Die Unterlagen stammen alle von meiner Großmutter, wissen Sie. Es gab keinen Schlüssel oder Ähnliches bei den Unterlagen.«

Miss Conner lächelte nun verständnisvoll. »Mrs. Thompson, ich glaube, da haben Sie etwas falsch verstanden. Es handelt sich hier nicht um einen Schließfachschlüssel oder etwas in der Art. Ich vermute, dass die Vorgehensweise sich in dieser Hinsicht über die letzten Jahrzehnte nicht allzu sehr verändert hat. Wenn das so ist, dann müssen Sie nach einer Zahlenkombination suchen, mit der Sie das Depot aktivieren können. Vielleicht ist das ja ein Hinweis, der Ihnen bei Ihrer Suche weiterhilft. Wie lang die Kombination sein müsste, kann ich Ihnen jetzt auf Anhieb leider nicht sagen. Das kann 1914 durchaus noch anders gewesen sein als heute.«

»Oh, ich verstehe. Ja, dann werde ich mich vermutlich noch einmal in alten Kisten und Erinnerungsstücken vergraben müssen und danach suchen. Bräuchten Sie denn sonst noch Unterlagen, oder würde der Identifikationsschlüssel zum Öffnen des Depots reichen?«

»Sie sprachen davon, dass diese Unterlagen von Ihrer Urgroßmutter an Ihre Mutter gelangten?« Miss Conner machte sich ein paar Notizen.

»Ja.«

»Damit ist sie dann ja die Erbin des Rechtes, auf dieses Depot zuzugreifen. Ich bräuchte also von Ihrer Mutter die Geburtsunterlagen, Ihre ebenso und eine Vollmacht, falls Ihre Mutter nicht selbst herkommen möchte.«

»Okay, gut. Das sollte kein Problem sein, wenn wir erst einmal den Schlüssel gefunden haben.«

»Fein, ich hoffe, ich konnte Ihnen helfen, und vielleicht sehen wir uns ja schon in ein paar Tagen mit der frohen Botschaft wieder, dass ich Ihnen Zugang zu diesem Depot ermöglichen kann.«

»Ja, das hoffe ich auch.« Amely grinste etwas verlegen. Sie hoffte dies nicht nur, es war jetzt das Wichtigste überhaupt, dass sie Zugang zu diesem Depot bekam. Dort lag das Geld, welches ihr all ihre Träume ermöglichen würde.

21. Kapitel

Jersey City im November 1900

Helena sah zu Marve. Die junge Frau versuchte an der Bar, das Interesse eines alten Seemanns auf sich zu ziehen, bei dem auch die anderen Mädchen schon kein Glück gehabt hatten. Für Helena machte es den Anschein, als wollte er einfach nur einen gemütlichen Abend zwischen hübschen Frauen verbringen. Nicola und Beth waren mit einer Gruppe junger Matrosen beschäftigt, welche anscheinend gewillt waren, ihren Sold heute noch auszugeben. Helena erkannte inzwischen schon ganz gut, wer ein gut zahlender Kunde sein konnte und wer nicht. Während der letzten Monate hatte sie von ihrer Position hinter der Bar und beim Sauberhalten der Tische viel beobachten können.

Jetzt kam Nicola zum Tresen und zwinkerte Helena zu. »Hey, das wäre heute die Gelegenheit für dich.«

Helena schüttelte schnell den Kopf. Die anderen versuchten immer wieder, sie zu überzeugen, in ihr Geschäft einzusteigen, doch bisher hatten sie keinen Erfolg gehabt.

»Doch, Clara, die Jungs haben gute Dollar auf der Tasche, wenn jede von uns … wir könnten heute richtig gut verdienen. Vor allem du …« Wieder zwinkerte sie. Nicola und die anderen Frauen waren fest davon überzeugt, dass ihre Mitbewohnerin Clara noch ihre Jungfräulichkeit innehatte.

Helena hatte sich an die Witzeleien darüber schon gewöhnt und natürlich kein Wort dazu gesagt.

Nicola deutet auf einen hochgewachsenen, blonden Burschen. »Schau, der ist schon so betrunken, der würde für dich das Dreifache geben. Außerdem ist er wirklich noch sehr unerfahren, das spürt man.«

»Nicola, du hast mich doch nicht angeboten?« Helena sah Nicola vorwurfsvoll an.

Nicola zuckte nur mit den Achseln. »Überleg es dir.« Dann ging sie mit den Getränken zurück zu den Männern.

Helena sah ihr nach. Das Dreifache von dem, was die Frauen sonst bekamen, damit könnte sie glatt einige Monate Schulden bei Mrs. Rushmore abbezahlen. Es war verlockend, doch es machte ihr auch Angst. Andererseits sah der große Blonde nicht allzu schlecht aus. Sie würde sich zumindest nicht vor ihm ekeln, und Nicola schien recht zu haben. Er wirkte nervös.

Als Nicola die nächste Runde Getränke holte, beugte Helena sich zu ihr über den Tresen. »Meinst du, der zahlt wirklich so viel?« Helena sah dabei zu dem jungen Mann, der zwar betrunken, aber nicht gefährlich aussah.

»Na, willst du es doch endlich versuchen?« Jetzt trat auch Marve zu ihnen. Sie hatte aufgegeben, den alten Matrosen zu mehr als dem Vergnügen der alkoholischen Genüsse zu überreden.

»Ich weiß nicht … ich … vielleicht lieber nicht …« Helena wollte schon einen Rückziehe machen, doch Marve legte ihr die Hand auf den Arm. »Mädchen, das ist gutes Geld, der Winter war schlecht und … wenn du eines Tages hier raus willst, wirst du sehen müssen, wie du das Geld dafür zusammenbekommst. Nur mit deinem Putzlappen wird das nichts. Mrs. Rushmore ist gut zu uns, sie kümmert sich um uns, doch du bekommst von ihr nichts umsonst. Sie wird dich nicht einfach so gehen lassen. Du schuldest ihr dein Leben – das ist nicht gerade wenig.«

Die Ehrlichkeit von Marve traf Helena wie ein Schwall kaltes Wasser. Tief in ihrem Inneren wusste sie es ja selbst, sie musste etwas tun.

»Okay, gut … ich würde … aber ich weiß nicht …« Helena wurde ganz heiß und kalt zugleich.

»Das machen wir schon. Nicola, sieh zu, dass wir noch etwas Zeit haben, macht dem Burschen mal etwas Stimmung und seid nett zu ihm, ich bereite Helena vor.«

Marve gab ihr ein sehr bitteres Getränk.

»Trink das, das wird dir helfen.«

Helena trank, und in der Tat zauberte der Alkohol, trotz des scharfen Geschmacks, in Helenas Bauch ein warmes Gefühl und dämpfte die Angst.

Marve gab ihr noch ein Glas und dann eine schnelle Einweisung, wie sie sich den Kunden gegenüber zu verhalten hatte: »Jammer und weine bloß nicht bei der Arbeit. Zwing dich zum Lächeln. Hier …« Sie gab Helena ein kleines Fläschchen. »Aus dem nimmst du ein paar Tropfen in die Nase, wenn die Kerle zu sehr stinken.« Ihr Blick wurde kurz etwas mitleidig, und sie schob Helena etwas weiter hinter den Tresen. »Warte kurz.« Sie verschwand in dem Flur zu den Zimmern und kam dann mit einem kleinen Täschchen wieder. »Und nimm dies hier.« Sie gab Helena das kleine Samttäschchen. Darin waren ein Schwamm und eine weitere kleine Flasche. »Du tröpfelst einige Tropfen hier auf das

Schwämmchen und … dann musst du dir das Einführen, bevor der Mann … Du willst ja nicht schwanger werden. Immer schön dran denken!«

Helena nahm mit zittrigen Fingern, aber nickend die kleine Tasche von Nicola in Empfang.

»Vergiss es ja nie! Und wasch dich hinterher immer gut«, mahnte Marve noch einmal. Dann folgte eine Erklärung anhand einiger prekärer Fingerübungen, wie und wo Helena die Männer zu behandeln hätte. Sie wurde puterrot bei dieser Erklärung und haderte mit ihrer Entscheidung, diesen wagemutigen Schritt zu tun. Sie hatte gedacht, es würde reichen, wenn sie einfach da lag und den Mann tun ließ, was er wollte. Und jetzt erfuhr sie, dass sie die Männer auch anfassen sollte?

Bevor Helena weiter darüber nachdenken konnte, zog Marve den Ausschnitt von Helenas Kleid ein wenig nach unten, hob gleichzeitig ihre Brüste etwas an. Dann öffnete sie Helenas Haarknoten und schob sie hinter dem Tresen hervor. Zögernd stand Helena dort, als Nicola ihr den deutlich angetrunkenen jungen Mann förmlich in die Arme schubste. Um das Geld musste Helena sich nicht mehr kümmern, das hatten die anderen beiden Mädchen bereits für sie geregelt. Nicht ohne Stolz hatte der große Blonde die hohe Summe abgegeben. Die Gunst, ein sauberes und unberührtes Mädchen zu erhalten, ließ seine Brust und vermutlich auch andere Körperteile anschwellen. Helena lief eine Gänsehaut über den Rücken, doch jetzt gab es kein Zurück mehr.

Helena nahm all ihren Mut zusammen, fasste ihn bei der Hand und zog ihn mit sich die Treppe hinauf. Sie war es gewohnt, mit wichtigen Menschen Konversation zu betreiben und dabei selbstsicher zu wirken, das hatte sie von Kindesbeinen an gelernt. Da würde sie das hier jetzt auch hinbekommen. »Ich … ich mache das sonst nicht … aber ich … ich heirate bald und … meine Frau … ich muss ja einmal vorher … da passen wir ja gut zusammen …«, lallte der junge Mann, während er hinter ihr her die Treppe hinaufstolperte.

Helena interessierte es eigentlich nicht, warum er hier war, sie wollte es nur schnell hinter sich bringen. Trotzdem spürte sie seine Unsicherheit und fühlte sich plötzlich nicht mehr ganz so ausgeliefert.

Kaum in ihrem Zimmer angekommen, schloss Helena die Tür und zog hastig ihr Kleid aus. Sie brauchte noch einen Moment Zeit für das Schwämmchen, also bot sie ihrem Kunden an, es sich gemütlich zu machen. Zum Glück hatte Marve ihr, kurz bevor sie den Schankraum verlassen hatte, noch eine Flasche Rum in die Hand gedrückt, von der Helena dem Blonden jetzt ein Glas voll eingoss. Dann verschwand sie hinter dem schmalen Blickschutz, der ihren Waschbereich vom Rest des Raumes abtrennte und hantierte nervös mit dem Schwämmchen herum, bis sie das Gefühl hatte, es nicht besser hinzubekommen.

Als Helena wieder hinter dem Paravent hervorkam, hatte der junge Mann sich bereits seiner Hose entledigt. Rasch huschte Helena hinüber ins Bett. Kaum lag sie darauf, war er auch schon über ihr, schob ihre Beine ein wenig auseinander und drang in sie ein.

Helena spürte einen kurzen stechenden Schmerz, merkte wie er sich fahrig in ihr bewegte und hörte ihn schon wenige Augenblicke später aufstöhnen. Dann sackte er über ihr zusammen.

Das war's? war Helenas erster Gedanke und gleichzeitig durchflutete sie eine unbändige Erleichterung. Als sie sich ein klein wenig bewegte, um ihren Arm aus einer unbequemen Position zu befreien, schien er aus seiner Erschöpfung aufzuschrecken und sprang aus dem Bett. Als wollte er nichts so sehr, wie von diesem Ort zu verschwinden, versuchte er ungelenk, so schnell wie möglich in seine Kleider zu schlüpfen und wäre dabei beinahe umgekippt, so sehr umnebelte der Alkohol und das Adrenalin des eben Geschehenen noch immer seine Sinne. Bevor er das Zimmer verließ, nuschelte er eine undeutliches »Danke«. In diesem Moment hätte Helena fast aufgelacht. Es war nicht gerade schön gewesen, aber auch nicht so schlimm, wie sie sich es vorgestellt hatte. Dass er so viel Geld dafür bezahlt hatte, beschämte Helena fast.

Dass das erste Mal so reibungslos verlaufen war, machte Helena Mut, und so gab sie sich auch in den nächsten Tagen immer wieder Freiern hin. Natürlich machte sie die Erfahrung, dass nicht alle Männer so leicht abzufertigen waren wie ihr erster Kunde. Manche brauchten ewig und mühten sich manchmal sogar vergeblich auf ihr ab. Als das das erste Mal passierte, war es Helena peinlich. Machte sie etwas falsch? Als sie Nicola schüchtern darauf ansprach, versicherte sie Helena, dass das auf keinen Fall an ihr lag. Doch das Wichtigste war, dass sie alle zahlten. Helena erhielt plötzlich sehr viel mehr Lohn und konnte Mrs. Rushmore deutlich größere Anteile ihrer Schuld abzahlen als zuvor. Wann die wohl endgültig abgegolten war? Ms. Rushmore sagte ihr dazu nichts.

In den Stunden, in denen Helena sich auf die Kunden konzentrierte oder besser darauf, ihre Gedanken auszublenden, während sie sich bemühte die Männer zu beglücken, verblassten allmählich ihre Erinnerungen an ihr altes Leben. Helena wurde immer mehr zu Clara. Nur nachts, wenn ihre Arbeit beendet war, weinte sie oft noch um die alte Helena. Sie schämte sich für das, was sie tat. Ihre Eltern würden im Boden versinken, wenn sie wüssten, was ihre Tochter trieb. Vermutlich war es besser, wenn sie glaubten, Helena sei tot.

Und vielleicht war sie das ja. Die Helena, die im altehrwürdigen Hamburg gelebt hatte, dort zum Debütantinnenball auf dem Süllberg gegangen war und schließlich mit der eindrucksvollen Kaiser Wilhelm der Großen in die Neue Welt gekommen war, gab es nicht mehr. Und auch wenn das Leben, das sie jetzt führte, nicht ihren Träumen von damals entsprach, war sie doch frei.

Ihr neues Ich, Clara, begann sich eine harte Schale zuzulegen, um sich all dem stellen zu können, was ihr neues Leben für sie bereithielt.

22. Kapitel

Manhattan im Mai 2017

Amely verschränkte die Arme vor der Brust. Sie hatte gleich nach dem Besuch bei der Bank wieder bei ihrer Mutter angerufen. Gemeinsam standen sie nun vor dem Esstisch im Townhouse ihrer Eltern und starrten auf die gesamten Papiere, welche sie in der alten Mappe von Marges Granny gefunden hatten.

»Also, das Depot wurde zugunsten von einer Clara Hauser eingerichtet«, fasste Amely zusammen.

Marge nickte. »Das war die Mutter meiner Großmutter. Allerdings kenne ich sie nur unter dem Familiennamen Danavell.«

»Hauser war sicher ihr Geburtsname. Das könnte auch die Verbindung nach Deutschland erklären. Vielleicht ist sie einst eingewandert. Hört sich zumindest nicht sehr amerikanisch an.«

Marge zuckte mit den Achseln. »Das liegt so weit zurück, ich hab ehrlich gesagt keine Ahnung. Ich habe ja nicht mal lange Zeit mit meiner Granny verbringen können.«

Amely seufzte. Wie wenig sie doch über ihre Herkunft wusste. In den direkt angrenzenden zwei, drei Generationen kannte sie sich noch aus, aber ab da stieß sie nur noch auf Nebel.

Allmählich begann Amely ein wenig zu verzweifeln. Ihr Hauptaugenmerk hatte auf der Suche nach einem Hinweis auf den Identifizierungsschlüssel gelegen, doch es gab keinerlei Vermerk dazu in den ganzen Papieren. Das meiste waren ohnehin nur alltägliche Küchenrezepte und keine persönlichen Schreiben. Außerdem konnte dieser Schlüssel aus jeder beliebigen Ziffernkombination bestehen. Sie wussten ja nicht einmal, wie lang er sein musste. Amely schüttelte den Kopf. »Ich glaube nicht, dass wir hier noch etwas finden.«

Marge nickte nachdenklich. »Vielleicht war genau das der Grund, warum das Depot nie geöffnet wurde.«

»Ach, Mann!« Amely riss resigniert die Arme hoch und strich sich über die Haare. »Wir sind so dicht dran. Das kann doch nicht sein, dass es jetzt daran scheitert. Hier ist nirgendswo ein Hinweis auf Clara Hauser.«

»Bestimmt kann man auch über einen langen und teuren gerichtlichen Weg an den Inhalt des Depots herankommen, aber ob sich das lohnt?« Marge schob die Papiere auf dem Tisch wieder zu einem ordentlichen Stapel zusammen.

Amely biss sich auf die Lippe. »Mom, es lohnt sich, glaub mir!« Sie hatte es immer noch nicht fertiggebracht, ihren Eltern zu sagen, wie viel Vermögen vermutlich noch hinter diesem Depot steckte. Zwar brannte dieses Wissen in ihr, doch diese Überraschung wollte sie sich bis zum Ende aufheben.

»Wir können ja in den anderen Kisten oben noch mal nachsehen, da ist noch einiges von meinem Vater.« Marge deutete in die obere Etage.

»Schaden kann es nicht. Lass es uns versuchen.«

Kurz darauf saßen Marge und Amely auf dem Fußboden des Zimmers, welches der Familie jahrelang als Abstellkammer gedient hatte. Während Marge noch den Inhalt von zwei Kartons zwischen ihnen ausbreitete, sah Amely sich um. Auch von ihr standen hier noch viele alte Erinnerungsstücke. Sie hatte hier eine schöne Kindheit verbracht und doch hatte nicht infrage gestanden, dass sie nach dem Schulabschluss zu Hause auszog. Sie hatte auf eigenen Beinen stehen wollen. Würde das Geld aus dem Depot ihr jetzt den nächsten Schritt ermöglichen?

»Hier, schau mal. Das ist noch von meinem Dad.« Marge riss Amely aus ihren Gedanken und gab ihr ein paar Sachen in die Hand. »Das ist noch Werbung von Dads erster Firma.«

Amely las den Schriftzug auf einem zerknitterten Flyer: »Sunnaway Corp.« Auf dem Deckblatt war ein sehr alt anmutendes Bild mit Männern in Arbeitskleidung abgedruckt. »Hatte Grandpa eine Schneiderei? Das hast du mir noch nie erzählt.«

Marge nickte. »Er hat sie Ende der vierziger Jahre von seinen Eltern übernommen. Die Leidenschaft, die meine Großmutter Lizzy für das Gewerbe gehabt hatte, hat ihn nie ergriffen, und so hat sie 1952 geschlossen. Danach hat er im Hafen als Buchhalter gearbeitet. Seine Großeltern hatten das Unternehmen einst zu großem Erfolg geführt in den zwanziger Jahren, das hat mir meine Granny mal erzählt. Dieser Geschichte ein Ende zu setzen ist meinem Dad nicht leichtgefallen. Aber nicht jedes Kind erbt die Talente seiner Eltern.« Sie zwinkerte Amely zu.

»Na, Gott sei Dank hab ich deine geerbt. Weißt du über die Großeltern deines Vaters sonst noch irgendwas?« Amely legte die alte Werbung beiseite.

»Nicht viel. Warte mal – vielleicht ist in den alten Fotoalben von Dad noch etwas zu finden.« Sie zog ein dickes Buch aus einem Karton.

Als sie es auf dem Boden vor Amely aufschlug, musste diese lachen. »Ja, stammt wohl aus besseren Zeiten der Familie.« Sie tippte auf das erste Bild. Darauf war ein Pferd mit einem Lorbeerkranz um den Hals zu sehen. »Hatte dein Dad ein Rennpferd?«

Marge schüttelte den Kopf. »Nein, aber in den dreißiger Jahren hatten Granny und Grandpa noch ein eigenes. Daher stammt auch die Liebe unserer Familie zu Pferderennen. Schon als kleines Mädchen bin ich mit meinen Großeltern und später mit meinem Vater auf die Rennbahn gegangen.«

»Schau«, Amely hatte einige Seiten weitergeblättert. »Das ist deine Grandma, oder?«

Marge sah auf das Bild. »Ja, das ist Grandma Lizzy, sie war eine hübsche junge Frau, oder? Das daneben, ich bin mir nicht sicher, aber ich meine, das ist ihre Mutter.« Marge deutet auf eine blonde Frau, welche auf den Bildern ungefähr vierzig oder fünfzig Jahre alt war. Amely legte den Kopf schief.

»Schicke Kleider, könnte aus den zwanziger Jahren sein, schau dir diese Hütchen an.« Amely versuchte irgendwelche Ähnlichkeiten zwischen sich und dieser Frau zu finden. Clara war immerhin ihre Ururgroßmutter. Doch wirklich eine Verbindung konnte sie nicht zu dieser Frau herstellen.

»Mom, es hilft nichts. Wir müssen noch mal alles durchsehen und uns am besten alle Daten aufschreiben, welche irgendwie als Zahlenkombination infrage kämen.« Marge seufzte leise. »Ich koche uns noch einen Kaffee.«

23. Kapitel

Jersey City im Januar 1901

Der Winter war hart. Noch Anfang Dezember war es ihnen gut gegangen. Sie hatten den Schankraum weihnachtlich geschmückt, und im Haus war es gemütlich warm. Doch bereits während der Festtage schlug das Wetter um, und es wurde eisig kalt. Es kamen kaum noch Männer in das Hurenhaus und wenn, dann suchten sie nach einem warmen Ort, an dem sie ihren Schnaps trinken konnten. Die Einnahmen der Mädchen wurden immer knapper, und um Geld zu sparen, beschränkten sie sich auf Haferbrei zu fast jeder Tageszeit. Seitdem war Helena fast ständig übel und sie konnte oft schlecht schlafen.

Dann lag sie nachts wach und dachte an ihre warme und wohl duftende Bettdecke zu Hause in Hamburg, an das gute Essen von Elsa, ihrer Köchin. Daran, wie sie dort umsorgt worden war, wenn es ihr schlecht ging, und an die Menschen, die sie liebte. Doch sie verdrängte die Gedanken meist schnell wieder, denn die Erinnerung war schmerzhaft.

Am meisten vermisste Helena ihre kleine Schwester Anni. Was wurde jetzt aus ihr, wo Helena weg war? Anni war immer so voller Stolz und Bewunderung für ihre große Schwester gewesen. Wer war jetzt ihr Vorbild, dem sie nacheifern und das sie um Rat fragen konnte?

Doch auch Clara fehlte Helena. Sie beide waren so gute

Freundinnen gewesen. Mit ihr hatte sie ihre Ängste und Wünsche teilen können, auch wenn Clara sie nicht immer verstanden hatte. Ein wenig Trost gab es Helena, dass sie jetzt Claras Namen trug und die Freundin dadurch nicht gestorben schien, und Helena hatte sich geschworen, dass sie diesem Namen Ehre machen würde.

Als Anfang Februar endlich die Schneefälle in Jersey nachließen, erkannte Helena sich fast nicht mehr wieder. Sie war hager geworden in den letzten Wochen. Dass sie sich häufig übergeben musste, zehrte an ihren Kräften und nahm ihr noch mehr den Appetit.

Auch Nicola, die ihr beim Frühstück gegenübersaß, fiel Helenas Zustand heute auf. »Du siehst blass aus, Clara, leg etwas mehr Rouge auf. Die Kerle denken sonst noch, du hast die Schwindsucht.«

Schon bei dem Gedanken daran spürte Helena, wie ihr die Galle in den Hals stieg. Hastig sprang sie auf und rannte zu dem Abort. Bisher hatte sie es halbwegs geheim halten können, dass es ihr nicht gut ging. Sie wollte vor den anderen keine Schwäche zeigen, aus Angst, sie würden ihr gar keine Freier mehr überlassen, wenn sie eine Krankheit vermuteten.

Als Helena jetzt wiederkam, legte Nicola den Kopf schief. »Du bist doch nicht krank, Clara?« Helena hatte genau diese Frage befürchtet.

»Nein, es geht schon. Mir ist einfach seit einer Weile etwas unwohl. Das ist sicherlich der Kreislauf.«

»Kreislauf?« Diesmal war es Beth, die bislang müde aus dem Fenster gesehen hatte. Bei Nicolas Worten hatte sie sich ruckartig aufrecht hingesetzt und sah Helena jetzt ernst an. »Clara, Mädchen, ich glaube, du hast eher einen Braten in der Röhre!«

Nicola riss die Augen auf. »Clara, sag, das ist nicht wahr oder?«

Helena wusste gar nicht, was die anderen beiden meinten.

Beth sah Helena eindringlich an. »Du hast doch das Schwämmchen nicht vergessen, oder?«

»Nei... nein!« Helena schüttelte den Kopf. Sie hatte es wirklich immer genau nach Anweisung benutzt.

Nicola beugte sich etwas zu ihr hin und sprach leise. »Bist du sicher?«

Helena überlegte. »Ja, ich bin mir sicher! Bis auf ...«

»Bis auf wann?«, sagten Beth und Nicola nun fast wie aus einem Mund.

»Beim ersten Mal. Ich war noch so unsicher, und ich habe gezittert, und dann sollte es ja auch schnell gehen. Ich weiß nicht, ob ich da alles richtig gemacht habe. Meint ihr etwa ich ... ich bin ... schwanger?« Helena sackte in sich zusammen, und Tränen rannen ihr über die Wangen. Sie war wohl doch noch nicht ganz so hart, wie sie gedacht hatte.

»Oh, oh, Liebes ... was machen wir jetzt mit dir? Das wird Mrs. Rushmore gar nicht freuen.«

Beth löffelte an ihrem Brei weiter und sprach mit vollem Mund. »Na ... du kannst es wegmachen lassen. Das machen viele. Aber das ist nicht ganz ungefährlich. Du hast nicht viel Geld, und wenn das einer nicht sorgfältig macht, dann kannst du daran sterben oder zumindest hinterher nicht mehr unseren Job machen. Das wirst du allerdings auch nicht mehr, wenn du es bekommst, zumindest nicht hier, weil Mrs. Rushmore dich dann nicht mehr hierbehalten kann. Du bist nicht die Erste, der das passiert.«

Helena brauchte ein paar Tage, bis sie tatsächlich realisiert hatte, was passiert war. Sie würde ein Kind bekommen, und das von einem Mann, dessen Namen sie nicht einmal wusste.

Sie hatte ihre Kolleginnen gebeten, ihr noch ein oder zwei Tage Zeit zu lassen und das Gespräch noch eine Weile für sich zu behalten.

Heute früh dann hatte Helena Mrs. Rushmore mit wackeligen Knien von ihrer Lage berichtet.

Mrs. Rushmore sah Helena mit einem prüfenden Blick an. »Es tut mir leid, aber sobald man etwas sieht, musst du gehen. Dies ist dann kein Ort mehr für dich, und ich kann dich nicht mit durchfüttern, wenn du kein Geld einbringst. Ich denke, du wirst uns im April verlassen müssen.«

»Ja, das verstehe ich. Doch ich habe keine Ahnung, wo ich hingehen soll.« Helena hatte keine Ahnung, was aus ihr werden sollte.

»Da musst du dir wohl irgendetwas überlegen, Mädchen.«

Der März neigte sich dem Ende, und Helena fürchtete sich vor dem Tag, an dem ihre Zeit bei Mrs. Rushmore abgelaufen wäre. Ihr Bauch rundete sich bereits ein wenig, doch noch konnte sie es unter hübschen Nachthemdchen verbergen und so auch die Kunden noch irreführen.

Doch Helena war klar, dass Mrs. Rushmore nicht zurückrudern würde. Sie brauchte das Zimmer, das Helena belegte. Ohne Frage würde sie eine andere Frau finden, die ihren Platz einnahm. Trotzdem spürte Helena, dass es der älteren Frau schwerfiel, ihren Schützling einfach in die Welt hinauszuschicken.

Eines Abends nahm sie Helena zur Seite.

»Clara, ich weiß ja, dass du nicht viel mehr hast, als das, was du am Leibe trägst, und auch nicht die Zeit hattest, dir hier etwas zurückzulegen. Ich habe mich umgehört und ein gutes Wort für dich eingelegt. In Queens gibt es ein Haus für mittellose Frauen, dort kannst du erst einmal unterkommen. Du wirst dort sicher keinen Luxus finden, aber du hättest eine Chance, dein Kind in sicherer Umgebung und unter der Aufsicht eines Arztes zur Welt zu bringen. Ich habe etwas Angst um dich, Clara, aber ich hoffe, du findest deinen Weg. Sei immer stark und mutig und lass dich nicht unterkriegen!«

24. Kapitel

Flug von Hamburg nach New York im Mai 2017

Es war halb fünf Uhr morgens, und Jonas versuchte auf seinem Platz im Flieger eine bequeme Sitzposition zu finden. Es war gar nicht so einfach. Er hatte einen Fensterplatz und rechts von ihm saß eine füllige Amerikanerin, die aufgeregt mit ihrem Anschnallgurt spielte. Ihr Mann, der den Platz am Gang hatte, jammerte derweil herum, dass er etwas zu trinken brauchte. Die Flugbegleiterinnen vertrösteten ihn bis nach dem Start und versuchten, alle Passagiere auf ihre Plätze einzuweisen. Jonas sah aus dem Fenster. Noch stand der Flieger auf seiner Parkposition im Einstiegsbereich des Hamburger Flughafens. Es war früh am Morgen, die Sonne schob sich gerade über den Horizont. Dank der Zeitverschiebung würde er mittags in New York landen. Er hatte spontan entschieden, nach New York zu fliegen. Er musste Gewissheit haben, ob an diese Goldanlagen noch heranzukommen war oder nicht, sonst würde er wohl keine ruhige Minute mehr finden. Eine Unterkunft hatte er bereits online gebucht. Eine kribbelige Vorfreude überfiel ihn. Er reiste gerne. Als Student hatte lange Zeit alles, was er besaß, in zwei Koffer und einen Rucksack gepasst. Er musste lächeln und an seine Jahre in Portugal denken. Jonas hatte sich im Klima Portugals nie recht wohlgefühlt. Die Tageshitze konnte dort lähmend sein. Dabei dann noch in einem stickigen Büro mit vielen Kollegen zu sitzen, hatte ihn so manches Mal an seine Grenzen gebracht. Schnell war er dann nach Feierabend an das Meer geflohen. Dort hatte er sich den warmen Wind um die Nase wehen lassen und dem Geräusch der am Strand brechenden Wellen gelauscht.

Dennoch hatte Jonas sich, wie er gestehen musste, an warme Gefilde gewöhnt, dass er jetzt erst wieder lernen musste, das Hamburger Schmuddelwetter zu ertragen. Er hoffte, in New York würde das Wetter auch schon besser sein, heute zeigte Hamburg sich wieder von seiner grauesten Seite.

Nachdem der Kapitän über Mikrofon die Gäste an Bord begrüßt, die Stewardessen die gewohnte Sicherheitseinweisung gegeben und über Flugzeit und Filmangebot informiert hatten, wendete der Flieger und setzte sich in Richtung Rollfeld in Bewegung. Wenn man den Statistiken glaubte, reiste man zu Wasser oder in der Luft immer noch am sichersten. Jonas mochte das Fliegen, doch insgeheim war es das Reisen mit dem Schiff, das er tatsächlich liebte. Auf den großen Überseeschiffen war es nicht so beengt wie im Flieger, dafür ging es aber natürlich auch bei Weitem nicht so schnell. Mehrmals hatte er schon die Ozeane überquert, zumeist als Passagier auf Frachtern. Die Unterkunft dort war nicht sehr luxuriös, aber die Stimmung und der Zusammenhalt der Mannschaften jedes Mal ein Erlebnis. Bis nach Chile war er bereits so gefahren und auch einmal nach Neuseeland. Natürlich waren es keine Urlaubsreisen gewesen, sondern Fahrten, die ihn zu Kontakthäfen führten, in denen er dann einige Wochen gearbeitet hatte. Jonas hatte sich damals nach seiner Ausbildung dafür entschieden, um jeden Winkel des Unternehmens kennenzulernen. Er hatte kein Chef werden wollen, der nur hinter seinem Schreibtisch saß und mit seinen Schiffen ausschließlich die kleinen roten Punkte auf seinem Computerbildschirm und irgendwelche Nummern verband. In seinem Schlafzimmer hatte Jonas eine Weltkarte hängen, in die er mit Punkten und Linien alle Orte eingezeichnet hatte, an denen er schon gewesen war, sowie die Routen, die er gefahren war. Mittlerweile zog sich ein buntes Netz über die Abbildungen der Kontinente und Ozeane. Es war ein Netz, das ihm deutlich zeigte, wie klein die Welt für ihn inzwischen geworden war. Die transatlantischen Transportrouten schienen kürzer und fremden Häfen in aller Herren Länder schienen näher gerückt zu sein, seit die Planung und Kommunikation mit den Kollegen in Übersee zu seinem täglichen Geschäft gehörte.

Jonas hielt den Blick weiterhin aus dem Fenster gerichtet und sah, wie der Grünstreifen am Rand des Rollfeldes immer schneller an ihm vorbeisauste. Dann erstarb das Rattern der Räder auf dem groben Asphalt, und es ging ein leichter Ruck durch das Flugzeug, als es vom Boden abhob und unter ihm alles schnell kleiner wurde. Um die richtige Flugrichtung zu erreichen, drehten sie eine Schleife über der Stadt, und Jonas konnte noch einmal über ganz Hamburg blicken. Die Alster lag im morgendlichen Dunst. Auf den Straßen brannten im Dämmerlicht noch immer die Laternen. Lange Girlanden von Autolichtern zogen sich aus den Vororten über die Autobahnen zur Stadt hin. Die Ruhe und Einsamkeit, die Jonas während seiner Fahrt zum Flughafen um vier Uhr morgens noch auf den leeren Straßen genossen hatte, war nun vorbei. Die Stadt war zum Leben erwacht. Er sah die Elbe, seinen Fluss, der der Reederei unermüdlich Arbeit sicherte, während er sich wie ein silbernes Band in Richtung Meer durch die Landschaft schlängelte. Kaum zehn Minuten später hatten sie auch schon die Nordsee erreicht, während jetzt am Horizont zartrosa die Sonne aufging. Mit einem Piepen erloschen die Zeichen der Anschnallgurte und verkündeten so das Erreichen der Flughöhe. Die Amerikanerin neben Jonas hatte sich während des Starts leicht verängstigt an ihren Mann geklammert. Nun wurde sie wieder munterer und schimpfte gleich auf ihren Gatten ein, als dieser sofort erneut nach der Stewardess winkte, um sich endlich etwas zu trinken kommen zu lassen.

Jonas nahm die Kopfhörer der Kinoanlage und setzte sie auf. Er hatte für die ersten paar Stunden die Wahl zwischen einem Actionfilm mit Vin Diesel, einem animierten Familienfilm und einer schmalzigen Liebeskomödie. Ergeben entschied er sich für Letztere. Vielleicht konnte er dabei ja noch einige Stunden schlafen.

Der Flug schien endlos. Jonas hatte vergessen, sich etwas zu lesen mitzunehmen. Die anderen Filme, die noch in der Mediathek zu finden waren, interessierten ihn nicht. Also starrte er aus dem Fenster, seit ihn die Amerikanerin neben ihm beim Aufstehen mit einem unsanften Stoß ihres Ellenbogens geweckt hatte. Die Wolken sahen von oben eindrucksvoll aus wie riesige Watteberge. Doch auf Dauer war auch das keine sehr ausfüllende Beschäftigung.

Gegen die Uhr zu fliegen war ein seltsames Gefühl, an das Jonas sich wohl nie gewöhnen würde. Nach knapp elf Stunden Flugzeit hatte er nur sechs Stunden verloren, als die Wolkendecke allmählich aufriss und den Blick auf die nahende Stadt

New York freigab. Das Wetter war also schon einmal gut. Der Flieger setzte kurz nach Mittag Ortszeit endlich sanft auf dem Rollfeld des John F. Kennedy Flughafens auf.

Die Passagiere hatten es eilig, nach dem langen Flug aus dem Flieger zu kommen. Jonas wartete geduldig, bis es im Gang etwas ruhiger geworden war, bevor auch er sich aus seinem Sitz schälte und im Gepäckablagefach nach seinem Handgepäck griff. Draußen schien es nicht nur sonnig, sondern tatsächlich auch angenehm warm zu sein. So viel konnte er durch die Fenster der Gangway erkennen.

Der John F. Kennedy Flughafen war ein riesiges Areal in dem New Yorker Stadtteil Jamaica. Von dort waren es keine zwanzig Kilometer mehr bis direkt in die City New Yorks. Er würde sich ein Taxi nehmen, doch vorher musste er durch dieses Labyrinth aus Gängen den Weg zur Gepäckabholung finden. Er hasste diese großen Bauten. Doch er schaffte es, sich durch den Dschungel aus Hinweisschildern zu schlagen, und stand schließlich vor dem Gebäude, wo bereits eine lange Schlange gelber Taxis zur Abfahrt bereit wartete. Erleichtert ließ sich Jonas auf die Rückbank eines Wagens fallen, während der Fahrer sein Gepäck im Kofferraum verstaute.

Das Apartment, in dem er die nächsten Tage wohnen würde, hatte Jonas über eine private Unterkunftsvermietung gefunden. Es war ihm wichtig gewesen, dass es möglichst zentral lag, um nicht mit langen Wegen zu viel Zeit zu verlieren. Lower Manhattan war dafür genau der richtige Ort. Doch die Hotels dort waren bei dieser spontanen Buchung alle zu teuer gewesen. Also würde er jetzt in einem kleinen Ein-Zimmer-Apartment wohnen und nur die Hälfte von einem Hotelzimmer zahlen – allerdings ohne Frühstück. Aber schließlich war er hier, um Geld zu finden, und nicht, um möglichst viel auszugeben. Sein Hauptziel war es, den Sitz der Bank of New York Mellon Corporation aufzusuchen und die Sache mit den Wertpapieren zu klären. Doch andererseits wollte er sich, wenn er schon einmal hier war, ein wenig Sightseeing nicht entgehen lassen. Vielleicht würde er ja noch etwas Zeit für einen Spaziergang am Hudson River entlang und über die Brooklyn Bridge haben.

Jetzt lehnte er sich zurück und genoss die Aussicht auf der Fahrt durch die Großstadt.

Gut eineinhalb Stunden später ließ sich Jonas rücklings auf das Bett in seinem Apartment fallen und sah von dort aus dem Fenster. Die Skyline der Hochhäuser von New York zeichnete sich silbern schimmernd vor dem blauen Himmel ab.

Jonas spürte, wie er schläfrig wurde, die Zeitverschiebung machte ihm jetzt doch etwas zu schaffen. Schwerfällig setzte er sich wieder auf und fuhr sich mit beiden Händen durch die Haare. Er hatte nur wenige Tage, und die musste er nutzen. Also erhob er sich und ging in das kleine Bad. Etwas kaltes Wasser im Gesicht würde seine Lebensgeister sicher wecken und vielleicht würde er sich später noch einen Kaffee holen.

Wenig später trat er, zwar immer noch müde, aber etwas erfrischter auf die Straße hinaus. Er würde sich gleich jetzt noch auf den Weg zu dieser Bank machen, also befand er sich kurz darauf in der Metro.

25. Kapitel

Queens im April 1901

Das Frauenhaus war ein großer alter Bau. Helena schauderte. Auf ihrer Fahrt über den Hudson und während des Fußmarschs nach Queens hatte sie ihren Gedanken freien Lauf gelassen. Das erste Mal war sie wirklich auf sich allein gestellt in dieser Stadt, in der sie seit fast einem Jahr wohnte und die sie doch noch kaum kannte. Doch ihr wurde auch bewusst, dass sie erst jetzt wirklich frei war.

Sie holte tief Luft und klopfte an die Tür. Eine Frau in Schwesterntracht öffnete, grüßte zwar höflich, zeigte allerdings keinerlei Herzlichkeit. Helena folgte ihr zu einem kleinen Büro, nannte ihren Namen und wann sie das Kind erwartete. Dann führte die Frau Helena zu ihrer neuen Bleibe.

Betrübt stellte Helena fest, dass das Haus bereits bessere Zeiten erlebt hatte. Wie sie schon von außen bemerkt hatte, fehlte in vielen Fenstern das Glas, und so waren sie mit Stoffresten zugehängt worden. Im Inneren war es düster.

Helena musste schlucken, sie fand sich in einem Schlafsaal wieder, in dem Holzbetten dicht aneinandergereiht standen. In jedem Bett lag oder saß eine Frau. Einige von ihnen hielten bereits ein Baby im Arm, viele lagen erschöpft und mit geschwollenem Leib in ihren Betten. Hier und da greinte ein

Kind, und noch ein paar andere Schwestern huschten in dem großen Saal umher.

Sie folgte der Frau, die sie hergeführt hatte, einfach an den Reihen entlang, bis sie zu einigen Betten kamen, die unbewohnt aussahen. Helena hatte nicht viel bei sich außer einer Tasche, die Mrs. Rushmore ihr mitgegeben hatte. Ihre ehemalige Hausherrin hatte ihr noch ein weiteres schlichtes Kleid mitgegeben. Schließlich würde es noch Monate dauern, bis Helena wieder arbeiten konnte.

»Sie müssen uns dann nur noch sagen, ob Sie das Kind abgeben wollen oder ob Sie es behalten werden. Geben Sie es ab, müssen Sie uns eine Woche nach der Geburt verlassen. Behalten Sie es, dürfen sie noch zwei Wochen bleiben.« Nach dieser Erklärung verschwand die Schwester ohne ein weiteres Wort und überließ Helena sich selbst.

Resigniert sah Helena auf das schmale Bett. Hier war es längst nicht so komfortabel wie bei Mrs. Rushmore, doch sie würde es aushalten.

In den kommenden Tagen wachte Helena oft mit juckenden Stellen aus einer unruhigen Nacht auf. Die vielen Menschen zogen auch Ungeziefer an. Doch was die Tage hier noch schlimmer machte und wogegen sie sich kaum wehren konnte, war die Lethargie. Die Frauen hier waren am Tiefpunkt ihres Lebens angekommen: schwanger, ohne Mann und Familie, die sie unterstützte, und ohne Geld, das ihnen eine bessere Unterkunft ermöglicht hätte. Viele schienen bereits aufgegeben und jegliche Hoffnung verloren zu haben.

Helena spürte immer mehr, wie in ihr ein neues Leben heranwuchs. Woche um Woche beobachtete sie ihren Körper.

Die Veränderungen ängstigten sie. Noch war es ihr fremd, und sie fragte sich, ob sie dieses Kind irgendwann lieben würde. Sie hatte Angst. Wie sollte sie diesem Wesen eine glückliche und behütete Kindheit bieten, wenn sein Leben schon in einer solchen Umgebung begann? Verarmt und auf Almosen angewiesen. Vielleicht sollte sie es tatsächlich direkt weggeben und sich erst einmal darum kümmern, selbst wieder auf die Beine zu kommen.

Zumindest hatte ihre Übelkeit inzwischen nachgelassen, und sie kam langsam wieder zu Kräften.

Helena saß meist auf ihrem Bett und starrte auf die verhangenen Fenster. Wenn ihr das Sitzen und Liegen zu anstrengend wurde, machte sie kleine Spaziergänge in der näheren Umgebung um das Frauenhaus.

Eines Morgens, einige Tage nach ihrer Ankunft, als Helena wieder einmal tatenlos auf ihrem Bett saß, riss eine kleine, dunkelhaarige Frau sie aus ihren Gedanken.

»Hey … hey, du, brauchst du das noch?«

Helena sah sich verwirrt um und wusste nicht, was die Frau von ihr wollte. »Wie bitte?«

»Entschuldigung. Ich wollte nur wissen, ob du das Hemd da noch brauchst?« Die Frau zeigte auf eines der Unterhemden von Helena, das diese über das Fußende des Bettes gehängt hatte.

»Ja, eigentlich schon, ich habe nur dieses eine Ersatzhemd.«

Die Frau stemmte ihre Hände in die Hüften und legte den Kopf schief und nickte dann in Richtung Helenas Bauch hin. »Und das da, was soll das anziehen, wenn es auf der Welt ist? Oder gibst du es gleich weg?«

»Ich … ich weiß nicht.« Helena war etwas überrumpelt von der direkten Art der anderen. Auch sie war hochschwanger. Energisch trat sie jetzt näher an Helenas Bettgestell, schob sie etwas beiseite und setzte sich einfach neben Helena.

»Ich bin Fiona«, stellte sie sich vor.

»Clara.« Helena musste aufpassen, dass sie sich nicht einmal verplapperte. Zu selten sprach sie ihren Namen aus.

Fiona rückte noch etwas dichter an Helena heran. »Wenn ich du wäre, würde ich ihnen nicht mein Kind geben. Ich habe gehört, dass sie in fürchterlichen Kinderheimen landen, in denen es ihnen ganz sicher nicht besser geht, als wenn sie bei ihrer Mutter bleiben. Ich weiß, es ist schwer, habe selbst lang genug darüber nachgedacht. Aber ich schätze, man wünscht niemandem, dort aufzuwachsen.«

Helena schauderte. Nein, das wollte sie für ihr Kind nicht. Ihr Kind – es war tatsächlich das erste Mal, dass sie so von dem Wesen in ihrem Bauch dachte.

Fiona richtete sich wieder etwas auf. »Ich werde meines nicht hergeben. Sein Vater war zwar ein Mistkerl, aber was kann der kleine Wurm schon dafür. Ich habe ihn inzwischen schon lieb gewonnen. Zumindest bin ich dann nicht mehr allein.« Fiona lächelte, und der Ausdruck auf ihrem Gesicht war plötzlich mild und beinahe liebevoll. »Und nun sag … brauchst du das Hemd wirklich noch?«

»Was willst du denn damit?«, fragte Helena mit Blick auf den fleckigen Stoff.

»Ich nähe kleine Leibchen für die Babys. Manche Mütter geben mir dafür noch ein paar Pence. Ich muss ja sehen, wie es hiernach weitergeht.«

»Leibchen? Das ist eine fantastische Idee!«

»Kannst du nähen?«, hakte Fiona nach.

»Ja! Sticken kann ich auch.« Helena nickte, und ein kurzes Lächeln huschte über ihr Gesicht. In ihrem alten Leben hatte sie gern Handarbeiten gemacht. Für Annis Puppe hatte sie oft Kleider aus Stoffresten genäht. Ihre Schwester hatte sich immer riesig gefreut, wenn ihr Schützling als ihr Ebenbild gekleidet war.

»Wenn du willst, kannst du mir helfen. Aber mach mir nicht meine Pence streitig! Das Material musst du dir selbst beschaffen.«

»Natürlich, ich will dir keine Konkurrenz machen. Es wäre allerdings wirklich schön, etwas zu tun zu haben.«

»Na gut, dann komm mit, ich zeige dir meine Schneiderwerkstatt.« Fiona lachte und erhob sich etwas schwerfällig. Ihre Schwangerschaft war schon weiter fortgeschritten als Helenas.

Die Frau führte Helena in eine andere Ecke des Raumes, dort hatte sie auf einem leeren Bett ein paar Stoffreste zusammengesammelt. In einem Pappkarton lagen eine alte Schere, der bereits eine Spitze fehlte, eine Spule Garn und ein kleines Heft mit Nadeln.

»Mein ganzes Vermögen!«, betonte Fiona mit einem Augenzwinkern. Doch Helena wusste, es war die Wahrheit, und Fionas Leben hing davon ab, dass sie diesen Schatz besaß. »Wichtig ist, dass du den Stoff so zuschneidest, dass keine groben Flecken oder Löcher mehr zu sehen sind. Gleichzeitig musst du aber darauf achten, sparsam zu sein. Kleinere Löchlein kannst du sauber stopfen. Ich habe ein Schnittmuster, das ich immer wieder verwende. Du heftest die einzelnen Teile aufeinander und nähst sie dann zusammen.« Sie hob ein fast fertiges Stück empor. Es war nur ein einfaches kleines Hemdchen, mit groben Stichen zusammengenäht.

Helena strich über den alten Stoff. Es war nicht hübsch, aber es wäre etwas mehr als der raue Leinenstoff, in den die Schwestern die Babys nach der Geburt wickelten.

»Was sagst du, wenn du mir erst einmal hilfst, die Stoffe zu verwerten, die wir hier haben und von jedem Hemdchen, das du verkaufst, bekomme ich die Hälfte des Erlöses ab, bis du dir selbst etwas Material besorgt hast.«

Helena war Fiona dankbar für ihre neue Beschäftigung, und in den nächsten Tagen und Wochen freundete sie sich enger mit ihr an. Jeden Morgen nach dem Aufstehen ging sie zu ihr, und zusammen schnitten sie aus alten Unterhemden und zerschlissenen Röcken neue kleine Leibchen. Sie konnten nicht viel dafür verlangen, schließlich hatten auch die anderen Frauen hier nicht viel Geld.

Doch als Helena ihre ersten, mit anständiger Arbeit selbst verdienten Penny in der Hand hielt, hätte sie fast vor Glück geweint. Aus einigen besonders schmalen und für nichts anderes mehr brauchbaren Stoffresten nähte sie sich ein Beutelchen, in dem sie die Münzen versteckte, und das sie fortan nicht mehr beiseitelegte.

26. Kapitel

Queens im Juni 1901

Fionas Sohn wurde an einem Tag im späten Juni geboren. Helena saß all die Stunden bei ihr und versuchte ihr beizustehen. Helena hatte noch nie einer Geburt beigewohnt. Bekam eine der Frauen Wehen, so stellten die Schwestern einen Paravent um das Bett. Nur die Geräusche und oft auch stundenlange Schreie ließen erahnen, was dort vor sich ging.

Fiona hatte es sehr schwer, sie war eine kleine und schmal gebaute Frau, und das Baby war groß. Die anwesende Schwester schaute nach einigen Stunden besorgt drein, denn Fiona wurde zusehends schwächer. Helena zitterte die ganze Zeit an ihrer Seite, nicht nur, weil sie Angst um ihre neugewonnene Freundin hatte, sondern auch, weil ihr gewahr wurde, was ihr bald bevorstand.

In den frühen Morgenstunden, nach fast zwanzig Stunden, schaffte es Fiona mit letzter Kraft, ihren Sohn auf die Welt zu bringen. Das Baby verkündete seine Ankunft mit einem lauten Schrei.

Fiona lächelte schwach, als man ihn ihr in die Arme legte. »Schau, ich hab gesagt, es wird ein strammer Bursche.«

Doch mit der Geburt waren Fionas Tage auf der Station der Mütter gezählt.

»Wo wirst du hingehen?«, fragte Helena, nachdem sich Fiona wieder etwas erholte hatte.

»Ich weiß noch nicht. Aber ich habe ja ein paar Dollar zusammen, ich werde schon eine Bleibe finden.« Sie sah Helena an. »Ich möchte, dass du die Nähsachen behältst. Du hast noch ein paar Wochen, mach das Beste draus.«

Helena drückte Fiona dankbar die Hand.

Mit dem August kamen sehr heiße Tage, und Helena schwitzte mit ihrem immer schwerer werdenden Bauch. Dennoch nähte sie unermüdlich jeden Tag zwei bis drei Leibchen. Sie verdiente gutes Geld mit ihrer Arbeit. Noch immer wusste sie nicht, wo sie hingehen sollte, wenn man sie nach der Geburt fortschickte, aber ganz so ungewiss wie noch vor wenigen Monaten war ihre Zukunft nicht mehr. Sie hatte sich wieder gut in die Handarbeit eingefunden, und vielleicht würde sie sich auch draußen in der Stadt damit einen kleinen Lebensunterhalt verdienen können.

Doch inzwischen fiel ihr das Sitzen schwer. Ihr Bauch war mächtig, ihr Rücken schmerzte, und auch die Augen taten weh, wenn sie im schwachen Licht bis spät in die Nacht stundenlang auf die dünnen Nähte schaute. Doch sie spürte unter ihrem Herzen das neue Leben und hoffte, dass ihr eine schnelle Geburt beschert würde.

An einem besonders heißen Augusttag setzten bei Helena die ersten Wehen ein. Panik ergriff sie. Die Schwestern stellten den Sichtschutz auf, und während sich Helena in den folgenden Stunden in den Wehen krümmte, saß eine der Schwestern ungerührt neben ihr und betupfte ihr ab und an mit einem feuchten Lappen die Stirn. Als Helena meinte, die Schmerzen würden sie zerreißen, und sich dabei die Lippen blutig biss, stopfte die Schwester ihr den Lappen in den Mund. Helena schaffte es, dieses Kind auf die Welt zu bringen, doch blieb der Schrei wie von Fionas Sohn aus.

»Ist es …?«, fragte sie schwach.

Die Schwester legte den Kopf schief und sah ernst drein. »Noch atmet es.«

Helena musste lange bangend neben ihrem Baby liegen. Die Angst, das Baby könne sterben, ließ sie fast die kräftezehrende Geburt vergessen. Ihre kleine Tochter gab erst viele Stunden später, am folgenden Tag, ihren ersten leisen Schrei von sich. Helena fiel ein Stein vom Herzen, und ihr kullerten die Tränen über die Wangen.

Die Schwester kam und begutachtete das Baby noch einmal ausgiebig. »Scheint leben zu wollen«, bemerkte sie nur knapp, dann wickelte die Schwester das Kind in groben Leinenstoff.

»Soll ich sie mitnehmen?«, fragte sie tonlos.

»Nein! Nein.« Helenas Antwort kam so vehement, dass die Schwester ihr das Kind, ohne zu zögern, in den Arm legte. Seit Fionas Erzählungen hatte Helena keinen Gedanken mehr daran verloren, ob sie das Baby vielleicht nicht behalten wollte.

Jetzt blickte sie voller Liebe hinab auf ihre Tochter. Sie sollte den Namen Lizzy tragen. Lizzy war winzig, die kleinen Fingerchen krümmten sich um Helenas Daumen und hielten diesen ganz fest. Helena schwor in diesem Augenblick, dass auch sie dieses kleine Mädchen ganz festhalten würde, egal was die Zukunft ihr bringen würde.

27. Kapitel

Hamburg im September 1902

»Annemarie, zapple nicht so.« Lina sah Anni mit einem bösen Blick an.

Anni versuchte sich zu beherrschen und atmete tief aus. »Das ist ganz schön eng, ich bekomme kaum Luft.«

»Das muss so, du willst doch gut aussehen, oder?« Lina zupfte weiter an dem Rückenteil des Kleides herum.

Anni fühlte sich wie ein verschnürtes Paket. Sie war jetzt fast sechzehn Jahre alt, und endlich stand ihr Debütantinnenball an. Leider war sie nicht mehr viel gewachsen, aber dafür hatte ihr Körper weibliche Rundungen bekommen. Etwas zu viele, wie ihre Mutter immer tadelnd bemerkte. Doch Anni konnte es nicht ändern, sie aß so wenig, wie sie ertragen konnte, gerade so viel, um nicht dauernd in Ohnmacht zu fallen. An den Hüften konnte sie somit ein bisschen Umfang verringern, aber an ihrem recht üppigen Busen änderte dies nichts. Anni hasste das und versuchte ihn immer möglichst eng zu schnüren, doch so stramm, dass er nicht auffiel, konnte Lina ihre Kleider gar nicht binden.

»Freu dich doch!«, hatte das Mädchen schon mehrmals getadelt. »Schau mich an. Meine Brüder sagen immer Brettchen zu mir.«

Aber Lina war nur ein Dienstmädchen und kam aus einer

Gesellschaftsschicht, wo es vielleicht als chic galt, möglichst üppig auszusehen. Anni hingegen verglich sich nur mit den anderen Blankeneser Mädchen in ihrem Alter, und die waren alle dünne Fädchen, im Gegensatz zu ihr.

Genervt zupfte sie nun an ihren braunen Haaren herum. Zwölf Eier hatte Lina am Vortag aufgeschlagen, getrennt, die Eigelbe sorgsam einmassiert und dann mit frischem Wasser gut ausgespült. Doch das Hausmittel, das Helenas Haar einst zu einem schimmernden Goldglanz verholfen hatte, brachte bei Anni einfach keinen Erfolg. Nun kam der wichtigste Tag in ihrem jugendlichen Leben, und sie war ganz und gar nicht damit zufrieden, was sie dort im Spiegel vor sich sah.

Welcher junge Mann würde schon ein Auge auf sie werfen? Sie kannte fast alle Kandidaten, und keiner davon hatte sie bisher auch nur eines Blickes gewürdigt. Wahrscheinlich würde sie als alte Jungfer sterben. Ihre Eltern hatten ebenfalls keine Anstalten gemacht, etwas für sie zu arrangieren, soweit sie wusste. Gut, Helena war auch schon siebzehn gewesen und hatte von ihrer Verlobung erst nach dem Debütantinnenball erfahren. Trotzdem war auch Annis Verlobung etwas, bei dem Helenas Schatten auf sie fiel. Eine Verbindung, wie sie einst zwischen ihrer Schwester und der Familie Clausen geplant gewesen war, war in den Augen ihrer Eltern nicht zu übertreffen.

»So, nun sitzt alles.« Lina stemmte zufrieden die Hände in die Hüften und betrachtete ihren Schützling zufrieden. »So kannst du dich der Gesellschaft zeigen.«

Der altehrwürdige Ballsaal auf dem Süllberg war prächtig geschmückt worden. Zum Einmarsch der Debütantinnen spielte die Kapelle fröhliche Musik, und die Gäste sowie die Söhne aus gutem Hause standen Spalier, um die jungen Damen zu begrüßen. Es lag eine aufgeregte Spannung in der Luft. Viele der jungen Frauen waren seit Langem versprochen und sahen heute ihrem nächsten großen Lebensschritt entgegen. Der heutige Tag war die erste offizielle Gelegenheit, ihre Zukünftigen zu treffen, mit ihnen zu tanzen und einige kurze Sätze zu wechseln. Danach folgte das übliche Prozedere: Die jungen Männer sprachen bei der Familie der Auserwählten vor, es wurden Blumen geschickt, und einige Wochen später die Verlobung verkündet. Anni wunderte sich nicht, dass einige ihrer Mitstreiterinnen mit vor Aufregung roten Wangen den Saal betraten. Sie selbst musste sich eher Mühe geben, nicht allzu mürrisch dreinzublicken. Sie versuchte, ihren Eltern ein freundliches Lächeln zu schenken, als sie sie in der Reihe der Gäste erblickte. Und auch wenn sie damals nicht dabei gewesen war, war sie sicher, dass die Augen ihrer Mutter nicht so sehr vor Stolz glänzten wie einst, als Helena an ihrer Stelle gewesen war.

Anni ließ ihren Blick über die Gesichter der Anwesenden schweifen. Manch junger Mann hatte schon seine Augen auf seine Zukünftige gerichtet, andere Blicke flogen noch suchend umher. Auf Anni achtete keiner. Sie straffte die Schultern und nahm sich vor, sich davon nicht den Abend verderben zu lassen.

Doch das Dinner zog sich in die Länge. Die van der Haards teilten sich einen Tisch mit den Clausens – eine ungünstige Konstellation, fand Anni. Gustav Clausen, der einstige Verlobte ihrer Schwester, hatte eine neue Frau an seiner Seite. Die Hochzeit hatte bereits stattgefunden. Davina Clausen, geborene Lohrmann, war ein schmales, blasses Mädchen von schüchternem Gemüt. Gustav hingegen war in den vergangenen Jahren zu einem lauten und ungehobelten Kerl geworden. Vor vier Jahren hatte man ihn als einen Schürzenjäger und gut gelaunten Tunichtgut gekannt, von dem heute kaum noch etwas zu sehen war. Anni hatte fast Mitleid mit den Clausens, denn Gustav war wahrlich kein guter Repräsentant. Auch jetzt fiel er wieder durch unanständige Witze auf, die er lautstark über andere Gäste machte. Er trank schon während des Essens Schnaps und lachte so laut, dass Anni sich wunderte, dass die Kronleuchter des Ballsaales nicht wackelten. Anni sah, wie ihre Mutter leicht pikiert die Nase rümpfte und wie der alte Herr Clausen seinem ältesten Sohn immer wieder böse Blicke zuwarf. Über Helena sprach niemand mehr.

Sie wurden erst von Gustavs unangemessenem Verhalten erlöst, als das Essen beendet war und die Kapelle zum Tanz aufspielte. Sofort verwandelte sich der Raum in einen schwirrenden Bienenstock. Gustav schnappte sich seine junge Frau und zerrte sie auf die Tanzfläche. Anni blieb auf ihrem Platz sitzen und betrachtete das Treiben. Wie schön einige Paar zueinander passten. In ihren wiegenden Tanzbewegungen schwang das Glück der zukünftigen Ehe schon mit. Nur wenigen Mädchen erging es wie Anni. Berta Frank, ein sehr kleines und dickliches Mädchen, saß ebenso tatenlos neben ihren Eltern wie Greta Thormann, welche aufgrund eines Geburtsfehlers keine drei Meter weit sehen konnte. Anni seufzte leise, war es so, dass sie sich fast in deren Riege einreihen konnte?

»Gefällt Ihnen der Ball nicht?« Es war Alberts Stimme,

welche sie aus ihren Gedanken riss. Albert Clausen, der während des Dinners kein Wort gesagt und unlustig in seinem Essen herumgestochert hatte.

»Doch schon«, Anni zuckte mit den Achseln.

»Möchtest … möchten Sie vielleicht tanzen?« Albert deutete eine leichte Verbeugung an. Anni hatte seinen Versprecher bemerkt. Auch ihr kam es merkwürdig vor, dass sie Albert jetzt siezen musste, wo sie sich doch schon seit langer Zeit kannten und früher immer nur Du zueinander gesagt hatten. Doch die Etikette gebot es, dass sie nun, wo sie in die Gesellschaft eingeführt war, von einem jungen Mann mit dem nötigen Respekt angesprochen wurde.

Anni zwang sich, nicht wieder mit den Achseln zu zucken. Stattdessen nickte sie schüchtern und nahm die Hand, die er ihr entgegenstreckte. »Gerne.« Es war immer noch besser mit Albert zu tanzen als mit gar niemandem.

Er führte sie auf die Tanzfläche. »Ich muss mich für das Verhalten meines Bruders entschuldigen. Er …« Albert ließ kurz seinen Blick zu den anderen Tanzpaaren schweifen, als wolle er sich vergewissern, dass Gustav nicht in der Nähe war. »Er übertreibt es manchmal.«

Anni nickte verständnisvoll. Albert war fast einen Kopf kleiner als sie und sah immer noch mehr wie ein Junge als wie ein Mann aus, obwohl er schon zwanzig Jahre alt sein musste. Seine Gestalt war schmächtig, und er hatte irgendetwas an sich, was ihn immer etwas gehetzt wirken ließ. Anni erinnerte sich an jene kurzen Momente, die sie damals gemeinsam auf dem Schiff verbracht hatten. Momente, die in ihrer Erinnerung eigentlich von Angst und Schmerz geprägt waren. Schon damals war er sehr höflich und aufrichtig gewesen. Und nun bekam sie einen Tanz mit ihm. Anni beschloss, ihm eine Chance zu geben. Zumindest war er bezüglich des Verhaltens seines Bruders ihrer Meinung. Das sprach definitiv für ihn.

»Und was machen Sie so, Albert?«, versuchte Anni höflich von Gustav abzulenken.

Albert sah sie verwundert an, als hätte noch nie jemand diese Frage gestellt. »Oh, ich ... ich arbeite bei meinem Vater in der Reederei.«

»Das ist sicherlich eine verantwortungsvolle Aufgabe.«

Albert zuckte leicht mit den Schultern. »Eigentlich passe ich mehr darauf auf, dass mein Bruder keine Dummheiten macht. Ich bin der Zweitgeborene. Aber mein Vater scheut sich, Gustav die volle Verantwortung zu übertragen.«

Anni konnte nicht anders, ihr huschte ein kurzes Grinsen über das Gesicht. »Damit tut er wohl auch recht. Und ... wir haben wohl beide das gleiche Schicksal, die Last der Zweitgeborenen.«

»Wie ... wie haben Ihre Eltern denn den Verlust überwunden?« Albert sah während des langsamen Tanzes kurz verlegen nach unten.

»Meine Familie versucht damit zu leben. Aber ... Helena fehlt.«

Albert nickte verständnisvoll.

Sie tanzten einen weiteren Tanz und noch einen. Anni bemerkte, dass sie sich in Alberts Gegenwart weder hässlich noch unbedeutend fühlte. Bis auf die wenigen Male, wo er mit wachsamem Blick zu seinem Bruder sah, wie nach einem Hund, der keinen Unfug machen sollte, war er ganz bei ihr.

Der Abend verflog viel zu schnell. Anni verspürte Enttäuschung, als die Kapelle das Musizieren beendete und man sich zum Aufbruch rüstete.

Es war nicht bei einem Tanz mit Albert geblieben. Inzwischen taten Anni schon beinahe die Füße weh, so häufig hatten sie zur Musik ihre Runden gedreht. Jetzt führte Albert sie zurück zu ihren Eltern, hielt jedoch auf der Hälfte des Weges am Rande der Tanzfläche an und drehte sich zu ihr. Er straffte sich und versuchte, sich möglichst groß zu machen, stellte Anni amüsiert fest. »Fräulein van der Haard, es war mir ein Vergnügen, heute den Abend mit Ihnen zu verbringen. Ich würde mich sehr geschätzt fühlen, wenn Sie mir erlauben würden, Ihnen und Ihrer Familie alsbald die Aufwartung machen zu dürfen.«

Anni deutete einen leichten Knicks an und sah beschämt zu Boden. »Sehr gerne, Herr Clausen. Ich würde mich sehr freuen.«

28. Kapitel

Hamburg im Oktober 1902

»Na ja«, kommentierte Margarete van der Haard das kleine Kärtchen, welches Martha aus der Postschale im Flur geholt hatte und welches von Albert stammte. Dabei besah sie Anni mit einem kritischen Blick.

Anni hingegen klopfte das Herz bis zum Hals. Albert hatte es wirklich getan. Er hatte seine Karte geschickt mit der Bitte, ihrer Familie und vor allem ihr seine Aufwartung machen zu dürfen.

»Aber Lina muss euch begleiten. Und mach uns bloß keine Schande.«

»Nein, Mutter.« Anni ärgerte sich innerlich fürchterlich über den Zustand, dass ihre Mutter sie immer noch wie ein kleines Kind behandelte und vor allem wie ein Kind, welches ihren Eltern Unmut bereitete. Sie hatte seit Helenas Verschwinden alles getan, um es ihren Eltern recht zu machen. Der Verlust von Helena hatte die Familie bis ins Mark erschüttert. Ihr Vater war still geworden, ihre Mutter häufig unpässlich, und manchmal verließ sie tagelang das Bett nicht. Anni selbst hatte Tanzen gelernt, Klavierspielen und unzählige Stunden Benimm- und Haltungsunterricht genommen. Sie sprach recht anständig Französisch, und sie sah auch nicht mehr aus wie ein kleiner Backfisch. Nur an den einstigen Glanz ihrer großen Schwester reichte sie einfach nicht heran. Sie ließ sich regelmäßig von Lina Haare und Haut pflegen. Hatte sogar oft aufs Essen verzichtet, damit ihre Hüften nicht zu breit wurden. Doch in den Augen ihrer Mutter sah sie immer als Erstes den vergleichenden Blick. Anni war nicht Helena und würde auch nicht so hübsch und anmutig werden wie sie. Ihr Vater neigte nicht zu Vergleichen, doch wohl zur Erinnerung. Er schien Anni nicht ansehen zu können, ohne dass Helena in seinem Geist erschien. Für Anni war der schwarze Schatten ihrer großen Schwester zu einer großen Bürde geworden.

Auf dem Debütantinnenball hatte sie das erste Mal seit Jahren jemand angesehen, ohne dass sie diesen Vergleich gespürt hatte. Albert. Er hatte mit ihr gesprochen, hatte mit ihr getanzt, und nun hatte er sie zu einem Spaziergang eingeladen. Für Annis Seele war das Balsam. Das erste Mal seit Jahren fühlte sie sich befreit von ihrer Rolle der kleinen Schwester.

Das Laub raschelte unter ihren Füßen, als sie am Elbufer entlangliefen, während Lina gebührenden Abstand hielt. Anni fühlte sich das erste Mal so richtig erwachsen. Plötzlich fand sie das Leben im Schatten als Zweitgeborene auch nicht mehr ganz so schlimm, denn bei ihnen scherte sich niemand darum, wann, wo und wie sie sich trafen. Sie konnte neben Albert herschlendern, ohne dass es komische Seitenblicke gab. Man nickte ihnen höflich zu, natürlich waren sie in Blankenese bekannt, und vielleicht würde es sogar etwas Geschwätz geben, laut Lina war es auf dem Ball nicht unbemerkt geblieben, dass sich der junge Clausen der Van-der-Haard-Tochter zugewandt hatte. In Anni kribbelte es aufgeregt. Diese Aufmerksamkeit galt ihr, ganz allein ihr.

Albert verstand sich auf höfliche Konversation. Wenn auch etwas zögerlich, versuchte er mit Anni in ein Gespräch zu kommen. Sie hatten wenig gemein. Die Ausbildung und das Leben eines jungen Mannes verliefen doch so gänzlich anders als die von Mädchen.

Doch plötzlich fand sich ein Thema, bei dem auch Anni sofort mitreden konnte: die Horner Rennbahn. Albert erwähnte es nur beiläufig und auch wohl nur, weil sein älterer Bruder in diesem Jahr dort viel Geld verloren hatte, doch Anni war sofort interessiert.

»Wir nehmen auch jedes Jahr an den Rennwochen teil. Hat Ihre Familie eigene Pferde?«

Albert lächelte und zog dabei überrascht die Augenbrauen hoch. »Ja, wir haben zwei dreijährige Stuten, die mitlaufen.«

Schnell vertiefte sich das Gespräch. Anni wusste, dass es sich für eine junge Dame nicht unbedingt schickte, sich mit den Farben der Rennställe, mit Jockeys und Handicaps auszukennen, doch Albert schien sich sehr zu freuen, dass sie frei und ohne zu stocken sprechen konnten.

So vergaßen sie die Zeit, und erst als Lina hinter ihnen vorwurfsvoll hustete, bemerkte Anni, wie spät es schon war. Sie lächelte Albert an. »Ich glaube, wir sollten für heute zurückgehen.«

Albert blieb stehen und wandte sich ihr zu.

Anni spürte, wie ihr die Röte ins Gesicht schoss.

»Annemarie, ich hoffe, ich darf die Förmlichkeiten einmal vergessen, du bist mir seit damals nicht aus dem Kopf gegangen und das nicht … wegen … weil …« Jetzt errötete er auch.

»Sicherlich verbindet uns eine schlimme Erinnerung, aber sie sollte nicht unsere Zukunft belasten. Ich ... ich würde dich gerne wiedersehen.«

Anni kamen fast die Tränen vor Glück. »Ja, Albert. Ich würde mich sehr, sehr darüber freuen, dich wiederzutreffen.«

29. Kapitel

Queens Oktober 1903

Helena band sich Lizzy mit einem Tuch fest an den Körper und klaubte ihre wenigen Habseligkeiten zusammen.

Leise schlich sie aus ihrer Unterkunft.

Nach dem Verlassen des Geburtshauses hatte sie gerade so viele Pence gehabt, dass sie sich einmal am Tag ein wenig Brot kaufen konnte. Sie wusste, dass sie gesund bleiben musste, damit es auch Lizzy gut ging. Sie war froh, dass die Kleine noch im Sommer zur Welt gekommen war. Das Baby dicht an ihren Körper geschmiegt, hatte sie einige Nächte auf der Straße geschlafen. Doch das war kein haltbarer Zustand gewesen.

Die Unterkunft, die sie schließlich fand, war einfach. Ein schmales Zimmer mit vier Betten, welches abwechselnd von acht Personen bewohnt wurde. Aber hier konnte sie Lizzy stillen und sich etwas ausruhen, egal wie das Wetter draußen war. Wenn sie ihren Schlafplatz räumen musste, packte sie alles zusammen und ging in einen Park. Dort verbrachte sie dann Stunde um Stunde, das kleine Mädchen fest um den Körper gebunden, und hatte sich, jetzt im Herbst, gegen den kalten Wind eine dicke, von Motten zerfressene Decke über die Schultern gelegt.

Anfangs war sie durch die Straßen gegangen und hatte aus

der Hand ihre kleinen Werkstücke angeboten. Die Nadeln, zwei Rollen Garn und die kaputte Schere von Fiona waren ihr wertvollster Besitz. Die Leibchen und Mützchen waren ihr Startkapital gewesen und sicherten auch jetzt noch ihr Überleben.

Sie blieb inzwischen meistens im Park, denn dort kamen viele Mütter vorbei. Ihr kleines Geschäft lief so gut, dass sie auch nicht mehr um zerschlissene Stoffe betteln musste, sondern ein wenig Geld in Reststücke eines Stoffladens investieren konnte. Somit war die Qualität ihrer Arbeiten etwas gestiegen, und sie konnte sogar etwas mehr dafür verlangen. Gerade jetzt, wo der baldige Winter vor der Tür stand, kaufte man ihre kleinen Mützchen sehr gerne. Oft waren es Mütter, denen bereits mehrere Kinder um die Füße sprangen, während sie noch ein weiteres Baby vor die Brust gebunden hatten. Sie wirkten ausgezehrt, und die Säuglinge meist blass und still. Helen tat es in der Seele weh, Geld von ihnen zu verlangen, doch sie musste an sich und ihr eigenes Kind denken.

Sorgsam breitete Helena die Babykleidung neben sich aus und hoffte, dass auch heute ein guter Tag werden würde. Um sich von der nun drohenden stundenlangen Langeweile abzulenken, sang sie ihrer Tochter leise Kinderlieder vor. Auf Deutsch, da sie inzwischen befürchtete, die Sprache noch zu verlernen.

Lizzy war schon über ein Jahr alt, und Helena grübelte viel darüber, wie es ihnen beiden wohl ergangen wäre, wenn aus Helena nicht Clara geworden wäre. Natürlich hätte es dann wohl auch Lizzy nicht gegeben. Trotzdem schmerzte es sie, was ihrem Kind alles verwehrt blieb. Schon die einfachsten Dinge, die ihr einst selbstverständlich erschienen waren, wie eine eigene Wiege, gesunder Brei und ein Kinderwagen. Sogar Annis Puppen hatten mehr Luxus gehabt als sie und ihr Baby jetzt. Doch die Gedanken an Anni machten Helena traurig. Sie vermisste ihre kleine Schwester, und so versuchte sie, die alten Erinnerungen weit fortzudrängen.

»Machen Sie das selbst?«, riss die Stimme einer Frau sie wenig später aus ihrem leisen Gesang. Helena erschrak. Sie hatte die Frau nicht kommen hören.

»Ja, ich nähe diese selbst. Möchten Sie vielleicht eins?« Helena hielt ihr ein besonders hübsches Mützchen entgegen, denn die Frau war sauber und ordentlich gekleidet und hatte somit anscheinend Geld. Allerdings hatte sie kein Kind bei sich.

Sie nahm das Babymützchen zur Hand und besah es prüfend. »Sie scheinen sehr sauber arbeiten zu können.« Dabei fiel ihr Blick mitleidig auf Lizzy. »Ist nicht einfach mit einem Baby.«

»Sie ist ein sehr artiges Kind.« Helena zog die Kleine dicht an sich heran. Die Frau neigte den Kopf und schien zu überlegen.

»Ich arbeite für eine große Schneiderei. Wir suchen immer gute Arbeiterinnen. Mit dem Baby ist das ein Problem, aber vielleicht kommen Sie einmal vorbei und stellen sich der Vorarbeiterin vor?«

»Oh, das ist ein wundervolles Angebot. Ja, sehr gerne, wenn Sie das für angemessen halten.« Helena musste sich zusammenreißen, um nicht vor Freude aufzuspringen und der Frau um den Hals zu fallen.

»Gut. Kommen Sie morgen früh um halb sechs auf das Werksgelände der Meller & Formann Gesellschaft. Fragen Sie nach Miss Pinksten.«

»Ja, das werde ich. Ich werde da sein.« Helena nickte dankbar.

Die Frau lächelte nun und gab ihr das Mützchen zurück. »Ich habe leider keine Kinder, aber ... ich habe auch einmal auf der Straße gesessen. Viel Glück!«

»Danke. Ich danke Ihnen!« Helena sah der Frau noch nach, bis diese hinter einer Hausecke verschwand. Dann atmete sie tief aus und bemerkte, wie Lizzy sich in ihrem Tragetuch regte. »Hast du gehört? Mommy bekommt vielleicht eine richtige Arbeit!« Liebevoll strich sie dem kleinen Mädchen über den Kopf.

Mit einem nervösen Kribbeln im Bauch machte sich Helena am nächsten Tag auf den Weg zum Werksgelände der Meller & Formann Gesellschaft. Lizzy trug sie auf dem Arm, auch wenn sie sich ausrechnete, mit einem Baby wohl kaum einen Job zu bekommen. Sie hatte Lizzy eines ihrer hübschesten Mützchen aufgesetzt und ihr eigenes zerschlissenes Kleid noch bis spät in die Nacht gestopft.

Die Vorarbeiterin, zu der man Helena führte, sah sie sehr kritisch an, doch als Helena ihr einige ihrer Arbeiten zeigte, nickte die Frau wohlwollend. »Ihre Handarbeit ist sehr fein und hochwertig, doch können Sie auch mit der Nähmaschine umgehen?« Helena bemühte sich, trotz ihrer Glücksgefühle die Fassung zu wahren. Ein Lob von jemandem zu bekommen, der sich in dieser Branche wirklich auskannte, schmeichelte ihr sehr. So sachlich wie möglich bejahte sie die Frage. Zu Hause in Hamburg hatte sie sogar eine eigene Maschine besessen, doch das konnte sie der Frau natürlich nicht mitteilen.

»Ich denke, dann sollten wir es mit Ihnen versuchen, Frau Hauser. Wenn Sie möchten, zeige ich Ihnen nun noch die Unterkünfte für unsere Arbeiterinnen.«

Damit, dass es auf dem Gelände einige spärliche Zimmer gab, hatte Helena nicht gerechnet, doch es kam ihr sehr gelegen. Helena könnte dort mit Lizzy ein eigenes Bett beziehen. Dies war schon mehr Luxus, als Helena sich erhofft hatte.

Miss Pinksten erklärte ihr noch, dass eine der alten, ehemaligen Näherinnen, deren gichtkrumme Finger nicht mehr den Nähfuß der Maschinen bedienen konnten, sich um die Kinder der Werksfrauen kümmerte. Natürlich nahm sie dafür einige Dollar Lohn im Monat, aber so konnten die Frauen zumindest ungestört ihrer Arbeit nachgehen. Zuletzt bekam Helena noch die Uhrzeit, zu der sie am nächsten Morgen in der Fabrik erscheinen sollte, mitgeteilt, bevor sich Miss Pinksten von ihr verabschiedete.

Als Helena den Hof verließ, schöpfte sie endlich wieder etwas Hoffnung auf ein besseres Leben für ihre Tochter und sich.

30. Kapitel

Hamburg im Juli 1905

Anni stand auf der Terrasse der Villa Clausen und atmete die frische Morgenluft ein. Unten auf der Elbe kamen die kleinen Fischerboote gerade von ihrer nächtlichen Fahrt zurück, und im Haus war es noch still. Ihre Schwägerin Davina würde vermutlich jeden Moment vor der Tür stehen.

Wie schnell dic Zeit vergangen war und wie rasch sich Annis Leben hier in dieses Haus verlagert hatte.

Zu Weihnachten hatte Albert bei Friedrich van der Haard um Annis Hand angehalten und im April des neuen Jahres hatte die Hochzeit stattgefunden. Anni hieß nun Annemarie Clausen und dass die Verbandelung beider Familien letztendlich doch noch geglückt war, stimmte beide Elternpaare zufrieden, auch wenn es den schalen Beigeschmack nicht auslöschen konnte, den die Erinnerung an den Verlust von Helena noch immer hinterließ.

Die Hochzeit hatte in einer kleinen Kirche in Altona stattgefunden. Wie es sich für die jüngeren Kinder gehörte, mit weniger Aufwand und weniger Gästen, als für Helena und Gustav angedacht gewesen waren und als es für Gustav und Davina Clausen gegeben hatte.

Auch die Hochzeitsgeschenke waren spärlicher ausgefallen. Gustav und Davina lebten nicht in der Villa, sondern in einem weiteren Haus in Blankenese, welches Peter Clausen seinem älteren Sohn zur Hochzeit überschrieben hatte.

Albert und Anni hingegen bewohnten nun die erste Etage der Villa Clausen.

Gustavs Frau Davina war sichtlich froh, nicht mehr die einzige junge Ehefrau in der Familie zu sein, und Anni deshalb mehr als zugetan. Jeden Tag kam Davina in der Früh in die Villa, um ein wenig Zeit mit Anni zu verbringen. Allmählich wurden Anni diese Besuche allerdings anstrengend. Sie war in anderen Umständen, und ihr Bauch wurde immer runder und schwerer. Davina hingegen hatte bereits im Winter eine Tochter geboren. Das Baby war ebenso blass und kränklich wie seine Mutter und weinte viel. Anni hatte stets ein schlechtes Gewissen, wenn sie den Drang verspürte, sich zurückzuziehen und sich Ruhe wünschte. Davina tat ihr leid. Fast täglich klagte sie vor Anni darüber, wie schwer sie es mit Gustav hatte. Anni wurde bei diesen Gesprächen immer daran erinnert, dass ihre große Schwester eigentlich an Davinas Stelle hätte sein sollen, und ihr schlechtes Gewissen ließ sie sich für die junge Frau verantwortlich fühlen. Das, was Davina mit Gustav ertragen musste, wünschte sie keiner Frau. Heute verstand Anni das zwiespältige Verhalten von Helena, als man damals ihre baldige Verlobung ankündigte. Anni war es in ihrer kindlichen Sicht auf die Dinge wie ein Märchen vorgekommen, dass ihre Schwester bald würde heiraten dürfen. Doch für ihre Schwester – die gewusst haben musste, was sie mit Gustav bekommen würde – war es wohl ein Albtraum gewesen.

Gustav war nach wie vor das schwarze Schaf der Familie und alle, dies wusste Anni inzwischen, verurteilten sein Verhalten und seinen Lebensstil. Doch Peter Clausen legte ein Tuch des Schweigens darüber und versuchte der Öffentlichkeit ein harmonisches Familienbild abzugeben. Besonders für die Reederei war es wichtig, dass die Familie Clausen professionell und vertrauenswürdig wirkte. Dass Gustavs Vater und sein kleiner Bruder viel zu oft für ihn den Karren aus dem Dreck ziehen mussten, das blieb unausgesprochen.

Albert sprach gegenüber Anni nur selten deutliche Worte: »Mein Vater hat Angst um die Zukunft der Reederei. Gustav ist der rechtmäßige Erbe, er ist der Erstgeborene. Aber seine Vorliebe für alkoholische Getränke, die Spielerei, seine Unzuverlässigkeit und die mit alldem einhergehende Unfähigkeit, seine Arbeit in der Reederei zu erledigen, wären der Tod für unser Unternehmen.«

Im Hintergrund fing Albert das alles auf. Er arbeitete in der Reederei für zwei. Machte nicht nur seinen eigenen Job, sondern übernahm zusätzlich alle Verantwortung für die Fehler seines Bruders. Regelmäßig sorgte er dafür, dass die Spielschulden seines Bruders getilgt wurden. Die Firma und der Ruf der Familie lagen ihm am Herzen, und es tat Anni weh, wenn sie sah, wie wenig Anerkennung er für seine Mühen bekam und wie all das für selbstverständlich hingenommen wurde.

Obwohl das Kontor in einem repräsentativen Gebäude in der Innenstadt lag, hatte Albert ein separates Arbeitszimmer in ihrer Wohnung in Blankenese.

So konnte Albert zwar auch viel von zu Hause aus arbeiten, tat dies jedoch dadurch auch häufig noch bis spät in die Nacht. So sahen sich die Frischvermählten nur wenige Stunden am Tag.

Auch heute würde sie ihren Mann wohl erst am Abend wiedersehen. Während sie den Bewegungen des Kindes in ihrem Bauch nachspürte, blickte Anni hinab auf die Elbe und atmete noch einmal tief durch, bevor sie sich wieder auf den Weg in die Küche machte, um dem Mädchen aufzutragen, einen Tee aufzusetzen. Schließlich würde sie Davina zumindest eine Kleinigkeit anbieten müssen.

31. Kapitel

Queens im Februar 1906

Für Helena war es anfangs sehr schwer gewesen, Lizzy in die Obhut der fremden Frau zu geben, aber diese Arbeit war eine echte Chance.

Inzwischen hatte sie sich daran gewöhnt, ihre Tochter am Morgen zu verlassen, und konnte auch die ihr zugeteilte Nähmaschine in der Werkshalle bedienen.

Dies hatte sie viele Stunden mühsamen Lernens und auch unzähliger schmerzhafter Stiche gekostet. Einmal war ihr der Nähfuß sogar bis in das Fleisch zwischen Daumen und Zeigefinger gerauscht. Es hatte zwei Stunden gedauert, bis ihre Kolleginnen ihr den Faden aus der Hand gezogen hatten, und sie hatte sich eine heftige Entzündung dadurch eingefangen. Krank werden war aber etwas, was bei der Meller & Formann Gesellschaft nicht geduldet wurde. Die Frauen waren austauschbar. Blieb eine dem Arbeitsplatz fern, so saß gleich am nächsten Tag eine Neue dort. In New York waren Arbeitsplätze heiß begehrt. So hatte auch Helena mit verbundener Hand und infektiösem Fieber vier Tage lang weitergenäht. Ihrem jungen Alter und ihrer guten Konstitution war es wohl zu verdanken, dass sie rasch wieder gesund wurde. Nur die Narbe von dem dicken Nähfaden in der Hand würde sie wohl nun auf ewig begleiten und daran erinnern, wie hart ihr Kampf war.

Helena legte denn Stoff um und wechselte die Garnspule. Die Meller & Formann Gesellschaft erstellte Arbeitskleidung für die Eisenbahnbetriebe. Helena hatte schon während ihrer Anfangszeit im Zuschnitt gelernt, diesen dicken groben Stoff zu verteufeln. Das Zuschneiden war eine Qual. Oft hatte sie nachts auf ihrem Bett gelegen und ihre Hände nicht mehr gespürt und ihr Kind kaum halten können, da diese von der immerwährenden, gleichmäßigen Bewegung der Schere taub waren.

Helena wusste inzwischen, dass der Mensch sich an vieles gewöhnen konnte. Sie war verbissen gewillt, sich und ihrer Tochter ein bescheidenes Auskommen zu verschaffen. Zumindest war ihr Lohn so gut, dass sie sich hier und da etwas extra zu essen kaufen konnte.

»Du passt hier irgendwie nicht hin«, hatte gleich am Anfang eine ältere Frau mit zerfurchtem Gesicht und schwieligen Händen gesagt. »Du bist viel zu hübsch, und schlau bist du wohl auch.«

Helena hatte bis zu dem Tag nichts Merkwürdiges daran gefunden, dass sie lesen, schreiben und rechnen konnte. Wie sie aber dann nach und nach erfuhr, war dies ein Privileg, welches in Amerika noch nicht allen Kindern zugänglich war. Auch ihr Plan, ihrer Tochter eine gute Schule ermöglichen zu können, lag noch in weiter Ferne.

Die Frauen, die in dieser Näherei arbeiteten, waren oft alleine, da ihre Männer im Westen waren, wo es auf den Baustellen der Eisenbahnen Arbeit gab. Manchmal kamen diese nur alle zwei Jahre für wenige Tage nach Hause. Die Frauen erkannten sie oft kaum wieder, und die Kinder greinten vor Angst, weil ein fremder Mann in ihrem Zuhause auftauchte.

Es waren zudem die Großmütter, welche sich um die Kinder kümmerten und dafür Kost und Unterkunft von ihren Töchtern bekamen. So konnten diese bei der Meller & Formann Gesellschaft arbeiten. Arbeiten und Überleben, das war der tägliche Kampf in New York.

Helena schämte sich inzwischen fast, damals so unbedarft geglaubt zu haben, das Leben wäre einfach. Es war nur einfach, wenn mal Geld hatte, und dieses flog einem in den seltensten Fällen zu.

Helena zog das fertige Werkstück, eine Arbeitshose, von ihrem Nähtisch. Sie brauchte inzwischen nicht mal mehr eine halbe Stunde, um so eine fertigzustellen. Bei dreizehn Stunden Arbeit kam sie somit auf sechsundzwanzig Hosen. Mittags hatten die Frauen eine Stunde Pause. Die meisten schliefen einfach im Sitzen an ihren Tischen, um nach der kurzen Pause sofort wieder weiterzuarbeiten. Sechsundzwanzig Hosen mal achtzig Frauen, welche in dieser Halle nähten, machte über zweitausend Hosen am Tag. Dies spiegelte auch den Abgang der Männer aus der Stadt sehr gut wider.

Helena sah kurz zum Fenster. Schon wieder trieben dicken Flocken in der Luft und verschlossen nach und nach den Lichtschacht, den man in den Schnee davor gegraben hatte. Aber zumindest war es in den Werkshallen etwas wärmer als in den Schlafbaracken, dort wurde nicht geheizt, ein Umstand, der im Winter fast unerträglich war. Helena machte oft einige Extrastunden, auch weil Lizzy dann noch in dem warmen Raum der Aufpasserin bleiben konnte. Für die Kinder hatte das Werk einen kleinen Ofen gestellt.

32. Kapitel

Manhattan im Mai 2017

Jonas legte den Kopf in den Nacken. Das Gebäude der Bank of New York Mellon Corporation in Garden City war ein imposanter Bau aus weißem Kalkstein.

Eine breite, gläserne Eingangstür führte in eine Halle, in der mittig ein langgezogener Tresen stand. Eine Lüftung blies dem Eintretenden einen Schwall wohlklimatisierte Luft in die Haare. Unzählige, beinahe alle gleich aussehende Damen verrichteten dahinter ihre Arbeit. Jonas steuerte eine diese Damen an ihrem Platz an.

»Guten Tag, mein Name ist Jonas Clausen. Ich komme aus Deutschland von der Reederei Clausen und würde gerne mit einem Mitarbeiter über eine unserer Golddepots bei Ihnen sprechen.« Jonas hörte selbst, dass sich dies etwas verrückt anhörte, aber eine der Damen sah ihn mit einem geschäftlichen Lächeln an.

»Haben Sie einen Termin?«

»Nein, leider nicht. Ich bin heute erst in New York angekommen.«

»Augenblick, ich sehe, was ich tun kann.«

»Danke.«

Die Dame tippe auf ihrer Tastatur herum. »Sie haben Glück. Einmal bitte mit dem Fahrstuhl in das zweite Obergeschoss, dort links und dann auf der rechten Seite, Raum 35c, Mister Miller erwartet Sie dann dort.«

»Vielen Dank.« Jonas nickte der Dame freundlich zu und machte sich auf den Weg zum Fahrstuhl.

Am Raum 35c angekommen, klopfte er an die geschlossene Tür.

»Bitte sehr«, erklang es von innen.

Ein junger Banker erhob sich aus seinem bequem wirkenden Schreibtischstuhl hinter einem gläsernen Schreibtisch und streckte Jonas zur Begrüßung die Hand entgegen. »Miller. Was kann ich für Sie tun?«

Jonas erläuterte kurz, wer er war, wo er herkam und warum er die Bank aufgesucht hatte.

Der junge Mann hob bei Jonas' Worten verwundert seine Augenbrauen. »Clausen? From Germany?«

»Ja, aus Deutschland. Und ich habe in der Tat die lange Reise gemacht, weil unsere Reederei ein altes Depot gerne auflösen würde. Ihre Kollegen in der Filiale in Deutschland konnten mir keine weitere Hilfe dazu geben.«

Mr. Miller machte ein ernstes Gesicht. »Nun, Mr. Clausen, haben Sie Unterlagen?«

Jonas nahm die wenigen Papiere dazu in die Hand. »Ja, allerdings wurde dieses Depot seit 1914 nicht angerührt.«

Mr. Miller wiegte den Kopf. »Es sind sehr alte Vorgänge, da muss ich auch erst einmal sehen …«

»Bitte, ich habe Zeit.« Jonas nickte. Er hoffte, mit seinem bestimmten Auftreten dem Ganzen etwas Nachdruck zu verleihen, obwohl er sehr wohl wusste, wie irrwitzig sein Versuch gerade war.

Mr. Miller machte sich in der Tat gleich an die Arbeit, schien aber in seinem Computer nichts Verwertbares zu finden. »Entschuldigen Sie, Mr. Clausen, ich muss dies leider einmal im Archiv überprüfen.«

Jonas wartete, während Mr. Miller aus dem Büro verschwand.

Nach überraschend kurzer Zeit tauchte der Mann wieder auf. »Also, Mr. Clausen. Ich kann Ihnen leider auch nicht wirklich dazu Auskunft zu geben. Es ist auf jeden Fall so, dass dieses Depot noch besteht. Allerdings ist nur eine einzige Person verfügungsberechtigt. Und da … Datenschutz, Sie verstehen?«

Jonas machte ein verärgertes Gesicht. »Ja, ich verstehe, aber Sie müssen auch verstehen, dass das aus meiner Sicht sehr merkwürdig wirkt. Es hat sich in all den Jahren niemand darum geschert. Zum Wohle unserer Reederei bin ich daran interessiert, dass dieses Geld oder Gold jetzt an die richtige Person geht. Es ist immerhin inzwischen zu einer stattlichen Summe angewachsen. Die Reederei hat ein Anrecht auf den Ertrag dieses Depots, schließlich wurde es damals unter deren Namen von Familienangehörigen eröffnet. Wir waren eigentlich im Begriff, dieses Guthaben nun aufzulösen.«

»Ja, ich verstehe Ihre Bedenken, aber ich kann Ihnen versichern, dass unsere Bank den Vorgang natürlich genauestens prüfen wird. Es ist schwer nach so vielen Jahren. Es wäre am einfachsten, wenn Sie die zugriffsberechtigte Person oder deren Erben auffinden würden, dies könnte dem Vorgang enorm beschleunigen, leider – das muss ich Ihnen auch sagen – eventuell nicht zu Ihren Gunsten, denn wenn es noch

Erben gibt, dann stehen diese an Stelle der ehemals eingesetzten Begünstigten.« Mr. Miller verzog kurz das Gesicht, als hätte er selbst einen sauren Drops gelutscht. »Mr. Clausen … so gerne ich würde. Sie haben zwei Möglichkeiten. Entweder finden Sie selbst heraus, wer der Zugriffsberechtigte ist, oder Sie lassen es dann ein Gericht klären. Schneller wird es nicht gehen. Es tut mir leid, und ich wünsche Ihnen dennoch viel Erfolg bei der Suche. Wenn Sie sonst noch irgendwelche Fragen haben, kommen Sie gerne wieder auf mich zurück. Ich stehe Ihnen zur Verfügung.« Der Mann nickte Jonas freundlich zu.

Gerade als Jonas sich zum Gehen wenden wollte, sah Mr. Miller ihn noch einmal kurz in die Augen und hustete leicht. »Ich erlaube mir anzumerken, dass der Vorgang zu diesem Depot gerade kürzlich schon einmal bearbeitet worden ist.«

»Wie?« Jonas sah den Mann verblüfft an.

»Mehr kann ich leider nicht dazu sagen … Datenschutz.«

Kurz darauf saß Jonas resigniert auf einer Bank in einem Park unweit des Bankgebäudes. Unterwegs hatte er sich noch einen großen Becher Kaffee in einem der modernen Läden gekauft. Es war gut, dass es das Depot noch gab, schlecht war natürlich, dass er da so einfach nicht drankam, und wenn es in der Tat kürzlich von jemand anderem einen Zugriffsversuch gegeben hatte, könnte es sein, dass die Chance auf das Vermögen auch verschwindend gering war. Er seufzte. So viel Geld. Das wäre ja auch zu einfach gewesen, wenn sich seine Probleme mit einem einfachen Flug nach New York hätten beheben lassen. Jetzt musste er sich wohl selbst auf die Suche machen. Den einzigen Anhaltspunkt, den er hatte, war der Name Clara Hauser. Irgendwo in dieser riesigen Stadt gab es noch jemanden, der – ebenso wie er – irgendeine Verbindung zu dieser Frau hatte.

33. Kapitel

Queens im Jahr 1909

»Ms. Hauser?«

Helena sah von ihrer Näharbeit auf. »Ja?«

Neben ihrem Tisch stand Mr. Green, der Hallenvorsteher. Helena zuckte unwillkürlich zurück, denn Mr. Green war ein sehr strenger Mann und tauchte zumeist nur in der Halle auf, wenn es in der Fertigung Fehler gegeben hatte. Helena war vor drei Jahren aus der Halle für die Bahnarbeiterkleidung in die der Uniformen gewechselt. Hier wurden die Anzüge für die Zugbegleiter der zwei größten Bahnunternehmen Amerikas gefertigt. Die Stoffe waren weicher, die Schnitte individueller und die Knöpfe aus Messing. Die Arbeit mit den hochwertigeren Materialien war das eine, das andere war der persönliche Aufstieg, wenn man es bis hierher geschafft hatte. Helena durfte aus dem Schlaflager in ein anderes Gebäude umziehen, in dem es Sechserzimmer gab und auf jedem Flur einen Waschraum. Nach all dem Ungeziefer und Schmutz war dies für Helena fast der Himmel auf Erden. Doch der Ton zwischen den Arbeiterinnen war auch gröber, denn man konnte aus diesem Luxus ebenso schnell wieder herausfallen, wie man hineingekommen war. Bei den einfachen Näharbeiten wurde zwar Wert auf Qualität gelegt, hier an den feineren und teuren Stoffen durfte man sich absolut keinen Fehler mehr erlauben. Mr. Green prüfte höchstpersönlich jedes Stück, welches die Halle verließ, und der Tisch, an dem nicht sauber gearbeitet wurde, war schnell leer und am nächsten Tag gar anders besetzt.

Helena hatte sich einen akribischen Arbeitsstil zugelegt und war auch heute so auf die Naht konzentriert gewesen, dass sie Mr. Greens Kommen gar nicht bemerkt hatte.

»Ms. Hauser. Dies ist Mr. Danavell. Er kommt von der neu gegründeten Sunnaway Corp. und sucht nun neue Arbeitskräfte.«

Helena sah zu dem Mann, welcher neben Mr. Green stand. Mr. Danavell trug einen akkuraten, gut verarbeiteten Anzug, war ungefähr Mitte dreißig, hochgewachsen und recht breit gebaut und in sich eine stattliche Erscheinung. Mit seinen warmen, braunen Augen lächelte er Helena höflich an.

»Ja?« Helena wusste nicht recht, wie sie auf diesen Besuch reagieren sollte. Was wollten die Männer?

»Ich habe Mr. Danavell meine Empfehlung bezüglich Ihnen ausgesprochen. Sie sind eine zuverlässige und sehr ordentliche Näherin und wären qualifiziert genug, um für Mr. Danavell als neue Vorarbeiterin tätig zu werden.«

»Oh!«, rutschte es Helena nur heraus.

Mr. Danavell faltete die Hände vor seinem Körper und nickte wohlwollend. »Ich habe von Mr. Green viel Gutes von Ihnen gehört. Wir haben zwei neue Werkhallen drüben in Staten Island, unweit der Piers. Wir fertigen Uniformen für Hotels und Passagierschiffe.«

Sollte dies ein Arbeitsangebot werden? Helena begann innerlich zu zittern. Sie hatte davon gehört, dass dies ab und zu vorkam. Die jeweiligen Vorarbeiter und auch die

Firma selbst strichen bei solchen Vermittlungen satte Provisionen ein, sodass es sich lohnte, gute Arbeiterinnen auch mal ziehen zu lassen. Aber dass ihr dies eines Tages passieren könnte, damit hatte sie nicht gerechnet. Doch waren die vielen Jahre bei Meller & Formann eine harte und gute Schule gewesen. Zudem war sie immer noch unverheiratet, was sie fast zu einem raren Gut machte.

»Ich würde Sie gerne einladen, sich unsere Werkhallen einmal anzusehen.« Mr. Danavell machte eine einladende Geste.

Helena sah unsicher zu Mr. Green. »Sie bekommen morgen einen halben Tag unbezahlten Urlaub«, sagte dieser in gewohnt strengem Ton.

»Also, Ms. Hauser? Kann ich morgen mit Ihnen rechnen? Um drei?«

Helena sah zu Mr. Danavell auf und nickte nur.

»Gut, dann sehen wir uns morgen.« Er nickte freundlich und ging mit Mr. Green davon.

Helena saß starr auf ihrem Platz. War dies vielleicht die Chance, etwas Neues zu beginnen? Es war ihr bei Meller & Formann zwar nicht schlecht ergangen, aber es gab auch kaum Möglichkeiten, der Mühle dieser Nähfabrik zu entkommen. Sie sah auf die glänzenden Knöpfe, welche zu ihrer Linken auf dem Tisch lagen und darauf warteten, als Letztes an die Jacke genäht zu werden. Helena musste schwer schlucken. Jedes Mal wenn sie diese Knöpfe zu lange ansah, musste sie an die Knöpfe der Jacke ihres Vaters denken. So viele Jahre. Was wohl aus Anni geworden war? Sicherlich war sie zu einer hübschen jungen Frau herangewachsen. Helena kam nicht umhin, kurz daran zu denken, was wohl aus ihr geworden wäre, wenn sie damals nicht den Schritt am Pier und darüber hinweg gemacht hätte. Sie wäre seit Jahren die Frau von Gustav Clausen, hätte womöglich einige Kinder. Sie hätte nicht eine Nacht ihr Bett mit Kakerlaken teilen müssen, und sie hätte auch wohl kaum Tag und Tag um ihr Geld kämpfen müssen. Doch genau dies erfüllte sie inzwischen mit Stolz. Sie hatte sich ein nettes Sümmchen zusammengespart und sogar den Mut gehabt, es zu einer Bank zu bringen. Das Versteck unter dem Stein mit den Krabbeltieren als Wache war ihr irgendwann nicht mehr sicher vorgekommen. Und sie hatte ein Ziel. Sie wollte eines Tages raus aus New York. Vielleicht bis an die Westküste, mit der Eisenbahn. Dafür brauchte es noch einiges an Geld, aber auch dies würde sie noch sparen. Sie hatte zum Ausgeben der Dollar eh kaum Zeit. Und ein neuer, vielleicht besser bezahlter Job, käme ihr ganz gelegen für diesen Plan.

Am nächsten Tag machte sie um zwölf Uhr mittags Feierabend. Es waren die ersten warmen Tages des Sommers. Zum ersten Mal seit Langem legte sie ihr Kopftuch ab, welches die Frauen der Näherei unablässig trugen. Fast hatte sie vergessen, wie sie ohne dieses aussah. Es gab im Schlafsaal einen alten, kaputten Spiegel. Helena besah sich. Sie war älter geworden und ihre Gesichtszüge etwas härter. Die jugendliche Leichtigkeit war dem Ernst des Lebens gewichen. Helena zupfte sich an ihren Haaren. Sie trug ein älteres Kleid. Dieses hatte sie vor einigen Jahren für wenige Pence von einer Frau gekauft, welche die Näherei verlassen hatte. Allerdings nicht wegen eines neuen Jobs, sondern wegen des sechsten Kindes. Viele Kinder zu haben, eine große Familie, bedeutete in New York, überleben zu können. Solange die Kinder klein waren, war es noch schwer. Aber wenn diese aus dem Gröbsten raus waren, half es den Familien. Je mehr Hände arbeiteten, desto einfacher wurde es. Helena strich den Stoff ihres Kleides glatt. Sie hatte noch niemanden kennengelernt, mit dem sie sich hätte ein gemeinsames Leben vorstellen können. Aber ihr Umfeld bestand auch fast nur aus Frauen, und das Gelände der Meller & Formann Gesellschaft verließ sie immer nur kurz, um sich etwas zusätzliches Essen zu kaufen. Von New York als Stadt hatte sie bisher wenig kennengelernt. Sie war einmal mit ein paar Frauen in Manhattan gewesen und bis zum Fluss gelaufen. Häuserschluchten und Enge prägten das Bild. Auf den Straßen von Queens ging es auch hektischer zu als noch vor wenigen Jahren, und Droschken und einige der neuen Automobile verstopften sie manchmal gänzlich. Der Qualm und Dampf der Abgase von Benzinmotoren nahmen einem dann fast den Atem. Helena hatte manchmal das Gefühl, in einer neuen Welt zu stehen, wenn sie das Betriebsgelände verließ, so schnell änderte sich die Stadt darum herum.

Schnell steckte sie sich die letzten Haarsträhnen hoch. Sie hatte noch einen weiten Weg vor sich. Staten Island lag auf der anderen Seite des Hudsons. Sie müsste eine ganze Strecke laufen und dann eine Fähre hinüber nehmen.

In der Stadt gab es nicht viel Grün. Hier und da stand mal ein Bäumchen, welches seine frischen Blätter der Sonne entgegenreckte. Auch etwas, was Helena vermisste. Sie würde so gerne einfach mal wieder über eine Wiese laufen, von der Schmetterlinge emporstoben. Vögel singen hören oder sogar ein paar Rehe sehen. Diese kamen früher bis in den

Garten ihres Elternhauses. Hier in Amerika schien es nur Möwen zu geben, welche mit Vorliebe im Abfall der Menschen wühlten.

Als Helena am Fähranleger ankam, war es dort sehr voll. Jeden Tag querten unzählige Menschen den Fluss. Der Anblick des Wassers drängte die alten Erinnerungen wieder empor. Von dem großen Unglück vor fast zehn Jahren war nichts mehr zu sehen. Alle Piers entlang des Flusses waren wieder aufgebaut worden. Helena musste an Clara denken, unter deren Namen sie nun lebte. Im Alltag hatte sie sich zwar daran gewöhnt, mit diesem Namen angesprochen zu werden, doch blieb immer ein bitterer Beigeschmack.

Auf der anderen Seite des Flusses ging es etwas beschaulicher zu. Staten Island war von Industrieanlagen geprägt, und es gab nur wenige Wohnblöcke. New York dehnte sich eher über die Inseln im Fluss und die Uferzonen aus, doch auch die umliegenden Städte verschmolzen langsam mit New York. Wie ein Faden, der alles zusammenhielt, befanden sich der Hudson River und die Hafenanlagen im Mittelpunkt.

Vom Ufer bis zu den neuen Werkshallen der Sunnaway Corp. war es nicht sehr weit. Helena kam pünktlich dort an. Sie sah die neu erbauten Gebäude, große Fenster und Tore ließen die Anlagen nicht so düster und abgeschottet wirken wie die der Meller & Formann Gesellschaft.

Helena fragte sich zum Büro von Mr. Danavell durch. Pünktlich um drei Uhr klopfte sie, reichlich nervös, an dessen Tür.

»Ms. Hauser – ich freue mich.« Mr. Danavell bat sie herein.

Helena musste sich straffen, um nicht vor Aufregung zu zittern.

»Setzen Sie sich doch bitte. Darf ich Ihnen ein Glas Wasser anbieten? Es ist ja sehr warm heute draußen.«

Dass Mr. Danavell einen höflichen Plauderton anschlug, tat ihrer Nervosität keinen Abbruch. Im Gegenteil, sie fühlte sich unsicher. Es war lange her, dass sie sich das letzte Mal auf ihre gelernten Umgangsformen verlassen hatte. »Danke für diese Einladung. Ein Glas Wasser wäre sehr nett«, brachte sie mit halbwegs fester Stimme heraus, während sie auf einem Stuhl am Schreibtisch Platz nahm.

Mr. Danavell goss ihr aus einer Karaffe ein Glas Wasser ein und setzte sich ebenfalls. »Wissen Sie, es ist nicht einfach, gute Arbeitskräfte zu finden. Die Meller & Formann Gesellschaft ist da ein guter Anlaufpunkt, aber natürlich geben diese ihre Näherinnen auch nicht so einfach ab.« Er lachte kurz, wobei seine braunen Augen kurz aufblitzten. »Ich habe ganz schön auf Mr. Green einreden müssen, dass er mir eine Empfehlung für eine zuverlässige Vorarbeiterin aussprach. Sie sind schon recht lange bei der Meller & Formann Gesellschaft?«

Helena nickte. »Fast zehn Jahre.«

»Dann haben Sie ja recht jung dort angefangen?«

Ihr entging nicht der prüfende Blick von Mr. Danavell. »Ich war damals siebzehn Jahre alt. Ich kam auf Empfehlung einer Schneiderin aus Jersey City dort hin.«

»Oh, dann kommen Sie ja von dieser Seite des Flusses.«

»Na ja, nicht direkt.« Helena musste lächeln.

»Stammen Sie aus Großbritannien?«

»Nein, ich … ich bin in Deutschland geboren.«

»Oh, dann haben Sie ja schon eine lange Reise hinter sich gebracht.«

»Ja. Das habe ich.« Helena entspannte sich etwas, der Ton

von Mr. Danavell war immer noch sehr freundlich, und er strahlte eine gewisse Ruhe aus, die sich auf sie übertrug. Sie erzählte ihm kurz die Geschichte, die Geschichte, welche im Laufe der Jahre zu der ihren geworden war. Er nickte ab und an und schien nicht im Geringsten an ihr zu zweifeln.

»Sie haben auf jeden Fall Mut, sich als Frau alleine durchzuschlagen«, erwiderte er, als sie am Ende angekommen war. »Diese Erfahrung und Ihr Durchhaltevermögen kommen Ihnen nun zugute, denn damit sind Sie die perfekte Frau für die Aufgabe bei uns.« Er lehnte sich auf seinem Platz etwas zurück. »Wir werden viele neue Arbeiterinnen einstellen müssen und deren Auswahl und Einarbeitung wäre Ihre zukünftige Aufgabe. Sie bekommen ein festes Gehalt und ein eigenes Zimmer hier auf dem Gelände.«

»Ein Zimmer?«, rutschte es Helena heraus.

Mr. Danavell sah sie ungerührt an. »Ja, leider können wir keine Wohnungen zur Verfügung stellen, der Platz ist natürlich knapp. Aber es stünde Ihnen natürlich frei, sich später auf eigene Kosten eine Wohnung in der Umgebung zu suchen.«

Helena musste leise lachen. »Nein, nein, Mr. Danavell, ein Zimmer ist schon ein sehr gutes Angebot.«

Mr. Danavell führte Helena durch die neuen Werkhallen. Es war alles viel moderner als bei der Meller & Formann Gesellschaft, und es gab sogar Elektrizität. An ihrem alten Arbeitsplatz prägten noch Gaslampen das Bild. Helena brauchte nicht viel zu überlegen. Auch wenn sie sich der Meller & Formann Gesellschaft verbunden fühlte, da sie ihr ein Auskommen gesichert hatten, spürte sie, dass es nun Zeit für Veränderung war. Am späten Nachmittag besiegelte sie ihren neuen Arbeitsvertrag mit einem Händedruck. Dieser fiel ein paar Augenblicke länger aus als gewöhnlich, und Mr. Danavell sah ihr dabei unverblümt in die Augen. »Ich freue mich wirklich sehr, Sie bald bei uns begrüßen zu dürfen.«

Zu dem Glück über den neuen Job mischte sich ein wohliges Prickeln, welches Helena so bisher noch nie gefühlt hatte.

34. Kapitel

Staten Island 1909

»Kommt ihr gut voran? Sind die neuen Stoffe schon geliefert worden?« Helena stand an einem Arbeitspult in Halle vier der Sunnaway Corp. und besprach mit zwei Vorarbeiterinnen den Tag.

»Ja, die Zuschnitte sind fertig, Ms. Hauser, und die Stoffe werden gerade auf die Tische gebracht«, antwortete eine der Frauen.

»Gut, ich komme nachher und schaue mir die ersten Zuschnitte an.« Mit einer winkenden Handbewegung wies Helena den Frauen an, auf ihre Plätze zu gehen. Helena tupfte sich mit einem Taschentuch über die Wangen. Es war fürchterlich heiß in diesem Sommer, da halfen auch die vielen großen Fenster und Tore der Hallen nicht. Zufrieden blickte sie auf die langen Reihen der Näherinnen und lauschte dem Rattern der Maschinen. Ihr oblag die gesamte Fertigung. Die ersten Monate waren hart gewesen, denn sie musste sich gegen viele andere und teils ältere und erfahrene Frauen durchsetzen. Aber sie hatte es geschafft. Sie war jetzt zweiunddreißig Jahre alt, musste nicht mehr diese groben Arbeitsröcke tragen und stundenlang in immer der gleichen Haltung gebeugt über der Nähmaschine sitzen. Ihr Arbeitsplatz war nun dieses Verwaltungspult und ein kleiner Schreibtisch drüben im Hauptgebäude. Sie hatte ein kleines Zimmer auf dem Werksgelände, welches sie mit Lizzy bewohnte, besaß inzwischen einige eigene Kleider, die sie sich selbst genäht hatte, und konnte durchaus sagen, dass sie zufrieden war. Und all dies hatte sie alleine geschafft. Fast – denn in Gerald Danavell hatte sie einen Unterstützer gefunden und vielleicht sogar ein bisschen mehr. Ein Lächeln huschte ihr unwillkürlich über das Gesicht. Aber welcher Mann nahm schon eine Frau mit einem Kind? Gleich scheuchte sie diesen Gedanken wieder aus ihrem Kopf. Sie hatte niemandem hier von ihren ersten Jahren in Amerika erzählt. Sie schämte sich dafür, eine Hure gewesen zu sein, doch diese Zeit lag inzwischen lange zurück.

Gerald war vom ersten Tag an sehr fürsorglich gewesen und hatte sich alle Mühe gegeben, Clara, wie er sie inzwischen nannte, zu unterstützen. Es war ihrer beider Arbeit zu verdanken, dass die Sunnaway Corp. satte Gewinne einfuhr und binnen weniger Jahre zum führenden Betrieb für Arbeitsuniformen geworden war. Die Gesellschafter des Unternehmens honorierten dies gut. Helenas Spartopf war inzwischen mehr als gut gefüllt, doch war ihr Wunsch, New York zu verlassen, etwas verblasst. Inzwischen hatte sie fast alles, was sie sich erträumt hatte, und brauchte ihr Glück nicht mehr in der Ferne zu erhoffen.

Sie legte ihre Papiere zusammen und machte sich auf den Weg zum Bürogebäude der Sunnaway Corp.

»Clara, gut, dass du kommst.« Gerald sah von seinem Arbeitsplatz auf. »Komm mal her. Ich habe eine tolle Neuigkeit.«

Helena trat an seinen Schreibtisch. Wie immer, wenn sie ihn sah, erfüllte sich ihr Herz mit Wärme. Sie versuchte es so gut es ging zu verbergen, denn Schwärmereien hatten am Arbeitsplatz wirklich nichts verloren, und sie wusste auch nicht, wie er zu ihr stand, denn bis auf mehr als zu ein paar beiläufige Berührungen war es zwischen ihnen nicht gekommen, aber tief in ihrem Inneren hoffte sie auf noch etwas mehr. All die Jahre hatte sie nie einen Gedanken an einen Mann verschwendet. Gustav Clausen war ihr ein abschreckendes Beispiel gewesen und an dessen schamlose und grobe Berührungen, obwohl diese ihm noch gar nicht zugestanden hatten, erinnerte sie sich noch sehr gut. Doch Gerald war anders, er war weder ein Prolet noch ein Lebemann.

»Wir haben eine Einladung bekommen.« Er wedelte nun triumphierend mit einem Umschlag in der Luft. »Der Hauptgesellschafter der Sunnaway Corp., ein gewisser August Welmont, lädt uns auf seinen Landsitz nach Long Island ein.«

Helena blieb der Mund offen stehen.

»Ja, da staunst du, was?« Gerald freute sich sichtlich, sie damit überrascht zu haben. »Am kommenden Samstag sind wir zur Gartenparty eingeladen. Die Frau dieses Welmonts gibt eine Wohltätigkeitsveranstaltung. Und wir – als namhafte Mitarbeiter eines seiner führenden Unternehmen, das steht hier schwarz auf weiß – sind eingeladen.«

»Darf ich?« Helena streckte ihre Hand nach dem Schreiben aus. Sie konnte nicht recht glauben, was er ihr da eben erzählte.

Mit einem breiten Grinsen übergab er ihr den Brief. »Lies … da steht es.«

Helena legte sich beim Lesen die Hand auf den Mund.

»Aber … ich habe gar nichts zum Anziehen für so was und … überhaupt … ich weiß nicht.«

Gerald stand auf und trat neben sie. »Oh doch, Fräulein Hauser, und wenn ich dir höchstpersönlich ein passendes Kleid nähen muss, du wirst mit mir da hingehen.« Er legte ihr eine Hand auf die Schulter, was bei Helena sofort eine kleine Hitzewelle auslöste.

Nein, sie konnte nicht keifen. Das würde auch keinen guten Eindruck machen. Etwas atemlos nickte sie. »Okay, gehen wir auf eine Gartenparty.«

Am Freitagabend stand Helena verzweifelt vor ihrem Kleiderschrank. Sie hätte doch etwas von ihrem Ersparten nehmen sollen, um sich noch ein neues Kleid zu kaufen. Jetzt war es zu spät. Doch sosehr sie auch auf die Stoffe starrte, keines ihrer Kleider war wirklich geeignet, um damit eine Feierlichkeit zu besuchen. Zudem hatte sie nur einen kleinen Hut, welcher wiederum nur zu einem ihrer Arbeitskleider passte. Nachdenklich legte sie ihre spärliche Garderobe auf ihr Bett. Das blau taillierte Kleid hatte kein Jäckchen, das beigefarbene sah schon etwas abgestoßen aus, dafür war das Jäckchen noch recht ansehnlich. Helena legte die Kleider und Jacken abwechselnd übereinander. Wenn sie … sie könnte … sie tippte sich mit dem Zeigefinger auf die Lippen, dann sah sie prüfend zum Fenster.

»Mommy, was machst du da?« Lizzy beobachtete das seltsame Verhalten ihrer Mutter.

»Oh, Schätzchen, Mommy ist eingeladen und weiß nicht, was sie anziehen soll.« Helena ging zu ihrer Tochter und strich ihr über das blonde Haar. Manchmal erinnerte sie das

Mädchen an ihre kleine Schwester Anni, dann stach es schwer in Helenas Herz, und sie musste den Blick abwenden.

»Mommy, frag doch mal Jolie. Die hat neulich für Kate ein ganz tolles Kleid genäht.«

»Ach, hat sie das?« Helena sah erstaunt zu ihrer Tochter. Lizzy kannte natürlich alle Frauen des Werkes, sie war in diesen Hallen aufgewachsen. Helena überlegte kurz. Es wurde schon dunkel draußen, somit würden die letzten Näherinnen gleich ihren Arbeitstag beenden. Hastig klaubte sie ihre Kleider zusammen. »Dann muss ich mich beeilen, ich komme gleich wieder, Lizzy.« Dann lief sie von ihrem Zimmer aus zu den Werkhallen.

»Jolie! Jolie?« Ihr Ziel war ein Nähtisch im hinteren Bereich. Jolie war Gott sei Dank noch da.

»Ms. Hauser? Stimmt etwas nicht?« Die junge Frau war gerade aufgestanden und räumte ihren Arbeitsplatz auf. Jolie war eine pfiffige junge blonde Frau, welche eigentlich aus der Modeschneiderei kam. Die Geburt von Zwillingen vor zwei Jahren hatten sie aber gezwungen, den sicheren und festen Job bei der Sunnaway Corp. anzunehmen.

»Jolie, ich brauche deine Hilfe.« Helena stand etwas atemlos vor ihr und streckte ihr den Arm mit den Kleidern hin. »Ich habe morgen eine offizielle Einladung und …«

»Nichts Passendes zum Anziehen?« Jolie lachte. »Dann zeigen Sie mal, vielleicht kann ich Ihnen helfen.«

Jolie breitete die Kleider, welche Helena mitgebracht hatte, auf einem der Zuschneidtische aus. »Hm, das ist wahrlich schon etwas älter alles. Das trägt man heute ja nicht mehr so. Wir müssten hier die Taille höher setzen, dann ein Jäckchen – hm – das kann man auch so überlegen, die Ärmel müssten enger … und das bis morgen?« Jolie sah Helena fragend an.

Helena rang verzweifelt mit den Händen. »Ja! Was mache ich denn nur?«

»Ich bekomme das hin, aber ich muss eigentlich nach Hause, die Kinder ... Sie wissen schon.«

»Jolie, könnten Sie vielleicht morgen in der Früh noch einmal herkommen?« Helena faltete die Hände wie zum Gebet.

»Hm.«

»Ich bezahle dir die zusätzlichen Stunden natürlich auch.«

Jetzt lächelte Jolie. »Gut, ich bin morgen in der Früh um sieben da.«

»Oh Jolie, danke!« Helena legte sich nun die Hände auf die Wangen. »Ich weiß wirklich nicht, was ich sonst machen soll.«

»Ich nähe Ihnen morgen früh ein Kleid, keine Sorge.« Jolie grinste nun.

Am nächsten Morgen, um kurz nach sieben standen die beiden Frauen wieder an dem Tisch mit den Kleidern. Jolie hatte eine Zeitschrift mitgebracht, in dieser sich Bilder aktueller Mode befanden. Helena blätterte überrascht darin herum. Ihr Leben hatte in den letzten Jahren nur aus Arbeitskleidung bestanden, und diese wechselten kaum bis gar nicht ihren klassischen Schnitt. Und von den Frauen, welche Helena tagtäglich sah, trug keine schicke Ausgehkleidung. Die Damenbekleidung schien einen großen Sprung gemacht zu haben. Konnte sich Helena noch gut an glockenförmige Röcke und Oberteile mit Puff- und Rüschenärmeln erinnern, so waren die Formen und Schnitte alle geradliniger und weniger opulent geworden.

»Hier, so was, das sieht sehr modern und schick aus.« Jolie tippte auf ein kombiniertes Kleid mit kleiner Jacke.

Helena wiegte den Kopf. »Na, ich weiß nicht, ob ich so was tragen kann.«

»Na, hören Sie mal, wenn jemand eine Figur für solche Kleider hat, dann Sie, Ms. Hauser.« Jolie schüttelte lachend den Kopf. »Ich fang mal an …« Mit einer Kreide zog sie einige Schnittlinien über den Stoff, gebot Helena, die Arme zu heben, um noch einmal Maß zu nehmen, und schon flog die Schere über die alten Kleider von Helena.

Helena zuckte zusammen, jetzt hatte sie dann endgültig nur noch zwei Arbeitskleider im Schrank.

Drei Stunden später hatte Jolie den Stoff wieder neu zusammengesetzt und betrachtete zufrieden ihr Werk. »Gar nicht so schlecht. Jetzt müssen Sie es nur noch anprobieren.«

Helena nahm das neue Kleid fast ehrfürchtig in Empfang und verschwand damit, mangels eines Paravents, hinter einer Tür zu einem Lagerraum. Da es keinen Spiegel gab, konnte sie schlecht abschätzen, wie es an ihr aussah, aber es fühlte sich gut an. Zaghaft trat sie aus ihrem Versteck wieder hervor.

Jolie stieß ein begeistertes Quietschen aus und klatschte in die Hände. »Hervorragend! Jetzt fehlt nur noch das Hütchen und die Haare hübsch hochstecken, und Sie werden den Damen auf der Gesellschaft in nichts nachstehen.«

Helena honorierte Jolies Einsatz großzügig, sodass diese doppelt glücklich am Mittag das Werksgelände verließ. Helen stand kurz darauf in ihrem kleinen Zimmer und probierte das Kleid nochmals vor ihrem Spiegel an. Als sie sah, was Jolie da geschaffen hatte, kullerten ihr Freudentränen über die Wange. Da stand ihr gegenüber doch wirklich die Helena von einst.

35. Kapitel

Staten Island 1909

»Ma'am!« Gerald zog seinen Hut, als Helena, wie verabredet, kurz nach Mittag aus dem Gebäude trat. »Clara, du siehst fantastisch aus.« Er strahlte über das ganze Gesicht, und seine braunen Augen funkelten. »Ich habe sicherlich die hübscheste Begleitung heute.« Er bot ihr den Arm an.

Helena hakte sich bei ihm ein und lächelte. »Das würde ich erst abwarten.« Sie hatte sich ihre blonden Haare hochgesteckt und das Hütchen darauf drapiert. Das von Jolie in aller Eile geschneiderte Kleid umspielte ihre schlanke Figur, und das erste Mal seit Jahren fühlte sich Helena wirklich als Frau.

»Unser Wagen steht am Tor.« Er führte sie stolz über das Werkgelände, wobei er sie immer wieder von der Seite her betrachtete.

Die Fahrt von Staten Island über New York bis nach Long Islang kam einer kleinen Reise gleich. Zunächst fuhren sie mit einer Mietdroschke bis zum Anleger der Staten Island Ferry, das Schiff brachte sie bis nach Manhattan, wo auf sie ein Automobil samt Fahrer wartete. Helena zögerte, sie war noch nie mit so einem knatternden Ding gefahren.

»Das ist wirklich sehr bequem und sicher.« Gerald hielt ihr galant die Tür auf. »Zudem ist es deutlich schneller als mit einer Droschke.«

Helena wollte nicht kneifen und stieg todesmutig ein. Bald darauf manövrierte der Fahrer das Automobil durch die Straßen und hinaus auf die Brooklyn Bridge. Die Aussicht war atemberaubend, denn man konnte bis weit über den Hudson River sehen.

Kurz darauf verließen sie das Stadtgebiet, und es wurde ländlicher. Helena konnte sich nicht sattsehen an dem ganzen Grün entlang der Straße. Sie war in all den Jahren nicht aus der Stadt gekommen, das Grau und die Enge der Wohnblocks, Industrie- und Schiffsanlagen hatten sie fast vergessen lassen, wie gut es dem Auge tat, einmal in die Ferne sehen zu können.

»Du strahlst ja so.« Gerald sah sie fast liebevoll an.

»Ja! Das ist so herrlich, schau doch: Bäume, Wiesen. Ich weiß nicht, wann ich das das letzte Mal gesehen habe.«

Als das Automobil, nach fast zwei Stunden Fahrt, auf eine schmalere Allee abbog, wurde Helena unruhig.

Gerald bemerkte dies und versuchte sie zu beruhigen. »Du brauchst keine Angst haben, du siehst bezaubernd aus.«

Doch Helena hatte Angst. Sie fuhren über eine Auffahrt, die bei Weitem länger war als das Firmengelände der Sunnaway Corp. Weiß getünchte Zäune säumten hinter den Bäumen der Allee grüne Wiesen und auf diesen grasten unzählige Pferde. Solch Anwesen hatte es selbst in Hamburg selten gegeben.

Die Allee lief in einer großen gekiesten Hoffläche aus, dahinter erhob sich ein pompöses Wohnhaus, zweistöckig, gesäumt von weißen Balkonen. Ebenso hoben sich weiße Fensterländen vom tiefen Rot des Mauerwerks ab.

Der Fahrer lenkte das Automobil in eine Reihe weiterer

geparkter Fahrzeuge. Da keine einzige Pferdedroschke zu sehen war, mutmaßte Helena sofort, dass hier ausschließlich wohlhabende Personen anwesend waren. Sie schluckte nervös.

Der Fahrer öffnete die Wagentür, und Gerald half ihr galant beim Aussteigen. »Da sind wir. Lächeln, Clara!« Er nahm ihren Arm fest eingehakt in seinen, als hätte er Angst, sie könnte womöglich die Flucht ergreifen. Zielstrebig lief er auf das Haus zu.

»Warst du schon einmal hier?« Helena sah sich unsicher um.

»Ja, ich hatte bereits einige geschäftliche Besprechungen in diesem Haus. Als Geschäftsführer der Sunnaway Corp. stehe ich mit Mr. Welmont in direktem Kontakt.«

Helena sah Gerald von der Seite her an. Sie kannte ihn ausschließlich vom Werksgelände. Jetzt erst wurde ihr bewusst, wie wenig sie in Wirklichkeit von ihm wusste. Tausend Fragen schossen ihr durch den Kopf, welche aber jetzt nicht hier an diesen Ort gehörten.

Ein Hausdiener in einer Livree öffnete ihnen die Tür. Einen Augenblick lang hatte Helena keine Augen für das Haus, sondern starrte auf den Anzug des Mannes, denn dieser stammte aus der Nähhalle der Sunnaway Corp.

»Ms. Clara Hauser und Mr. Danavell«, gab Gerald an.

Der Diener nickte dienstbeflissen. »Willkommen in Welmont House.«

Er führte sie durch eine große Eingangshalle. Helena wusste gar nicht, wo sie zuerst hinsehen sollte. Der Boden war aus feinen Mosaikfließen, an den Wänden hingen riesige Gemälde, und ihr Weg führte direkt auf eine große zweiflügelige Tür zu, neben der sich rechts und links je eine breite Treppe nach oben erstreckte, um in einer brückenartigen Empore zu enden.

»Hier entlang, bitte.« Hinter der Tür erstreckte sich ein großer Saal, Spiegel an den Wänden und große Kronleuchter ließen das Sonnenlicht funkeln, welches durch vier Terrassentüren in den Raum fiel. Helena versuchte, ihre Atmung zu beruhigen. Der Augenblick erinnerte sie sehr an ihren Debütantinnenball auf dem Süllberg, nur dass der Saal dort in keinem Vergleich stand zu der Pracht, welche sich hier vor ihr auftat.

Es befanden sich einige Gäste im Raum, welche in lockeren Gruppen verteilt standen. Die Terrassentüren waren weit geöffnet, und aus dem dahinterliegenden Park drangen Stimmen und leise Musik.

»Oh, Mr. Danavell. Ich freue mich!«

Eine Dame in einem Kleid aus feinster champagnerfarbener Seide kam auf sie zu. Helena schätzte sie auf Anfang fünfzig.

»Mrs. Welmont.« Gerald verneigte sich galant. »Darf ich Ihnen Ms. Hauser vorstellen, sie ist die Leiterin unserer Fertigung.«

Die Dame reichte Helena die Hand. »Ms. Hauser, ich habe schon viel von Ihnen gehört. Gerald spricht immer sehr lobend von Ihnen.«

Helena machte einen artigen Knicks. »Vielen Dank für die Einladung, Mrs. Welmont.«

»Mit Vergnügen, herzlich willkommen. Genießen Sie die Party. Und Gerald – auch wenn August sicher wieder über das Geschäftliche sprechen möchte, es ist eine Party. Amüsieren Sie sich!« Mrs. Welmont machte eine winkende Handbewegung und lachte.

»Dann gehen wir mal«, flüsterte Gerald Helena zu und zog sie mit sich zu den Terrassentüren hin.

Helena war plötzlich wirklich nach Fortlaufen zumute. All die Herrschaften im feinen Zwirn. Sie fühlte sich hin- und hergerissen. Aus ihrer Jugend waren ihr solche Veranstaltungen nicht fremd, und sie wusste auch, wie man sich zu verhalten hatte, konnte höfliche Konversation betreiben … Aber dies alles war so lange her, als wäre es in einem vorherigen Leben geschehen.

Gerald begrüßte viele der Gäste. Er schien viele von ihnen zu kennen.

»Bist du oft auf solchen Feiern?«, war es jetzt Helena, die diese Frage sehr leise stellte.

Er schmunzelte. »Ja, ab und an.« Er nahm einem Dienstmädchen, welche wie Schatten umherhuschten, zwei Gläser Champagner vom Tablett. »Und vielleicht bist du ja jetzt auch öfter auf solchen Veranstaltungen. Hier, bitte.« Er reichte ihr eins der Gläser.

Helena nahm einen großen Schluck. Das Getränk perlte auf ihrer Zunge und verbreitete in ihrer Magengegend sofort ein warmes Gefühl. Langsam wandelten sie zwischen den Gästen, welche sich locker in dem großen Park des Anwesens verteilt hatten, umher. Überall plätscherte Wasser aus kleinen Putten in große Wasserbecken, es gab Brunnen mit bunten Fischen, lauschige Lauben unter hohen Bäumen und dann wieder größere Grasflächen.

Gerald deutet auf so eine. »Hier präsentiert der Hausherr seine Rennpferde.«

»Hier im Garten?« Helena musste kichern. Der Champagner war ihr schon in den Kopf gestiegen, und sie merkte, wie sich die nervöse Spannung in ihr etwas legte.

Gerald zuckte mit den Achseln. »Ja, hier im Garten. Wenn seine Frau es erlauben würde, dann täte er dies wohl sogar im großen Saal oben im Haus. Er ist sehr speziell mit seinen Pferden, dafür aber auch weltberühmt für seine Zucht.«

»Aha.« Alles Wissen über Rennpferde, was Helena hatte, stammte aus ihrem früheren Leben. Hier in Amerika hatte sie sich nicht weiter damit beschäftigt, außer dass sie wusste, dass es in der Zeitung eine Spalte mit den Namen der Siegerpferde der jeweiligen Rennen und ihres Stalls gab. Und dass diese Pferde auf der kurzen Distanz, die sie laufen mussten, mehr Geld verdienten, als die meisten Menschen es in Amerika durch Arbeit taten.

»Da hinten ist er übrigens, komm wir gehen hin.« Wieder schob Gerald Helena weiter.

»Gerald! Schön, dass Sie da sind.« Ein eher kleingewachsener Mann mit sehr wachem Blick trat sogleich auf die beiden zu. »Wen haben Sie denn da Hübsches mitgebracht?«

»Mr. Welmont, ich freue mich, hier zu sein. Darf ich Ihnen Miss Hauser vorstellen?«

»Ah ja, ah ja. Die gute Seele unseres Betriebes.« Kurz legte Mr. Welmont die Hand nachdenklich an die Lippen. »Also ich überlege, kennen wir uns?«

Helena schüttelte hastig den Kopf. »Nei… nein, ich glaube nicht.«

»Gerald, warum verstecken Sie heimlich so hübsche Frauen in unseren Werkhallen?« Er lachte.

Helena erinnerte sich an ihre gute Erziehung. »Vielen

Dank für die Einladung. Ich fühle mich sehr geehrt, hier sein zu dürfen.« Helena begrüßte den Mann, wie es sich gebot, mit einem höflichen Knicks.

»Und Manieren hat sie auch noch. Gerald, Chapeau! Welche Bereicherung an diesem eh schon schönen Tag. Lasst uns feiern.« Er klatschte in die Hände, worauf sogleich wieder ein Dienstmädchen mit einem Tablett voller Gläser auftauchte.

Gerald und Helena mischten sich unter die Gäste.

Helenas Herz beruhigte sich etwas, je weiter sie sich von dem Mann entfernte. »Er scheint ein netter Mann zu sein, dieser Mr. Welmont.«

»Bist du immer noch nervös?« Gerald lachte. »Sagen wir mal so, ihm ist sein Geld noch nicht restlos zu Kopf gestiegen. Eigentlich stammt er aus einer Politikerdynastie, die Bankgeschäfte hat er geerbt und erfolgreich in zahlreiche Firmen – wie unsere – investiert.«

»Und wie bist du zum Geschäftsführer der Sunnaway Corp. geworden?« Helena war nun wirklich neugierig und wollte etwas mehr über Gerald erfahren. Sie kannten sich jetzt seit fünf Jahren, sie kannte jeden Schlips, jedes Hemd und jede Jacke von ihm. Sie wusste, wie er seinen Kaffee am liebsten trank und was er auf seinem Sandwich bevorzugte, doch über sein Leben außerhalb des Zaunes der Sunnaway Corp. wusste sie nichts.

Gerald schien etwas zu zögern mit seiner Antwort. Er führte sie noch ein Stückchen weiter, auf einen Gartenpfad, der sich unter den Bäumen durchwand. »Ich habe meine Anstellung dort Mr. Welmont zu verdanken. Er und mein Vater waren gut bekannt.«

Helena wurde hellhörig. »Ist … ist deine Familie reich?«

Diese Schlussfolgerung lag nahe, denn in diesen Kreisen kannte man sich nicht einfach nur so.

Gerald blieb stehen und verharrte einen Moment. Dann stieß er einen leisen Seufzer aus. »Meine Familie war einst sehr wohlhabend, ja. Wir hatten einen großen Stoffhandel in Boston. Leider hat mein Vater mit den falschen Leuten Geschäfte gemacht. Wir haben fast alles verloren. Mein Vater ist … daran zugrunde gegangen. Mr. Welmont hat mir dann aus dieser misslichen Lage geholfen, indem er mir die Sunaway Corp. anvertraute.«

»Oh, das … ist eine traurige Geschichte.«

»Das ist schon einige Jahre her. Aber ich bin ihm sehr dankbar.«

Als die Sonne den Park von Welmont House in ein warmes rotes Licht tauchte, versammelten sich alle Gäste auf einer der Freiflächen.

Gerald nickte. »Jetzt kommen seine Pferde. Du musst wissen, dass die meisten Gäste hier Rennpferdebesitzer oder -züchter sind.«

»Ich habe von Pferden wirklich keine Ahnung.« Helena sah sich verlegen um.

»Ich auch nicht, aber wenn alle ihre Bewunderung ausdrücken, tu es ihnen einfach nach.« Er lächelte etwas süffisant und hob sein Glas.

Ein Stallbursche führte nun in der Tat ein Pferd auf die Mitte der Rasenfläche. Mr. Welmont trat an das große Tier heran und klopfte ihm fast freundschaftlich den Hals.

»Das ist Cassius, er hat – wie einige wissen – das Kentucky Derby gewonnen. Seine Mutter Davina stammt ab von Red

Rock, und sein Vater Thellahart hat vor vier Jahren alle großen Rennen an der Ostküste gewonnen.«

Es ging ein anerkennendes Raunen durch die Menge. Auf Cassius folgten noch die Pferde Patriot, Glenn Mill, Faroh und eine Stute namens Ginny Glenn. Helena betrachtete sie alle höflich, konnte aber, außer dass die Tiere gepflegt und wohlgenährt aussahen, nichts Besonderes an ihnen ausmachen.

»Mein Mann und seine Pferde – er wäre in meiner Heimat England viel besser aufgehoben gewesen.« Helena erschrak, als Mrs. Welmont plötzlich neben ihr stand.

»Es sind aber sehr schöne Tiere.«

»Ja, das sind sie. Aber sie sind groß, treten einem gerne auf den Fuß, und wenn man nicht aufpasst, zupfen sie einem den Hut vom Kopf. Ein Stall voller Kinder wäre nicht einfacher zu bändigen.« Mrs. Welmont lachte. »Sagen Sie mir, Ms. Hauser, ich wollte Sie bei Ihrer Ankunft nicht gleich überfallen, aber Ihr Kleid, es gefällt mir ausgesprochen gut. Von welchem Designer ist es?«

Helena hätte sich fast an ihrem Champagner verschluckt. Sie bemühte sich um Haltung. »Oh, Mrs. Welmont, das ist von einer unserer werkseigenen Schneiderinnen.«

»Ach, da wird auch Damenmode gemacht?«

»Nur Probestücke«, versuchte Helena die Situation zu klären. Dass sie die Näherin auf eigene Kosten hatte arbeiten lassen, würde wohl keinen guten Eindruck machen.

»Es ist wirklich wunderschön, ich mag so was sehr. Gerald? Gerald, sagen Sie mir, können Sie vielleicht ein paar mehr solcher Kleider fertigen lassen?«

Gerald stutzte und hob fragend die Augenbrauen, wobei sein Blick Helena traf.

Helena deutet schnell ein Nicken an und strich sich beiläufig über das Kleid.

»Bitte wie meinen, Ma'am?«

»Gerald, dieses Kleid von Ms. Hauser, es ist vorzüglich. Ich finde, man sollte mehr Damenmode dort herstellen. Vielleicht ist das ein gutes Geschäft?«

»Ja, durchaus. Darüber könnten wir einmal reden.« Gerald sah etwas verwirrt aus, dann fasste er sich aber. »Ms. Hauser wird Ihnen da sicherlich zu Diensten sein, wenn Sie da Wünsche haben.«

»Ja, bravo! Ich suche schon lange eine Möglichkeit, eine kleine Kollektion zu entwerfen. Ist doch eine schöne Abwechslung zu den ganzen Pferdedecken, die es auf diesem Anwesen gibt.« Sie lachte.

»Eleanor?« Mr. Welmont rief nach seiner Frau. »Kommst du bitte? Die Herren möchten ein Foto machen.« Er stand immer noch neben der strahlend weißen Stute namens Ginny Glenn.

Helena überlegte, ob seine Frau wohl wusste, wo er noch sein Geld ausgab.

»Ja, ich komme.«

Ehe sich Gerald und Helena versahen, hatte Mrs. Welmont sie untergehakt und zog sie mit sich in Richtung des Pferdes.

»August, wir haben gerade eine wundervolle neue Geschäftsidee entwickelt. Lass uns Mr. Danavell und seine hübsche Begleitung zur Feier des Tages mit auf das Bild nehmen.«

Helena und Gerald mussten sich mit Mr. und Mrs. Welmont vor dem Pferd aufstellen. Ein Fotograf hantierte umständlich mit einem Blitzlicht und dem großen Fotoapparat herum.

»Soooo bitteeee jetzt, jetzt!« Der Blitz gab einen kurzen Knall und ein Zischen von sich und ein wenig Rauch stieg auf. Helena spürte, wie nicht nur sie, sondern auch das Pferd hinter ihr zusammenzuckte.

»Danke, die Herrschaften.«

Mr. Welmont klatschte in die Hände. »Und jetzt, meine Damen und Herren – bitte zum Dinner.«

Gerald beugte sich zu Helena hinüber. »Das hast du gut gemacht. Ich wusste gar nicht, dass du auch Geschäftssinn hast.«

»Meinst du, das wird etwas? Ich meine … unsere Näherinnen … ich weiß nicht.«

»Du hast es doch geschafft, dieses Kleid in unseren Hallen zu zaubern, dann schaffst du das auch mit weiteren.«

36. Kapitel

New York im Mai 2017

Jonas stand unschlüssig auf dem Fußweg vor dem Haus, in dem sich das kleine Apartment befand, das er für die nächsten Tage gemietet hatte. Wo fing man in einer Stadt wie New York an, jemanden zu suchen, von dem man nicht mehr wusste als den Namen? Kirchen waren in der Regel gute Anlaufstellen, doch auch davon gab es in dieser Stadt viel zu viele. Vielleicht in einer Bibliothek? Dabei wusste er ja nicht einmal, ob diese Clara Hauser – so sie denn das Unglück wirklich überlebt hatte – in New York geblieben war. Doch er würde irgendwo anfangen müssen, und da das Unglück damals in Hoboken geschehen und dort damit auch die letzte nachverfolgbare Spur im Sande verlaufen war, sollte er dort wohl den Faden noch einmal aufnehmen. Vielleicht gab es zu dem Unglück noch alte Zeitungsartikel, die ihm weiterhelfen würden. Er seufzte, vergrub seine Hände in den Hosentaschen und machte sich auf den Weg zu einer U-Bahn-Station.

Eineinhalb Stunden später stand er vor dem imposanten Gebäude der New York Public Library. Zwei steinerne Löwen bewachten das hohe Eingangsportal mit den riesigen Buntglasfenstern über den Türen, das von auffälligen Säulen gestützt wurde. Jonas blickte hinauf und überlegte, aus welchem Hollywoodfilm er dieses Gebäude kannte, auf jeden

Fall war es darin in einer aufwendigen Animation in Schutt und Asche gelegt worden. Gut, dass es in Wirklichkeit noch stand.

Die Bibliothek war riesig. Unzählige Informationsschalter halfen dem Suchenden, sich in den Gängen und Etagen zu orientieren. Jonas fand die Abteilung für Zeitungen, Zeitschriften und Pressematerialien. Er hoffte, dass es in der Sammlung noch Zeugnisse aus dem Beginn des zwanzigsten Jahrhunderts gab.

In den Gängen war es still. Hier und da saßen Leute über hölzerne Tische gebeugt oder an Monitoren, wo man sich digitalisiertes Material ansehen konnte.

Das Zeitungsarchiv war zu Jonas' Freude auch digital einzusehen, so brauchte er nicht in den schier endlosen Regalen suchen. Er nahm an einem der in die Tische eingelassenen Bildschirme Platz und begann seine Suche.

Als Erstes gab er die Daten von dem Brand im Hafen von Hoboken ein. Hierzu gab es viele Artikel in den alten Zeitungen. Es gab sogar abgedruckte Bilder, welche die Zerstörung an den Hafenanlagen und den Schiffen wiedergaben. Jonas musste schlucken, als er auf einem die Kaiser Wilhelm der Große entdeckte. Das Schiff lag auf der Aufnahme noch im Fluss. Es war ein merkwürdiges Gefühl zu wissen, dass damals, genau in diesem Augenblick, seine Vorfahren dort auf dem Schiff gewesen waren. Welches Glück sie gehabt hatten, zeigten andere Bilder. Das Feuer hatte schlimme Verwüstungen hinterlassen.

Leider fand Jonas keine Namenslisten verletzter oder vermisster Personen. Er blätterte weiter. Als er zu den ersten Berichten über den Wiederaufbau der Hafenanlagen kam, brach er ab. Stattdessen gab er nun den Namen Clara Hauser in das Suchfeld ein. Hier gab es unzählige Treffer. Der Name war einfach zu weit verbreitet. Erst noch frohen Mutes, dann immer frustrierter scrollte Jonas durch die Artikel. Schließlich ergänzte er seine Suche um die Jahreszahl 1901. Leider schränkte das das Ergebnis auf zwei Artikel ein, bei denen er auf den ersten Blick feststellen konnte, dass sie für ihn irrelevant waren.

Als Nächstes begrenzte er den Zeitraum der Suche auf die Zeit der ersten zwanzig Jahre des zwanzigsten Jahrhunderts. Hier und da fand er Anzeigen einer Bäckerei mit dem Namen Hauser. Diese schien aber von Schweizern gegründet worden zu sein.

Als er seine Suche gerade resigniert aufgeben wollte, stach ihm noch ein Eintrag ins Auge. Auf dem Bild war zwar kein Schiff, aber ein Rennpferd, um das einige Personen gruppiert waren. Jonas musste die Augen zusammenkneifen, um auf der groben Fotografie etwas zu erkennen. War es die gleiche Frau wie auf dem Bild, welches er von seiner Großmutter bekommen hatte? Er kramte das alte Foto aus seiner Jackentasche und hielt beide Bilder so dicht nebeneinander, wie es der Bildschirm zuließ. Es konnte sein, aber er war sich nicht sicher. Jonas studierte jetzt die Bildunterschrift: *Das Ehepaar Welmont (rechts) mit ihrem Champion Ginny Glenn, dem Geschäftsführer der Sunnaway Corp. Gerald Danavell und der Leiterin seiner Fertigung Clara Hauser.*

Auf dem Bild war ein älteres Paar zu sehen. Der Mann hielt die weiße Stute am Zügel. Das mussten die Welmonts sein. Sie wirkten vornehm und edel. Die beiden weiteren Personen waren jünger. Sie wirkten wesentlich schlichter und einfacher.

Trotzdem waren sie ebenfalls gut gekleidet. Das mussten Gerald Danavell und Clara Hauser sein.

Jonas lehnte sich zurück und strich sich über das Haar. Er saß nun schon einige Stunden hier, sein Nacken schmerzte von der verkrampften Haltung. Er neigte den Kopf etwas, und sein Blick blieb wieder an dem Foto auf dem Bildschirm hängen. Diesmal hatte er das Gefühl, als stünden Gerald Danavell und Clara Hauser etwas näher zusammen, als es sich für Arbeitskollegen jener Zeit schickte. Es kam ihm vor, als wären sie einander zugetan. Vielleicht …

Jonas setzte in diese Suchanfrage nicht viel Hoffnung, aber es war der letzte Versuch. Also gab er Clara Danavell in das Suchfeld ein.

Zu Jonas' Überraschung gab es plötzlich konkretere Treffer als zuvor. Er besah sich das erste Bilddokument. Ja, es waren genau der Mann und die Frau von dem Bild zuvor. Jetzt waren sie etwas älter und das Foto schärfer. Außerdem stand ein blondes Mädchen zwischen ihnen, dem die Frau eine Hand auf die Schulter gelegt hatte. Jonas atmete erleichtert aus. Er hatte eine Spur gefunden. Clara Hauser hatte mit Herrn Danavell anscheinend eine Familie gegründet. Das war ein Anfang. Leider gab es zu diesem Bild keine weiteren personenbezogenen Hinweise, nur Verweise auf den Namen Danavall in Verbindung mit der Bekleidungsfabrik.

Jonas klickte zurück auf das erste Bild. Die nächsten Einträge bezogen sich auf eine Lizzy Danavell und deren Erfolge als Modedesignerin – meist in Verbindung mit der Firma Sunnaway Corp. Die Einträge zu Lizzy Danavell verliefen sich zwischen den Jahren 1918 und 1919. Vermutlich hatte Lizzy Danavell geheiratet und einen anderen Namen angenommen.

Jonas seufzte und strich sich mit beiden Händen über das Gesicht. Es war wirklich nicht einfach, den Weg einer Familie nachzuverfolgen.

Als Nächstes gab er »Sunnaway Corp.« und »Lizzy« in das Suchfeld ein. Einige der Artikel hatte er eben bereits gelesen, bei weiteren trug diese Lizzy nun den Nachnahmen Smith. Der letzte Eintrag, den er fand, war aus dem Jahr 1952, und es ging um die Auflösung der Firma, deren derzeitiger Inhaber ein Dan Smith gewesen war.

Jonas streckte sich etwas, als über die Lautsprecheranlage die baldige Schließung der Bibliothek angekündigt wurde.

Den Namen Dan Smith gab es in New York vermutlich wie Sand am Meer. Aber vielleicht hatte er ja doch ein wenig Glück. Er brauchte ein Telefonbuch. Ruckartig stand er auf und machte sich auf den Weg in den Eingangsbereich der Bibliothek. Sicher würde es bei der Menge an Informationen in diesem Haus auch irgendwo ein Telefonbuch geben.

Die Dame an einem der Informationsschalter erinnerte ihn daran, dass das Haus bald schließen würde. Er versicherte ihr, dass er nur einen Augenblick brauchte. Sie nickte und zeigte mit einem Finger auf eine rote Telefonzelle neben der Treppe.

Nach kurzem Blättern hatte er es gefunden. Dan Smiths gab es reichlich. Vermutlich musste er in älteren Adressbüchern nach dem Namen suchen. Das würde er allerdings verschieben. Als er aus der Telefonzelle trat, sah er, wie die Bibliotheksangestellten höflich die letzten Besucher zum Ausgang begleiteten.

37. Kapitel

Hamburg im Frühsommer 1910

Die Pferde donnerten auf dem Geläuf unterhalb der Tribüne vorbei. Es hatte geregnet, und der Boden war schwer. Dicke Grassoden flogen unter den Hufen empor, die Pferde schwitzten und atmeten laut. Albert sprang von seinem Platz auf, um dem Feld hinterherzusehen. Anni blieb sitzen.

»Friesenstern gewinnt, Anni. Ich hab doch gesagt, das ist eine gute Stute.« Albert ballte die Hand, in der er noch seinen Wettschein hielt, zur Faust. Die Pferde hatten derweil die Bahn einmal umrundet und näherten sich der Zielgeraden.

»Komm, Mädchen, komm!« Albert konnte nicht stillhalten und machte eine paar Bewegungen, als wäre er selbst der Jockey.

Anni musste lächeln. Albert war sonst ein sehr korrekter, ernster und stets beherrschter Mann, aber wenn er galoppierende Pferde auf der Rennbahn sah, war es dahin mit seiner Contenance.

Friesenstern gewann mit einer Nüsternlänge Vorsprung, und Albert drehte sich triumphierend zu Anni um. »Ist ein richtig guter Tag heute, bei dem Boden wird es noch einige Überraschungen geben. Ich … ich würde gerne noch einmal …«

Anni winkte mit einer Hand. »Geh ruhig, Albert.«

Er gab seiner Frau einen flüchtigen Kuss und eilte dann mit dem Grinsen eines Zwölfjährigen auf dem Gesicht davon.

Anni wusste, dass er seine Wetten mit Bedacht und nie zu hoch setzte. Und er nutzte dafür auch immer nur sein Privatgeld. Im Gegensatz zu seinem Bruder, der sich immer noch nicht scheute, auch schamlos auf die Firmengelder zurückzugreifen.

Einerseits wusste Anni darum, dass es Gustav sonst auch überhaupt nicht möglich gewesen wäre, seine Familie zu ernähren, andererseits kannte sie aber auch Alberts Klagen darüber und wusste um den Schaden, der der Reederei Clausen dadurch entstand. Die Fronten in der Familie waren verhärtet. Albert wollte Gustav endlich aus den Geschäften ausschließen. Sein Vater hatte sogar zugestimmt, und Gustav eine fast königliche Abfindung geboten. Doch Gustav war nicht dumm und ahnte, dass dieser Topf eines Tages erschöpft sein würde. So hielt er an seiner Stellung in der Reederei fest wie eine Zecke.

Anni nippte an ihrem Champagner und sah kurz auf die Rennbahn. Unzählige Helfer hatten sich dort über das Geläuf verteilt, um die Löcher im Rasen wieder zu stopfen. Um sich zu beschäftigen, fischte sie nach einer Rennzeitung, die auf dem Tisch vor ihr lag. Ohne großes Interesse begann sie, darin zu blättern. Sie mochte die Tage auf der Rennbahn, hatte für das Wetten aber nicht so viel über wie Albert. Dieser kannte schon im frühen Jahr die Favoriten der Saison. Ohne großartig auf die Überschriften der Artikel zu achten, betrachtete Anni überwiegend die Bilder. Pferde und Rennbahnen aus aller Welt. Paris, London – edle Pferde und stolze Züchter oder Besitzer. Es war schon ein leichter Hauch von der großen weiten Welt, der diesen Sport umgab. An einem Bild blieb ihr Blick plötzlich hängen, und sie hatte das Gefühl, als schlüge ihr das Herz plötzlich im Halse. Anni nahm die Zeitung vom Tisch und hielt sie sich näher vor die Augen. Konnte das sein? Nein! Sie sah noch einmal genau hin. Das war Helena! Anni sprang intuitiv auf.

»Alles in Ordnung, Liebling?« Alberts Stimme klang besorgt. Er war gerade vom Wettschalter zurückgekehrt und hatte ihre Reaktion beobachtet.

»Ja, ich … eine Wespe. Jetzt ist sie weg.« Anni versuchte, ihre Atmung zu beruhigen.

»Gleich kommen die Dreijährigen.« Albert setzte sich wieder neben seine Frau und deutete auf die Bahn.

»Ja.« Auch Anni nahm wieder Platz und starrte dabei unverwandt auf das Bild in der Rennzeitschrift. Unter dem Bild stand zu lesen: »Destiny – gezogen von Familie Welmont – Gewinner des Staten-Park-Breeders-Cub-Rennens. Miteigner Gerald und Clara Danavell freuen sich über die Erfolge der jungen Stute.« Clara? Warum stand der Name von Helenas Dienstmädchen unter dem Bild? In Annis Kopf tauchten die Bilder des Unglückstags auf. Sie nahm ihr Glas und stürzte den Champagner herunter. Dann sah sie hastig zu Albert hinüber, der aber nur Augen für das nächste Rennen hatte. Mit einem schnellen Handgriff riss sie die Seite mit dem Bild aus der Zeitschrift und ließ das Stück Papier in ihrer Handtasche verschwinden.

Zurück in der Villa Clausen war Anni das erste Mal wirklich froh über die Rennleidenschaft ihres Mannes. Akribisch studierte sie jede der von ihm gesammelten Zeitschriften, in der

Hoffnung, dass sie irgendwo noch einen Hinweis auf dieses Pferd oder seine Eigner fand. Sie hatte schon fast die Hoffnung aufgegeben, als sie eine Liste der diesjährigen amerikanischen Favoriten entdeckte. Da stand es schwarz auf weiß: Destiny – dreijährige Stute von Devil's Fire. Es folgte eine Liste der Eigner, darunter wieder die Namen Gerald und Clara Danavell, Staten Island, New York. Aufgeregt notierte sich Anni dies auf einen Zettel. Dann holte sie nochmals die aus der Zeitung herausgerissene Seite hervor. Nein, es gab keinen Zweifel. Die Frau, die dort den Namen Clara Danavell trug, war Helena. Etwas älter, immerhin war das Unglück von Hoboken jetzt zehn Jahre her, aber Anni hätte ihre große Schwester wahrscheinlich auch als Greisin noch erkannt. Jeder Gesichtszug, jede Haarsträhne von Helena waren ihr vertraut. So oft dachte sie an ihre Schwester, voller Angst, dass diese Erinnerung eines Tages verblassen könnte. Jetzt hatte sie endlich Gewissheit: Helena lebte. Anni hatte es immer gewusst. In ihrem Hals brannte es, und sie spürte, wie ihr die Tränen in die Augen stiegen. Sie musste ihr schreiben, sie musste Helena schreiben. Anni schluckte. Clara – warum lebte ihre Schwester unter falschem Namen? Anni konnte sich gut an die junge Frau erinnern, die Helena immer mehr eine Freundin als eine Angestellte gewesen war und mit ihr gemeinsam am Tag des Unglücks unterwegs gewesen war.

Was war damals passiert? Hatte Helena überlebt, aber durch einen unglücklichen Umstand vergessen, wer sie war? Oder – Anni richtete sich kerzengerade auf – hatte ihre große Schwester bewusst eine andere Identität angenommen, um nicht zu ihrer Familie zurück zu müssen? Hatte sie solche Angst vor der Heirat mit Gustav gehabt, dass sie dieses Opfer gebracht hatte? Wenn Anni daran dachte, was Gustavs jetzige Frau unter ihm erleiden musste, dann hatte Helena gewiss das Richtige getan, auch wenn es viel Leid über ihre Familie gebracht hatte. Anni wischte sich die Tränen aus dem Gesicht. Sie musste Helena schreiben. Helena musste erfahren, dass Anni sie erkannt hatte, wusste, dass sie noch am Leben war und sich nichts mehr wünschte, als wieder Kontakt zu ihr aufzunehmen.

38. Kapitel

New York im Mai 2017

»Nein.« Die Bankangestellte tippte eine weitere Zahlenkombination in den Computer ein. »Nein, tut mir leid, diese auch nicht.«

Amely saß mit ihrer Mutter zusammen gegenüber an dem Schreibtisch, und Amely konnte es sich nicht verkneifen, einen enttäuschten Seufzer von sich zu geben.

Ihre Mutter sah zu ihr herüber. »Schade.«

Sie hatten wirklich akribisch jede Zahl, die ihnen in den Sinn gekommen war, aufgeschrieben, dies waren allerdings überwiegend Geburtsdaten bis hin zu Grandma Lizzy, Hochzeitsdaten und einige Kombinationen, die sie in Zusammenhang mit der Sunnaway Corp. gefunden hatten.

Amely hob kurz die Hände. »Ich hab doch gesagt, die Daten, die wir haben, werden im Grunde von zu späten Ereignissen sein. Das Schreiben war von 1914 – Grandma Lizzy war damals dreizehn und das Depot ja für ihre Mutter bestimmt.«

Die junge Bankangestellte sah aufmerksam von ihrem PC auf. »Haben Sie denn keine Daten zu weiteren Personen? Ich meine, Geburtstage und andere wichtige Termine wurden ja immer schon gerne als Zahlenkombinationen eingesetzt.«

Jetzt war es Marge, die ergeben die Hände hob. »Leider

nicht. Die Daten der Mutter meiner Ururgroßmutter liegen uns leider nicht vor. Da gab es keine Hinweise auf überhaupt etwas, was mit ihrer Herkunft oder ihrer Geburt zusammenhing.«

»Hm«, machte die junge Frau. »Wahrscheinlich hat man damals auch noch nicht alles so festgehalten wie heutzutage. Es tut mir leid, dies war die letzte Zahl, und auch diese ergab keine Zugangsberechtigung.«

»Aber Sie müssen die Kombination doch im Archiv haben?« Amely startete einen letzten verzweifelten Versuch.

»Gewiss, Miss, aber die Zugangskombination liegt unter Verschluss, wir haben schon Glück, dass dieses Depot irgendwann digital in unser Archiv aufgenommen wurde, sonst hätten wir jede einzelne Zahl jetzt mit einem Notar abgleichen müssen.«

»Und was können wir jetzt noch tun?« Marge verzog resigniert das Gesicht.

»Ma'am, am besten, Sie suchen sich einen Anwalt. Dieser kann dann anhand Ihrer Erbberechtigung zu der einstigen Zugangsberechtigten den Antrag auf Auflösung des Depots zu Ihren Gunsten stellen. Dies ist leider der umständliche Weg, aber einen anderen wird es nicht geben.«

Marge seufzte. »Na gut, dann werden wir dies wohl tun müssen.«

Amely zog die Stirn kraus. Jetzt saßen sie so dicht vor ihrem Ziel und konnten es trotzdem nicht erreichen. »Wie lange würde so etwas wohl dauern?«

»Oh, das kann ich Ihnen auch nicht sagen. Aber einige Wochen, bis hin zu vielleicht Monaten schon. Die Gerichte sind ja immer etwas überlastet.«

»Na komm, Amely, das werden wir dann auch noch abwarten können. Wir fragen erst mal Mister Finnigen, das ist der Anwalt der Familie, vielleicht hilft er uns.«

»Ich drück Ihnen die Daumen, dass es nicht allzu lange dauert.« Die junge Bankangestellte schenkte den beiden Frauen ein aufmunterndes Lächeln.

39. Kapitel

Hamburg im Dezember 1916

Anni stand verzweifelt in der Küche der Villa Clausen. »Lina? Ist nicht wenigstens noch etwas Tee da?«

Lina saß zusammengesunken an dem großen Holztisch, auf dem sonst immer die allerherrlichsten Speisen gestanden hatten, doch der Krieg hatte ihnen alles genommen. Nicht nur die Nahrungsmittel, auch die Männer. Gustav und Albert waren 1914 fahnenschwenkend und voller Siegesmut von dannen gezogen mit all den anderen Abertausenden Männern. Hamburg war zu einer Stadt der Frauen geworden. Doch der Krieg war nicht so schnell beendet, wie einst alle gehofft hatten, und die Männer waren nun auch den dritten Winter fern der Heimat.

Annis Schwiegervater Friedrich war bereits Ende 1914 gefallen. Ihre Schwiegermutter im vergangenen Winter der Ruhr erlegen.

»Nein, Frau Clausen, auch kein Tee mehr.« Lina schüttelte verdrossen den Kopf.

»Ich muss den beiden irgendetwas in den Magen geben. Sie sind so schwach, dass sie kaum noch die Augen aufhalten können.« Anni sah sich um, als könne sie mit einem strengen Blick die Vorratsdosen wieder voll zaubern.

»Mama? Davina ruft nach dir.« Annis Sohn stand in der Tür zur Küche.

Auch er war hager und ausgezehrt. Mit seinen elf Jahren sah er eher aus wie ein achtjähriger. Anni schmerzte es so sehr, ihn so zu sehen, dass sie auf fast alles verzichtete und ihm meist die Hälfte ihrer Ration zugab.

»Justus, mein Schatz, ich komme gleich.« Anni scheuchte den Jungen mit einer Handbewegung aus der Küche.

Lina stand auf und strich sich über ihre Schürze. Sie war das letzte Dienstmädchen, welches dem Haus noch die Treue hielt, alle anderen hatten ihr Heil woanders gesucht. Anni hatte zwar noch etwas Geld, aber niemandem half es, denn selbst in den dunklen Gassen und Winkeln der Stadt gab es nichts mehr zu kaufen. Die Menschen liefen wie Tiere umher, jagten Vögel und gruben an den Straßenrändern die letzten Wurzeln der Pflanzen aus.

Anni und Lina hatten es im Herbst allen gleichgetan und gesammelt, was es nur zu sammeln gab. Sie waren sogar mit der Droschke bis in das Alte Land auf die andere Seite der Elbe gefahren, aber selbst dort war schon lange der letzte Apfel vom Baum geklaubt worden. England hatte eine Seeblockade errichtet und wohl nicht mal mehr die Fische kamen in die Elbe, geschweige denn Schiffe. Kartoffeln hatte es schon im letzten Winter kaum noch gegeben, und Steckrüben wurden fast mit Gold aufgewogen und streng rationiert.

Lina zog ein Stück Papier aus ihrer Schürze. »Ich habe für Morgen noch eine Marke.«

»Ja, aber du musst auch etwas essen.« Anni schüttelte den Kopf. Die Rationen waren so klein, dass selbst ein Mäuschen daran verhungert wäre. Anni hatte am Morgen ihren Schein eingelöst, die sogenannte Brot- und Mehlkarte. Es gab pro Person entweder 75 Gramm Roggenbrot, 50 Gramm

Mehl, 65 Gramm Weizenschrot oder 60 Gramm Zwieback. Sie holte zumeist den Zwieback, denn diesen konnte man in warmem Wasser auflösen. Zudem gab es pro Person und Woche zwei Pfund Steckrüben. Die meisten, die man heutzutage bekam, waren schon faulig, doch Anni schnitt sie klein und hackte sie, um sie dann mit Wasser aufzukochen. Zusammen mit dem Zwieback-Brei machte das jeden von ihnen wenigstens ein paar Stunden satt.

Davina und ihre Tochter Danielle kränkelten seit dem Sommer. Inzwischen lagen beide im Bett, kaum fähig, dieses zu verlassen. Anni und Lina taten alles, um den beiden zu helfen, aber der Winter stand noch vor der Tür. Annis Alltag bestand nur noch aus Holz hacken, etwas Nahrung finden, ihre Schwägerin und deren Tochter versorgen und darin, ihrem Sohn die Angst zu nehmen, den Vater vielleicht nicht wiederzusehen. Dabei hatte sie selbst große Angst, dass der Krieg noch mehr Opfer in der Familie fordern würde. Albert schickte alle paar Wochen noch eine Postkarte. Von Gustav hatten sie seit Monaten nichts gehört.

»Lina, geh bitte nach Davina schauen. Ich komme gleich nach.« Anni nahm aus einem Regal eine Dose, darin waren noch einige Handvoll Bucheckern. Sie nahm genau zehn Stück heraus, schälte sie mit flinken Fingern. Dann ließ sie das Herdfeuer einmal aufflammen und röstete die Bucheckern an. Dann gab sie diese in ein kleines Stoffbeutelchen und ließ sie im Wasser aufkochen. Das Gebräu, welches so entstand, hatte zwar wohl keinen besonders nahrhaften Wert, aber der nussige, bitter-süßliche Geschmack erinnerte an längst vergangene Zeiten.

Sie füllte den Trank in zwei Tassen und machte sich auf den Weg zu den Kranken. Das Haus hatte sich seit Kriegsbeginn sehr verändert. Anni hatte die Gemälde mit Tüchern abdecken lassen, so wie die meisten Möbel in den Räumen. Sie heizte nur noch die Schlafzimmer in der Nacht und im großen Kaminzimmer. In der Küche schürte sie nur das Feuer, wenn es auch etwas zum Kochen gab. Es war kalt und feucht in den Mauern. Brennholz und Kohle waren auch knapp, aber noch schaffte Anni, damit gut hauszuhalten.

Davina lag blass und schwach in ihrem Bett. Sie hatte es schon nach Auszug der Männer nicht mehr lange allein in ihrem Haus ausgehalten und war zu Anni in die Villa gewechselt. Die Frauen verband allerdings nur eine Zweckgemeinschaft, denn die zusätzlichen Essenmarken kamen allen zugute, so denn es noch etwas zu holen gab. Anni hatte in all den Jahren keine Freundschaft zu Davina aufbauen können. Deren Ehe mit Gustav war so schwierig, dass Anni auch einfach oft keine Worte hatte. Manchmal überlegte sie im Stillen, was sie getan hätte, wenn Albert sich so verhalten hätte. Ob sie es auch stillschweigend geduldet hätte?

Davinas Tochter Danielle stand ihrer Mutter in Sachen Leidlichkeit nicht nach, doch hatte sie auch etwas Unruhiges, Aufmüpfiges von ihrem Vater. Somit hatte es zwischen Mutter und Tochter auch Reibereien gegeben. Anni wünschte niemandem etwas Schlechtes, aber seit die beiden erkrankt und zu schwach zum Streiten waren, war es deutlich ruhiger im Haus.

»Davina, ich habe etwas Tee für dich.« Anni trat an das Bett ihrer Schwägerin.

Diese öffnete flatternd die Augen. »Schon wieder nur Tee? Ich hätte gerne eine Suppe und etwas Brot.«

»Heute leider nicht, Danielle, vielleicht morgen.« Anni reichte ihr die Tasse.

Zitternd trank Davina ein paar Schlucke. Dabei verzog sie angewidert das Gesicht.

Anni herrschte sich im Stillen an, ruhig zu bleiben. Dankbarkeit war nicht Davinas Stärke. Ihre einstige Stille und Schüchternheit hatte sich zu einem kratzbürstigen, vorwurfsvollen Wesen verwandelt. Dass es allen Menschen in der Stadt so erging wie ihnen, einigen sogar noch viel schlimmer, denn diese konnten sich nicht krank ins Bett legen und sich versorgen lassen, das sah Davina nicht. Sie jammerte seit Kriegsbeginn den alten Zeiten nach.

»Ist Nachricht von Gustav gekommen?« Davina gab Anni die Tasse zurück und ließ sich wieder in die Kissen sinken.

»Nein.«

»Ich bin so müde.«

»Dann lasse ich dich jetzt schlafen, Davina.«

Anni ging in das nächste Zimmer, wo Danielle im Fieber lag. Lina saß an deren Bett.

»Es geht ihr überhaupt nicht gut, sie will nicht wach werden.«

Anni sah besorgt auf das Kind. Dessen Haut hatte bereits eine sehr ungesunde graue Färbung, und kalte Schweißtropfen benetzten ihre Stirn.

»Hol etwas Wasser, wir machen ihr noch einmal kalte Wickel.«

Während Lina davoneilte, versuchte Anni den Kopf des Mädchens etwas zu heben und ihr auch wenigstens ein paar Schlucke einzuflößen. Anni war weder Arzt noch Krankenschwester, aber diese waren in Hamburg nicht mehr zu bekommen. Der alte Doktor Trautmann war verstorben, und alle anderen Ärzte an die Front berufen. Alles, was Anni über Krankenpflege wusste, hatte sie aus einem Buch in der Bibliothek ihrer Schwiegereltern. Dies war zwar sicherlich schon veraltet, aber zumindest hatte sie einige Rezepte daraus übernehmen können, welche ihnen schon geholfen hatten. Ein Sirup gegen Husten, die Wadenwickel gegen Fieber. Doch wie man aus dem Nichts Essen herbeizauberte, das stand nicht in diesem Buch.

Lina kam mit einer Schüssel und Tüchern wieder. Schweigend arbeiteten sie Hand in Hand und wickelten die dürren Beine des Mädchens in die kalten Umschläge. Danielle gab dabei im Fieberschlaf ein Murren von sich, und Anni wertete dies als gutes Zeichen, dass das Mädchen noch nicht gänzlich bewusstlos war.

Nach der Versorgung der Kranken ging Anni in das Kaminzimmer. Dort saß ihr Sohn, zusammengekauert unter dicken Decken und starrte in das schwache Kaminfeuer. Anni legte ein Holzscheit nach.

»Wie geht es dir, Justus?«

Der Bub zuckte nur mit den Achseln. Anni wusste, dass er alles vermisste, seinen Vater, die Schule, seine Freunde. Vor dem Krieg war Justus ein aufblühender Junge gewesen. Er war wissbegierig und abenteuerlustig gewesen. Der Fortgang seines Vaters hatte ihm dies genommen und ihn in eine Depression fallen lassen. So sehr sich Anni auch bemühte, sie konnte Justus Albert nicht ersetzen.

Anni setzte sich neben ihren Sohn und nahm ihn einen Moment in den Arm. »Vielleicht nur noch diesen Winter. Vielleicht wird im kommenden Jahr alles besser.«

Justus legte seinen Kopf an ihre Schulter und schwieg. Anni hatte diese Worte schon so oft zu ihm gesagt, auch weil sie selbst nicht aufhören durfte, daran zu glauben.

Wenig später war Justus eingeschlafen. Anni stand leise auf und wanderte vom Kaminzimmer in die Bibliothek des Hauses. Hier lagen noch Alberts letzte Arbeitsvorgänge. Lieferlisten an Schiffe, die schon seit Langem nicht mehr den Hafen angefahren hatte. Albert hatte mit der totalen Seeblockade nicht gerechnet und auch wohl nicht geahnt, in welche Not der Krieg seine Familie bringen würde.

Anni strich liebevoll über den dunkelholzigen Schreibtisch, dann verschränkte sie die Arme vor der Brust und sah nach draußen. Sie hatten gute Jahre gehabt vor dem Krieg. Albert hatte immer mehr Verantwortung in der Reederei bekommen, da sein Bruder seine Unfähigkeit mehr als einmal bewiesen hatte. Peter Clausen konnte dies irgendwann nicht mehr dulden. Albert war so stolz gewesen und hatte seine Aufgaben sehr ernst genommen. Dennoch hatte er immer wieder Zeit für Anni und vor allem seinen Sohn gehabt und ihnen ein angenehmes Leben geboten.

Fast jedes Wochenende waren sie in Horn auf der Rennbahn gewesen. Dort waren sie zu einem wichtigen Teil der Gesellschaft geworden. Albert hatte sogar einige Rennpferde erworben.

Anni seufzte, die Tiere waren gleich nach Kriegsbeginn enteignet worden, um mit in den Dienst zu ziehen. Albert hätte dies wohl kaum geduldet, und auch Justus hatte protestiert, er hatte die Leidenschaft zu diesen Tieren schon von seinem Vater übernommen. Doch Anni sah keinen Sinn, mit den Obrigkeiten zu streiten, und vor allem konnte sie den Unterhalt der Tiere auch nicht mehr bezahlen.

Sie sehnte sich zurück zu den lauen Sommerabenden in der Loge des Rennvereins, wo bei Champagner und leiser Musik die Erfolge des Tages gefeiert wurden. Es war so unbeschwert und leicht gewesen, dieses Leben. Doch dann war dieser Krieg gekommen. Anni hatte nicht gewusst, wo dies alles hinführen würde, hatte aber geistesgegenwärtig einen Betrag ihres Vermögens in ein Depot angelegt und dies zugunsten ihrer Schwester nach Amerika transferiert. Sie hatte nur einen Brief von Helena bekommen als Antwort. Darin die Bitte, über ihr Wissen Stillschweigen zu bewahren. Alle anderen Briefe waren ungeöffnet zurückgekommen. Doch Anni wollte nicht mit der Gewissheit leben, dass es Helena schlecht gehen könnte, so traf sie diese Vorsorge. Ob die Mitteilung über das eingerichtete Depot ihre Schwester überhaupt erreicht hatte, sie wusste es nicht. Europa war kurz darauf in Flammen aufgegangen und Annis bisheriges Leben zu Asche zerfallen.

40. Kapitel

Staten Island im Frühjahr 1917

»Miss Danavell, wo soll die Ladung hin?« Ein Lieferjunge stand mit einem vollbepackten Handkarren auf dem Hof der Sunnaway Corp.

Helena besah den Stapel Stoff, aus dem einmal Uniformen werden würde, und schauderte. »In die Hallen eins und zwei bitte.«

Gerald und sie hatten in einer kleinen Kapelle auf Long Island geheiratet. Mrs. Welmont hatte es sich nicht nehmen lassen, ihrer neuen Designerin eine kleine, aber feine Hochzeit auszurichten. Dabei oblag der Erfolg der neuen Damenkollektion bei Weitem nicht bei Helena alleine. Auch Jolie hatte einen großen Beitrag dazu geleistet. Helena hatte Jolie alle Möglichkeiten eröffnet, ihre eigentliche Passion bei der Sunnaway Corp. auszuleben, und die junge Frau entwarf und schneiderte, was das Zeug hielt. Die Umsätze hatten einen großen Sprung gemacht, und bald war die *Welmont-Park Ladys Collection* in aller Munde.

Doch seit einigen Wochen zogen dunkle Wolken auf. Helena seufzte und folgte dem Lieferjungen mit dem Handkarren zu den Werkhallen. Im weit entfernten Europa herrschte seit drei Jahren Krieg.

Natürlich hatte Helena in den Zeitungen darüber gelesen,

doch die Amerikaner waren eigentlich stolz darauf gewesen, unbeteiligt zu sein. Nun hatte sich das Blatt allerdings gewendet, und Präsident Wilson im April den Kriegseintritt verkündet. Amerika machte mobil, und die Sunnaway Corp. war direkt beteiligt. Die Produktion war sofort auf Armeeuniformen umgestellt worden, und da alle Männer zwischen 21 und 30 Jahren inzwischen zur Wehrpflicht berufen wurden, war der Bedarf schier unendlich.

Gerald war übereifrig und heizte die Arbeiter in den Hallen an. Dank seines Alters brauchte er nicht mehr in den Krieg zu ziehen. August Welmont hingegen hatte sich zu aller Überraschung freiwillig gemeldet. Eleanor Welmont hatte protestiert und gezetert, aber ihren Mann nicht davon abhalten können.

In ihrer Verzweiflung, Angst und Einsamkeit suchte sie nun oft Kontakt zu Gerald und Helena.

Als Helena mit dem Lieferjungen die Halle betrat, ratterten wie gewohnt die Nähmaschinen. Sie gab dem Knaben Anweisung, wo er seine Ware abladen sollte. Mit geschultem Blick kontrollierte sie die Stoffballen auf ihre Qualität, bedankte sich für die Lieferung, verließ dann die Fertigung wieder und ging hinüber zum Bürogebäude. Dass sie Uniformen für den Krieg herstellten, behagte ihr nicht. Erst seit dem Eintritt der USA war ihr bewusst geworden, dass dieser Krieg sich in und gegen ihre alte Heimat abspielte. Wie es wohl in Hamburg zuging? Ging es Anni und ihrer Familie gut? Helena hatte eines Tages einen Brief von Anni erhalten. Ihr waren die Knie weich geworden, als sie die Schrift erkannte, die so viel erwachsener wirkte und doch noch immer unverkennbar die ihrer kleinen Schwester gewesen war. Die

Gewissheit, dass Anni herausgefunden hatte, dass sie noch lebte, hatte ihr Angst gemacht. Doch für Helena gab es kein Zurück mehr. Als Clara Hauser hatte sie sich ein neues Leben aufgebaut, und sie war nicht bereit, es aufzugeben. Das hatte sie auch Anni unmissverständlich in ihrem Antwortbrief mitgeteilt. Jetzt tat es ihr unendlich leid, doch sie durfte ihre Existenz als Clara Hauser nicht aufs Spiel setzen.

Kurz vor Kriegsbeginn hatte Helena noch eine unpersönliche Mitteilung über ein Golddepot von Anni bekommen. Diese hatte es einrichten lassen, um Helena zu unterstützen. Doch Helena wollte nichts von ihrer Familie und schon gar nicht von den Clausens. Dass Anni mit Albert verheiratet war, hatte sie ebenfalls aus dem Brief erfahren, und allein der Gedanke daran, dass ihre Schwester praktisch ihren Platz hatte einnehmen müssen, graute ihr. Sie hatte beschlossen, das Depot nicht anzurühren, ihr ging es ja gut, und vielleicht würde es eines Tages jemand anders dringender brauchen als sie.

Man bekam nicht viele Nachrichten aus Deutschland, schließlich war es der erbitterte Gegner aller, doch die wenigen, die durchdrangen, berichteten von Hunger und Not. Mehr als je zuvor wünschte sich Helena, mit jemandem über die Vergangenheit sprechen zu können, doch sie hatte auch die Ehe mit Gerald als Clara Hauser begonnen. Er sollte nie erfahren, dass sie einst vor einer Ehe mit einem anderen Mann geflohen war. Sie musste die trüben Gedanken und ihre Sorgen um ihre Familie abschütteln.

Helena straffte die Schultern und öffnete die Tür zum Büro, an der sie inzwischen angekommen war. Sie sollte ein für alle Mal aufhören, über ihre Vergangenheit nachzudenken.

»Die neuen Stoffe sind da, ich denke, die nächste Lieferung Uniformen können wir für übermorgen ansetzen«, berichtete sie Gerald, als sie den Raum betrat.

»Sehr gut! Mr. Frazer hat schon nachgefragt. Die Männer stehen Schlange bei ihm.«

Helena hob machtlos die Hände. »Warum nur wollen alle in den Krieg?«

Gerald sah kurz von seinen Unterlagen auf. »Weil es eine Ehre ist, für sein Land kämpfen zu dürfen.«

»Ja, ja, ich weiß.« Helena ließ sich auf ihren Platz sinken. Sie war nicht von so viel Patriotismus beseelt wie alle anderen, schließlich kämpfte ihr Land nun gegen ihre Heimat. Ein Zwiespalt, den sie nie für möglich gehalten hätte.

Beide horchten auf, als draußen ein Wagen vorfuhr.

Gerald erhob sich und zupfte sein Jackett glatt. »Das wird Eleanor sein. Sie wollte noch die neuen Schnitte begutachten.«

Helena seufzte. Während die Männer sich für den Kampf rüsteten, kauften die Frauen Kleider, als gäbe es kein Morgen mehr. Dies war natürlich gut für die Sunnaway Corp., aber der Erfolg hatte einen bitteren Beigeschmack.

Schon wurde die Tür aufgestoßen, und Eleanor schwebte herein. Sie trug einen eleganten Zweiteiler aus Jolies letzter Kollektion. Helena betrachtete das leicht schwingende Kleid, welches die Figur der Trägerin hervorragend zur Geltung brachte, nicht ohne Stolz.

»Ach, was für eine Unruhe wieder heute.« Eleanor fächelte sich mit der Hand etwas Luft zu. »Ich musste heute schon auf das Gestüt, die Lieblingsstute von August hat in der letzten Nacht gefohlt.«

»Oh, herzlichen Glückwunsch, da wird er sich freuen, wenn er zurückkommt.« Helena hatte sich derweil ebenfalls erhoben und begrüßte Eleanor mit zwei Wangenküssen.

»Wenn … falls er zurückkommt, ach, Kindchen, ich habe da einfach kein gutes Gefühl.«

»Eleanor, Ihr Mann wird schon auf sich aufpassen.« Gerald nickte, um seinen Worten Ausdruck zu verleihen.

»Ich habe dem Fohlen den Namen ›My Man o' War‹ gegeben.« Eleanor betupfte sich mit einem Taschentuch die Augen. »Ach, es ist alles so schrecklich.«

»Wollen wir uns die neuen Zuschnitte ansehen? Jolie freut sich schon, sie zu präsentieren.«

»Ja, lass uns gehen, etwas Ablenkung wird uns guttun.«

Helena bedeutet Gerald mit einem Nicken, dass sie sich um Eleanor kümmern würde, und geleitete die Frau aus dem Büro. Angesichts der neuen Kleider, welche bald präsentiert werden konnten, war ihr Leid auch schon wenig später vergessen.

41. Kapitel

Long Island im Mai 2017

Jonas' Suche hatte ihn zwei Tage quer durch New York geführt. Er hatte zunächst die alte Adresse der Bekleidungsfirma von Dan Smith aufgesucht, dort gab es heute aber keine Industrie mehr. Dann hatte er seine Suche auf die Dan Smiths eingegrenzt, welche nicht allzu weit weg von Staten Island, wo der einstige Firmensitz gewesen war, ausgeweitet. Zunächst hatte er dort auch wenig Glück. Doch an einer Adresse, wo es leider schon gar keinen Smith mehr gab, wies ihn eine ältere Nachbarin darauf hin, dass der dort einst wohnhafte Dan Smith eine Tochter in Manhattan gehabt hatte. Die Dame war zu Jonas' Glück sehr redselig gewesen und hatte viel von dieser Tochter berichtet. Sie hatte wohl einst sogar eine eigene Fernsehshow gehabt. So suchte Jonas dann nach einer Familie Thompson, welche er im Townhouse Viertel von Manhattan ausfindig gemacht hatte.

Es war bereits Nachmittag, als er nun vor dem Haus der Thompsons stand und sein Herz bis zum Hals klopfte. Doch jetzt hatte er die Spur von Clara Hauser so weit verfolgt, jetzt konnte er keinen Rückzieher mehr machen. Beherzt drückte er den Klingelknopf.

»Ja bitte?«, erklang es hinter der Tür des alten Townhouses in Manhattan.

Jonas überlegte fieberhaft, was er sagen sollte. Ihm fiel nichts Sinnvolles ein, so sagte er einfach nur. »Hallo, Ma'am, ich würde Sie gerne in einer persönlichen Angelegenheit sprechen.« Dabei lächelte er, weil er nicht wusste, ob das Haus mit Kameras ausgestattet war.

»Worum geht es denn?« Die Stimme klang misstrauisch. Jonas konnte es der Dame nicht verübeln.

»Mrs. Thompson, das ist eine längere Geschichte. Haben Sie bitte keine Angst. Ich komme nicht in böser Absicht.« Jonas hoffte einfach, dass in seiner Stimme genug Ehrlichkeit lag, um die Dame nicht postwendend dazu zu bringen, die Polizei oder irgendeinen Sicherheitsdienst zu rufen.

Die Tür zu dem Haus wurde einen Spalt geöffnet. Jonas konnte erkennen, dass sie mit einer Kette gesichert war. Es erschien das Gesicht einer Frau um die sechzig. Jonas atmete auf.

Er hob entschuldigend die Hände und blieb auf höflicher Distanz zur Tür. »Mrs. Thompson, keine Sorge. Ich möchte Ihnen nichts Böses«, wiederholte er. »Ich komme aus Deutschland. Ich glaube … ich glaube, unsere Familien standen einst in Kontakt. Das hört sich wahrscheinlich seltsam an, aber ich habe sehr lange nachgeforscht, um einen Hinweis auf Sie zu finden. Stimmt es, dass Sie die Tochter von Dan Smith, dem ehemaligen Besitzer der Sunnaway Corp., sind?«

Die Tür schloss sich und Jonas konnte hören, wie die Sicherheitskette klirrend zur Seite geschoben wurde, bevor die Tür ganz geöffnet wurde. »Ja, die bin ich. Sie kommen aus Deutschland, sagen Sie? Und Sie sind extra hierhergekommen, um mich zu finden?«

Jonas zuckte mit dem Schultern. »Ja, wissen Sie, ich

glaube, dass unsere Familien einst in einer engen Beziehung zueinander standen. Ich bin einfach neugierig und hatte die Hoffnung, dass Sie mir etwas dazu erzählen können.«

»Okay, dann kommen Sie doch herein. Wie war noch gleich Ihr Name?« Die Dame musterte ihn noch mal von Kopf bis Fuß, bevor sie die Tür tatsächlich ganz aufstieß und Platz machte, um ihn hineinzulassen.

»Jonas. Jonas Clausen aus Hamburg.«

»Hamburg? Das ist interessant.« Als Jonas in den Flur trat, fiel ihm sofort die viele, liebevoll angerichtete Dekoration auf, die das Haus gemütlich und einladend wirken ließ. Kleine Figuren, Bildchen und Kerzen bestückten die Schränke und Anrichten.

Mrs. Thompson hatte die Tür geschlossen und ging nun vor ihm her in ein Wohnzimmer. »Bitte, setzen Sie sich«, forderte sie ihn mit einer Handbewegung in Richtung des mit Kissen überladenen Sofas auf. Auf dem kleinen Tischchen davor standen zwei Kaffeetassen, eine Vase mit frischen Blumen und eine Pfeife in einem Aschenbecher. In der Luft hing der Geruch von bereits abgekühltem Pfeifentabak. Es gab also auch einen Mr. Thompson.

»Darf ich Ihnen auch einen Kaffee anbieten? Ich habe für meinen Mann und mich gerade frisch welchen gekocht. Oder trinken Sie lieber Tee? Wasser? Saft?«

»Ein Kaffee wäre nett, danke. Ich hänge der Zeit noch immer ein wenig hinterher, wissen Sie.«

»Einen Augenblick.« Mrs. Thompson verschwand kurz aus dem Zimmer. Jonas versank fast zwischen den Kissen, als er sich setzte.

Wenige Augenblicke später erschien sie mit einer dritten

Kaffeetasse und einem Teller mit Keksen wieder im Raum. Beinahe im gleichen Moment ging eine weitere Tür auf der anderen Zimmerseite auf und ein Herr, der vermutlich auf Ende sechzig zuging, betrat den Raum. »Wer hat denn eben geklingelt?«, fragte er an seine Frau gerichtet, bis sein Blick an Jonas hängen blieb. »Oh, wir haben Besuch. Guten Tag, Matthew Thompson.«

Mrs. Thompson überreichte Jonas mit einem Lächeln die Kaffeetasse und stellt den Teller auf dem Tisch ab. »Hier, bitte sehr. Das ist Jonas Clausen, er kommt aus Deutschland, und er sagt, zwischen unseren Familien hätte einst eine enge Verbindung bestanden. Mehr weiß ich ehrlich gesagt noch nicht, aber ich bin sehr gespannt, was er zu erzählen hat«, fuhr sie an ihren Mann gewandt fort.

»Vielen Dank, dass Sie mir zuhören wollen«, führte Jonas das Gespräch weiter, erhob sich kurz aus dem Sofa und gab Mr. Thompson zur Begrüßung die Hand. Er wirkte etwas skeptisch. »Es tut mir wirklich leid, dass ich Sie so überfalle, aber ich bin nur wenige Tage in New York und war froh, die Spur überhaupt bis zu Ihnen verfolgen zu können und Ihre Adresse herausgefunden zu haben.«

»Na, dann erzählen Sie mal!« Mr. und Mrs. Thompson setzten sich auf das Sofa ihm gegenüber und blickten ihn erwartungsvoll an.

»Äh ja.« Jonas straffte sich und begann zu erzählen. »Vor Kurzem habe ich nach dem Tod meines Vaters die seit vielen Generationen familiengeführte Reederei Clausen in Hamburg übernommen. Beim Durchsehen der Papiere habe ich alte Briefe aus dem ersten Drittel des zwanzigsten Jahrhunderts gefunden, die an eine Clara Danavell adressiert, allerdings verschlossen an den Absender – meine Ururgroßmutter – zurückgekommen waren.« Er beobachtete die Mimik von Mrs. Thompson ganz genau. Doch ließ sie nicht erraten, ob sie diesen Namen kannte.

»Aha. Clara Danavell, sagen Sie?«

Jonas nickte. »Meine Familie hatte um das Jahr 1900 ein Dienstmädchen mit dem Namen Clara Hauser. Allerdings ging man davon aus, dass sie bei dem Unglück von Hoboken ums Leben kam.«

»Warum sollte jemand einem verstorbenen Dienstmädchen geschrieben haben? Ist es da nicht logisch, dass die Briefe ungeöffnet zurückgesandt wurden?« Mrs. Thompson runzelte nachdenklich die Stirn.

Jonas konnte es ihr nicht verübeln. Da stand ein Fremder und behauptete, nach einem toten Dienstmädchen zu suchen. Er beschloss spontan, alles auf eine Karte zu setzen. »Einer der Briefe scheint die Antwort auf einen anderen gewesen zu sein. Ich glaube also, dass die junge Frau entgegen aller Vermutungen das Unglück überlebt, meine Großmutter sie ausfindig gemacht und ihr die Briefe geschrieben hat. Was diese Briefe so interessant macht, ist, dass darin die Rede von einer größeren Menge Gold ist, die dem Dienstmädchen mittels eines Depots übersandt wurde. Wieso das geschehen sein könnte, kann sich allerdings niemand genau erklären. Während meiner Recherchen habe ich herausgefunden, dass dieses Depot anscheinend nie angerührt wurde. Das alles ergibt aus meiner Sicht wenig Sinn, und ich würde gerne verstehen, was damals passiert ist. Deswegen bin ich hier. Ich würde mir gerne Ihre Familiengeschichte anhören, dann ergibt sich vielleicht ein Bild, was mir das Ganze erklärt. Auch meine

Großeltern, sie sind schon sehr alt, sind sehr interessiert an der Lösung. Schließlich hat mein Großvater die Verfasserin der Briefe noch gekannt – sie war seine Großmutter.«

Die Thompsons hatten die ganze Zeit gespannt Jonas' Erzählung gelauscht. »Das klingt in der Tat alles sehr spannend und verworren. Ich glaube, wir sollten an dieser Stelle eine Pause machen, und ich würde gerne meine Tochter anrufen. Ich bin der Meinung, dass sie bei diesem Gespräch dabei sein sollte.«

Jonas nickte. »Gerne, ich würde mich freuen, sie kennenzulernen. Ich bin allerdings nur noch vier Tage in New York.«

»Alles klar, ich frage, wann es ihr passt. Ich bin gleich zurück. Schenkst du dem jungen Mann Kaffee nach, wenn er noch welchen möchte, Matthew?« Mrs. Thompson stand auf, nahm ein Telefon aus seiner Ladestation auf der Kommode und verschwand in die Küche.

Jonas wollte nicht lauschen, aber er konnte deutlich Fetzen des Gespräches hören und musste wieder schmunzeln.

»Amely? … Nein, mir geht es gut, es ist nichts passiert … Ja, ich weiß, du arbeitest … Nur kurz … Hier ist ein junger Mann, er sagt, es bestünde ein Zusammenhang zwischen seiner und unserer Familie. Er kommt aus Deutschland. Ich möchte, dass du dabei bist und hörst, was er zu sagen hat. Ich glaube, wir können da wirklich etwas über die Herkunft unserer Familie erfahren. Hast du Zeit? Morgen Abend, ja, das passt bei uns auch, sehr gut. Dann bis morgen, Schätzchen.« Mrs. Thompson beendete das Telefonat und kam zurück in den Wohnraum. »Amely kann morgen Abend gegen sechs hier sein, sie macht dafür extra früher Feierabend. Ist Ihnen das recht?«

»Ja, natürlich. Vielen Dank, dass Sie mich hereingelassen haben und vielen Dank für den Kaffee. Ich freue mich dann auf morgen.«

»Gerne, um sechs, Mr. Clausen, nicht vergessen.« Jonas verabschiedete sich von Mr. Thompson und ließ sich dann von Mrs. Thompson zur Tür begleiten.

42. Kapitel

New York im Mai 2017

Amely starrte fassungslos auf ihr Handy. Wieso glaubte ihre Mutter einem Fremden, der bei ihr an der Tür klingelte und um Einlass bat? Amely wurde ganz schlecht vor Sorge. Seit dem Vorfall mit dem Einbruch in ihr Apartment war sie deutlich ängstlicher geworden.

»Hey, Amely! Tisch sechs, das Essen!«

Eigentlich telefonierte sie nicht während der Arbeitszeit und schon gar nicht, wenn sie bediente, aber wenn ihr Handy den speziellen Klingelton abgab, den sie ihren Eltern zugeordnet hatte, hob Amely sofort ab, egal was sie gerade tat. Es war zwar zum Glück kein Notfall gewesen, aber die Vorstellung, dass ihre Mom fremde Leute ins Haus ließ, beruhigte Amely auch nicht gerade. Trotzdem stopfte sie ihr Handy wieder in die Tasche, schob die sorgenvollen Gedanken beiseite und machte sich wieder an die Arbeit.

»Hi, Schätzchen, schön, dass du es einrichten konntest.«

Die liebevolle Begrüßung ihrer Mutter am nächsten Abend milderte Amelys Unmut ein wenig, der sich aus den sorgenvollen Gedanken entwickelt hatte, die sie seit dem Telefonat mit ihrer Mutter quälten.

»Ist er schon da?« Amely war extra etwas eher gekommen,

um noch einen Augenblick mit ihren Eltern allein zu haben und sich erzählen zu lassen, was am Tag vorher geschehen war.

»Nein, noch nicht. Aber ich habe Cheesecake gebacken.« Amelys Mutter grinste.

Amely sah sie verwundert an. »Na dann – sehr fürsorglich, Mom. Und jetzt erzählt: Er kommt aus Deutschland, sagst du?« Sofort hatte Amely das Klischeebild eines dicklichen, kleinen Mannes mit Lederhose und Bierkrug im Kopf. Aber wahrscheinlich hatte sie zu viele Comics gesehen. Sie saß mit ihren Eltern um den Esstisch. Ihre Mutter hatte eingedeckt und den Kuchen bereits in der Mitte des Tisches platziert.

»Ja, er ist aus Hamburg und die Recherchen nach den Wurzeln seiner Familie – oder vielmehr einem weiteren Zweig seiner Familie – haben ihn nach New York geführt.« Margaret Thompson gab ihrer Tochter nun alles wieder, was Jonas ihr erzählt hatte, damit Amely auf dem gleichen Stand war wie sie alle.

Es ließ sie aufhorchen, dass dieser Clausen das Depot und den Namen Clara Hauser erwähnt hatte. Amely wusste, dass das der Mädchenname der Mutter ihrer Urgroßmutter gewesen war. Es schien also tatsächlich eine Verbindung zu geben. Doch war er am Ende nur hier, um ihr den Inhalt des Depots streitig zu machen?

»Was genau er will und warum er diese lange Reise auf sich genommen hat, werden wir wohl heute erfahren.«

In diesem Moment klingelte es an der Tür, und ihr Vater stand auf, um den Besucher hereinzulassen.

Amely schielte gespannt auf die Tür zum Flur.

Zuerst sah sie einen blonden Haarschopf, dann ein

schmales, aber recht männliches Gesicht. Aus seinen strahlend blauen Augen sah er sie offen und offenbar ehrlich erfreut an. Er trug keine Lederhose und war ganz und gar nicht klein und dicklich.

Unwillkürlich sah Amely an sich hinab. Sie trug noch die Kleidung, die sie während ihrer Schicht im Restaurant angehabt hatte, und kam sich zerknittert und derangiert vor. Wie beiläufig fuhr sie sich mit einer Hand durch ihr Haar und zupfte ihre Bluse zurecht. Dass der ominöse Besucher auch noch gut aussah, darauf war sie nicht vorbereitet gewesen.

»Hallo, ich bin Jonas Clausen.« Er begrüßte sie in klarem Businessenglisch und streckte ihr die Hand hin.

»Hi, ich bin Amely – die Tochter.«

»Freut mich, dass Sie Zeit haben. Ich bin sehr gespannt auf das Gespräch heute.«

»Ja, ich auch«, bestätigte Amely, bevor Jonas Clausen auch ihre Mutter begrüßte, die sofort zur wichtigsten Frage des Tages kam: »Hallo. Schön, Sie wiederzusehen. Mögen Sie Cheesecake, Mr. Clausen?«

»Gerne, das wäre aber nicht nötig gewesen.«

»Doch, doch, seine Gäste muss man schon ein wenig verwöhnen. Setzen Sie sich.«

Während Marge den Kuchen anschnitt und alle wieder um den Tisch herum Platz nahmen, entstand eine unangenehme Stille, bis alle ihren Kuchen auf dem Teller hatten, und Amely schwärmte: »Das ist wirklich der beste Cheesecake in ganz New York. Genießen Sie ihn, Mr. Clausen.«

»Sagen Sie doch bitte Jonas.«

»Gerne!« Amely nickte. »Ich bin Amely.«

Wieder lächelte er sie an. Dabei bemerkte sie zwei kleine Grübchen auf seinen Wangen und den Schwung seiner langen Wimpern – und rief sich gleich darauf selbst zur Ordnung.

»Ich sagte Ihrer Mutter schon, dass Sie sich keine Sorgen machen müssen. Ich will nur herausfinden, wie es dazu kam, dass unsere Vorfahren eine solche Verbindung miteinander hatten. Hm – dieser Kuchen ist übrigens wirklich ausgesprochen lecker. Meine Großmutter macht ihn ähnlich, obwohl sie noch nie in New York war. Vielleicht gibt es ja noch mehr Zusammenhänge, als wir vermuten.«

»Danke.« Marge strahlte vor Stolz über das Lob über das ganze Gesicht.

43. Kapitel

Jonas hatte sein Kuchenstück noch nicht einmal ganz gegessen, aber er hatte sofort die Ähnlichkeit zum Käsekuchen seiner Großmutter festgestellt.

Doch er war hier, um Licht in das Dunkel dieser ganzen Geschichte zu bringen, und beschloss, das Thema zu eröffnen.

»Also, ich fange einfach einmal an und erzähle Ihnen kurz meinen Teil der Geschichte.« Er räusperte sich kurz. »Wie ich gestern bereits Ihren Eltern erzählt habe, habe ich mit dem Tod meines Vaters vor Kurzem die Verantwortung für die Reederei Clausen in Hamburg geerbt und beim Durchsehen der Akten jene Briefe gefunden, die mich hergeführt haben. Der Name Clara Hauser, der Adressatin, war meinem Großvater noch bekannt. Seine eigene Großmutter Annemarie Clausen, Geborene van der Haard, muss ihm hin und wieder von dieser bedeutenden Reise mit der Kaiser Wilhelm der Großen und dem verheerenden Brand von Hoboken erzählt haben. Bei dieser Katastrophe verschwanden die Schwester seiner Großmutter Helena van der Haard und deren Dienstmädchen – Clara Hauser. Als die beiden jungen Frauen auch in den Tagen nach dem Unglück nicht gefunden werden konnten, verließ der Rest der Familie New York wieder in Richtung Hamburg. Nie wieder soll es danach ein Lebenszeichen von ihr gegeben haben, so hat es mein Großvater immer erzählt. Allerdings auch, dass Oma Anni – seine Großmutter – bis zuletzt der Überzeugung war, dass ihre Schwester überlebt hatte.«

»Das ist in der Tat eine spannende Geschichte. Trotzdem haben Sie eine ziemlich weite Reise auf sich genommen, Jonas, nur um etwas über die Vergangenheit eines Dienstmädchens herauszufinden.« Mr. Thompson stellte seinen leeren Teller beiseite und sah ihn scharf an.

Jonas wappnete sich innerlich. »Nun – ich gestehe, es steckt noch etwas mehr dahinter. Es wurde vor vielen Jahren ein Depot auf den Namen des Dienstmädchens eingerichtet und ich ... ich ...«

Mr. Thompson neigte den Kopf etwas. »Und Sie wollten jetzt einmal sehen, ob es da noch was zu holen gibt.«

Jonas hob entwaffnend die Hände – er sollte mit offenen Karten spielen. »Wissen Sie, meinen Unterlagen zufolge ist damals ein beträchtlicher Betrag transferiert worden und nun – ich habe schließlich Verantwortung für den Familienbetrieb – versuche ich herauszufinden, was es mit diesem Vermögen auf sich hatte und ob es noch Nachfahren der Begünstigten gibt, die Anspruch darauf haben. Alles, was ich weiß, ist, dass diese Clara Hauser einmal Dienstmädchen im Hause van der Haard war.« Er zuckte nun versöhnlich mit den Achseln.

Mrs. Thompson setzte sich etwas aufrechter hin.

»Na gut, dann bin jetzt ich dran. Ich erzähle Ihnen einfach einmal, was ich von der Vergangenheit meiner Familie weiß. Meine Urgroßmutter kam um das Jahr 1900 nach Amerika. Über die Umstände weiß ich nichts Genaues, außer, dass sie in Deutschland tatsächlich Dienstmädchen gewesen sein soll. Meine Großmutter erzählte oft, wie schwer der Start ihrer

Mutter in diesem fremden Land gewesen war, doch sie hatte es irgendwann geschafft, sich in einer Näherei bis zur Leiterin der Produktion hochzuarbeiten. Sie hatte wohl ein Händchen für Stoffe und Zuschnitte, und man wurde auf ihr Talent aufmerksam. Doch nicht nur darauf. In der Firma lernte sie auch meinen Urgroßvater kennen und lieben. Er war der Geschäftsführer der Fabrik. Die beiden heirateten 1909. Meine Großmutter Lizzy war zu diesem Zeitpunkt bereits acht Jahre alt. Über deren leiblichen Vater wurde nie gesprochen. Meine Großeltern wirtschafteten gut und verschafften sich einen gewissen Wohlstand. Nach dem Ersten Weltkrieg konnten sie es sich sogar leisten, die Fabrik von ihrem vorherigen Besitzer aufzukaufen. Auch Grandma Lizzy stieg in das Bekleidungsgeschäft ein und übernahm die Firma, bis sie sie an ihren Sohn, meinen Vater, weitervererbte. Anfang der fünfziger Jahre musste er das Geschäft schließlich niederlegen. Mode war einfach zu schnelllebig und günstig geworden, um die hohe Qualität der Produktion weiterhin zu halten.« Mrs. Thompson zuckte mit den Achseln. »Meine Grandma Lizzy starb Anfang der Siebziger.«

Jonas nickte. So weit war nichts Ungewöhnliches an dieser Geschichte, aber auch nichts, was sie mit der seiner Familie in Zusammenhang brachte. Bis auf die Tatsache natürlich, dass Clara Hauser von Übersee nach New York gekommen war. Doch andererseits waren das in jener Zeit viele, und nicht selten hatten Dienstmädchen versucht, hier im Land der unbegrenzten Möglichkeiten ihr Glück zu finden.

»Haben Sie zufällig noch ein Bild von Ihrer Urgroßmutter?«, hakte Jonas nach. Er hatte das alte Bild aus dem Album seiner Großeltern dabei.

»Ja, einen Augenblick bitte.« Mrs. Thompson stand auf, verließ den Raum und kam kurz darauf mit einer uralten Fotografie zurück. »Hier, das ist meine Urgroßmutter Clara Danavell mit ihrem Ehemann Gerald.«

Jonas nahm das Bild entgegen. »Oh, ein Rennpferd.« Er musste schmunzeln. Dann gab es neben dem Kuchen also zumindest noch eine weitere Familienähnlichkeit: Die Liebe zu den Pferden und dem Rennsport. Er betrachtete das Bild und die Frau, die darauf zu sehen war, genauer. »Hm!«, rutschte es ihm heraus. »Das ist allerdings nicht die Clara Hauser, die ich suche.« Er zog aus seiner Hemdtasche die vergilbte Fotografie der Familie van der Haard vor ihrem Hamburger Anwesen. »Hier.« Er legte sein Bild neben das andere auf den Tisch und deutete auf die junge, blonde Frau, unter der der Name Clara Hauser vermerkt war.

Die Thompsons beugten sich ebenfalls hinüber und sahen sich die Bilder genauer an.

Im nächsten Moment zog Amely scharf die Luft ein. »Nein, schaut hier! Das ist meine Ururgroßmutter, die Blonde da.« Sie schob die beiden Bilder noch dichter zusammen.

Jonas starrte auf die Fotografien. Dann setzte er sich aufrecht hin und fuhr sich einmal mit den Händen über das Gesicht. Jetzt endlich erschloss sich ihm so einiges. »Okay, das hatte ich jetzt nicht erwartet.«

Die Thompsons sahen ihn fragend an. Er brauchte einen Augenblick, um sich zu sammeln. Dann tippte er mit dem Finger auf die Fotos. »Wenn die blonde junge Frau ihre Urgroßmutter ist«, er sah zu Marge Thompson, »dann war ihre Urgroßmutter nicht das Dienstmädchen Clara Hauser, sondern die Schwester meiner Urgroßmutter und hieß eigentlich Helena van der Haard.«

Mrs. Thompson und Amely sahen ihn überrascht an. »Sie meinen also, dass meine Ururgroßmutter in Wirklichkeit gar nicht Clara Hauser hieß und aus einer gut situierten Familie stammte? Das ist ja eine wirklich unerwartete Entdeckung. Aber das würde natürlich erklären, warum ein gut gefülltes Golddepot auf den Namen eines Hausmädchens ausgestellt worden war. Nur warum hatte sie einen anderen Namen angenommen und war nicht nach Hamburg zurückgekehrt?«

Plötzlich sprang Mr. Thompson auf. Er hatte die ganze Zeit schweigend zugehört, aber jetzt fasste er sich an die Stirn. »Wann war das?«

Jonas sah ihn fragend an. »Das Unglück? Im Jahr 1900.«

»Nein, nein, ganz genau. Wissen Sie das vollständige Datum?«

»Ja, am ersten Juli im Jahr 1900.«

Mr. Thompson sah erst zu seiner Frau, dann zu seiner Tochter, dann streckte er eine Hand aus. »Da habt ihr's: 07011900, nein, Moment, auf Deutsch wäre es wohl andersherum: 01071900!«

»Dad!« Die Tochter des Hauses schlug sich die Hand vor den Mund.

Jetzt war es Jonas, der verdutzt von einem zum anderen sah und nicht ganz verstand, worum es gerade ging.

»Jonas, jetzt müssen wir Ihnen wohl etwas erklären«, setzte Marge Thompson an. Sie wirkte etwas nervös und verlegen. »Sie sprachen vorhin von diesem Depot, von dem wir längst wissen. Sie haben recht, es existiert noch immer. Auch wir sind erst kürzlich darauf gestoßen und hatten bisher noch keine Möglichkeit, darauf zuzugreifen. Um den Inhalt einsehen zu können, benötigt man eine ganz bestimmte Zahlenkombination. Leider haben wir nirgendwo in unseren Unterlagen einen Hinweis darauf gefunden. Doch jetzt erscheint es ganz selbstverständlich. Das Feuer von Hoboken war das prägendste Ereignis im Leben der Schwestern, wie sagten Sie gleich? Van der Haard? Es verband sie und war gleichzeitig das Datum, das sie entzweite.«

44. Kapitel

Am späten Abend saßen Jonas und Amely gemeinsam in einem Taxi, das sie von der Wohnung der Thompsons nach Hause bringen musste. Da sie beide in eine ähnliche Richtung mussten, hatte es sich angeboten, dass sie sich das Taxigeld teilten.

Jonas verspürte einerseits etwas Müdigkeit, andererseits war er aber aufgekratzt von der Auflösung der Geschichte. Amely schien es ähnlich zu gehen.

Er sah Amely von der Seite her an. »Oma Anni hatte also recht. Ihr Gefühl, dass ihre Schwester nicht gestorben war, hatte sie nicht getrügt. Sie musste irgendwann sogar Gewissheit darüber bekommen haben. Wie hätte sie ihr sonst das Vermögen zukommen lassen sollen?«

»Das ist schon eine aufregende Geschichte. Und mutig von meiner Urgroßmutter, so einfach alles hinter sich zu lassen.«

»Sie wird wohl ihre Gründe gehabt haben.«

Amely nickte und seufzte. »Vielleicht kommt das daher?«

»Was?«

»Dass ich immer so ein unterschwelliges Fernweh habe, eine Sehnsucht nach – ich weiß auch nicht. Trotzdem bin ich noch nie aus New York herausgekommen«, fügte sie lachend hinzu, wurde allerdings gleich wieder ernst.

»Das ist schade, es gibt so viele schöne Ecken auf der Welt«, griff Jonas das Gesprächsthema auf.

»Ja? Nun, vielleicht kann ich mir das ja bald alles leisten. Sind Sie denn schon weiter herumgekommen? Zumindest haben Sie es ja von Hamburg nach New York geschafft. Ist Hamburg denn schön? Vielleicht könnte ich Sie ja besuchen kommen, jetzt, wo wir quasi verwandt sind.«

Er lachte. »Das könnten Sie sehr gerne. Bei uns in unserer Villa an der Elbe ist immer ein Platz frei. Und ja, ich habe schon viel von der Welt gesehen. Das würde eine Weile dauern, Ihnen das alles zu erzählen.«

Amely zuckte mit den Achseln. »Ich habe Zeit. Es ist erst neun Uhr, New York wird eigentlich gerade erst wach.«

»Wollen wir … würden Sie mit mir noch etwas trinken gehen, Amely?«

Sie lächelte ihn an. »Gerne, auf den Schreck und die ganze Spannung haben wir uns das auch verdient, glaube ich.«

Er nickte. »Ja, das denke ich auch! Ich kenne mich hier allerdings nicht aus. Sie müssen vorschlagen, wo wir hingehen können.«

Weit nach Mitternacht saßen Jonas und Amely immer noch auf der Terrasse der Graven Pier Bar und sahen auf den Hudson River hinaus. Sie hatten getrunken, sie hatten gelacht. Jonas hatte ihr von seinen Reisen und seinen unterschiedlichen Arbeitsstätten erzählt, aber auch von den Problemen mit der Reederei und dass diese auch der eigentliche Grund gewesen waren, dass er der Spur des Depots gefolgt war. Es fühlte sich gut und befreiend an, darüber zu reden. Wie sehr hätte er sich gewünscht, einmal so unbeschwert mit seiner Schwester reden zu können. Amely und er verstanden sich auf Anhieb gut. Und er hatte in ihr eine aufmerksame Zuhörerin gefunden.

Sie wiederum erzählte ihm von ihrem Pech mit Männern und was sie mit dem Geld aus dem Depot vorhatte.

Es war gegen zwei Uhr, als Amely gestand, dass sie langsam einmal nach Hause musste.

Jonas sah sie einen langen Augenblick an.

»Stimmt etwas nicht?«

Er schmunzelte. »Alles okay. Ich habe nur gerade daran gedacht, wie verrückt es ist, um die halbe Welt zu reisen, um dann dort so eine tolle Frau zu treffen und gleichzeitig auch noch mit ihr verwandt zu sein. Gott sei Dank um ganz viele Ecken. Allerdings bin ich auch etwas betrunken und weiß nicht genau, was ich da gerade sage.«

»Wie lange bist du noch in der Stadt?«

Jonas musste überlegen, er war wirklich betrunken. »Drei Tage.«

Sie lächelte verschwörerisch. »Gut, dann hast du jetzt noch drei Tage, diese tolle Frau besser kennenzulernen, und wenn dir noch etwas Gutes einfällt, gibt die tolle Frau dir vielleicht sogar etwas von ihrem Geld ab.« Sie zwinkerte ihm zu. »Ein bisschen, so ein ganz kleines bisschen ist es ja vielleicht auch meine Reederei, oder?«

Epilog

Hamburg im Sommer 1935

»Annemarie, wo sind meine Manschettenknöpfe?« Alberts scharfe Stimme dröhnte durch die Zimmer der Villa Clausen.

Anni verzog ärgerlich das Gesicht. »In der Schublade, da wo sie immer liegen«, rief sie zurück. Sie selbst stand in ihrem Schlafzimmer und richtete vor dem Spiegel ihre Frisur. Ärgerlich zupfte sie an einer grauen Haarsträhne herum. Sie war alt geworden. Nur noch wenige Jahre, und sie würden ihren fünfzigsten Geburtstag feiern. Albert hatte diesen Zenit schon überschritten, und ihr Sohn Justus war gerade dreißig Jahre alt geworden. Bei diesem Gedanken huschte Anni ein Lächeln über das Gesicht. Justus-Albert war ihr ganzer Stolz. Sie hatte mit ihrem Sohn im Krieg so ums Überleben gekämpft. Hatte ihre Schwägerin verloren und dann auch noch Anfang der Zwanziger deren Tochter. Sie hatte Gustav diesen Verlust erklären müssen, als dieser als Erster aus dem Krieg zurückkehrte, wobei sie eigentlich daran schon gar nicht mehr geglaubt hatte. Er hatte sich schließlich fast drei Jahre lang nicht bei seiner Familie gemeldet. Und dann war auch Albert wiedergekommen. Abgemagert und versehrt hatte er sich bis nach Hamburg geschleppt. Weder Anni noch Justus hatten ihn auf Anhieb erkannt, fast hätten sie ihn davongejagt wie einen Landstreicher. In jener Zeit waren sie in Massen durch die Straßen geschlichen und hatten an die Türen geklopft.

Doch er war es – und er lebte. Anni hatte ihn wieder gesund gepflegt. Zwar hinkte er, seit er in Frankreich einen Schuss ins linke Bein abbekommen hatte. Doch ansonsten war er körperlich wieder ganz genesen. Nur sein Geist hatte gelitten. Auch Anni hatte allein in Hamburg schreckliche Jahre durchlebt. Hatte Hunger gelitten und den Tod gesehen, doch all das war kein Vergleich zu den Gräueln, welche die Männer an der Front erlebt hatten.

Albert erzählte nicht viel davon, aber sein Verhalten sprach Bände. Er war schreckhaft geworden und nervös, reizbar und zugleich an anderen Tagen sehr verschlossen. Zudem quälten ihn schlimme Albträume, was Anni veranlasst hatte, ihm ein separates Schlafzimmer einzurichten.

Die Jahre nach dem Krieg waren für die Familie schwer gewesen. Es hatte gedauert, bis sie alle wieder in den Alltag gefunden hatten. Bis Justus in Albert wieder den Vater erkannte, den er einst hatte ziehen lassen müssen, und Anni den Mann, den sie geliebt und mit dem sie eine zufriedene Ehe geführt hatte.

Albert stürzte sich nach dem Krieg und nach Beendigung der Handelsblockaden gleich wieder in seine Arbeit, und die Reederei blühte auf. Genau wie das ganze Land nach und nach das Grau der Kriegsjahre ablegte und wieder aufschwang. Doch ihr Zusammensein wurde nie wieder wie früher.

Das Läuten der Türglocke riss Anni aus ihren Gedanken. Freudig legte sie ihren Kamm beiseite, straffte die Schultern und lief dann in die untere Etage, um die Haustür zu öffnen.

»Gerda, Justus ... ich freu mich so!« Aufgeregt nahm sie die Familie ihres Sohnes in Empfang. »Karl-Justus, du hast dich aber schick gemacht heute!« Liebevoll und anerkennend legte sie ihrem Enkelsohn die Hand auf die Schulter.

»Oma, schau, ich habe eine echte Matrosenmütze!« Der zehnjährige Junge tippte sich an den Kopf.

»Dann lauf und zeig die mal schnell dem Opa, und sag ihm Bescheid, dass wir gleich los wollen.«

Albert liebte seinen Enkelsohn, vielleicht gerade weil er genau das Alter hatte, in dem Justus gewesen war, als Albert damals die Familie hatte verlassen müssen. Justus' Entwicklung vom Kind zum jungen Mann hatte er verpasst, und Anni hatte das Gefühl, das wollte er an seinem Enkel wiedergutmachen.

»Greta, hübsch siehst du aus.« Anni begrüßte ihre Schwiegertochter.

»Mama.« Justus küsste Anni die Wangen. Er war doch noch zu stattlicher Größe herangewachsen und trug inzwischen einen blonden Vollbart. Doch Anni sah in ihm immer noch den kleinen Jungen. Justus hatte studiert und arbeitete inzwischen mit seinem Vater Hand in Hand in der Rederei. Es ging der Familie wieder gut. Und an Tagen wie diesen verblassten die dunkeln Erinnerungen an Not und Leid.

»Können wir los?« Albert kam die Treppe hinab. Karl-Justus hüpfte fröhlich hinter ihm her.

»Hallo, Vater, ja – der Wagen steht vor der Tür.« Justus begrüßte seinen Vater mit einem Handschlag.

Draußen schien die Sonne, und es war angenehm warm. Justus lenkte sein Auto gekonnt durch die Straßen von Hamburg. Anni hatte sich schnell an die Vorzüge dieser schnellen

Art der Fortbewegung gewöhnt, hatten sie doch bis vor dem Krieg nur eine Droschke besessen. Albert hingegen gewann den motorisierten Fahrzeugen nichts ab. Sie würden ihn immer an Kriegsmaschinen erinnern, tadelte er.

Doch wenn sie ihn schnell von Blankenese nach Horn zur Rennbahn brachten, ertrug er die Fahrt freiwillig.

Die Clausens waren nach dem Krieg wieder dem Rennclub beigetreten. Die Zahl der Gäste war Anfang der zwanziger Jahre eher niedrig gewesen. Es gab kaum noch Rennpferde, und die Zuchten erholten sich nur langsam. Inzwischen aber war der Hamburger Rennverein wieder zu altem Glanze erwacht. Das Derby über die Grenzen der Stadt hinaus war ein wichtiges Ereignis und die Ränge meist so dicht besetzt wie nie zuvor.

Es stand das siebzigste Hamburger Derby bevor, und Anni spürte, wie die Luft auf dem Rennbahngelände vor Erregung vibrierte.

»Opa, Opa, gehen wir zum Führring?« Karl-Justus zupfte aufgeregt an der Jacke seines Großvaters.

Dieser legte seine Hand auf die Matrosenmütze seines Enkels und lächelte zu dem Jungen hinab. »Ja, wir gehen gleich. Lass uns nur erst in der Loge Guten Tag sagen.«

Karl-Justus verzog das Gesicht. Der kleine Junge hatte wenig Lust, zwischen den Damen und Herren zu warten.

Als die Clausens den inneren Bereich des Geläufs mit den Logen der wichtigen Gäste betraten, begrüßte man sie freudig. Als langjährige Förderer des Rennsportes waren sie inzwischen bekannt und beliebt.

Unzählige Hände wurden geschüttelt, die Männer klopften sich auf die Schultern und tauschten Zigarren aus. Anni sog die ungezwungene Stimmung förmlich in sich auf. Sie liebte diesen Ort inzwischen und konnte es kaum erwarten, die donnernden Hufe der Pferde auf der Bahn zu hören.

Um eine Frau scharten sich an diesem Derbytag besonders viele Gäste. Anni erkannte erst auf den zweiten Blick, wer es war. Es war Mrs. Welmont höchstpersönlich. Die Dame war aus Amerika angereist, um den Pferden, Trainern und Züchtern ihre Ehre zu erweisen. Und neben der grauhaarigen Grande Dame des Pferderennsportes stand – Helena! Anni erkannte ihre Schwester trotz des Altersunterschieds zu dem jungen Mädchen von damals sofort, und der Boden um sie schien mit einem Mal zu schwanken.

Wie gebannt starrte sie auf ihre Schwester. Dort stand sie in einem gelben Sommerkleid, deutlich gealtert, aber – am Leben.

Helenas Blick blieb in diesem Moment ebenfalls an Anni hängen. Vermutlich hatte sie bemerkt, dass sie angestarrt wurde. Nur einen Wimpernschlag später schien der Funke des Erkennens überzuspringen. Helenas Augen weiteten sich, dann überzog eine hektische Röte ihr Gesicht.

»Annemarie, hörst du? Ich gehe mit dem Jungen jetzt zum Ring.«

»Wir gehen auch mit.« Justus nahm seinen Sohn bei der Hand.

»Ja …« Anni hörte ihre eigene Stimme wie aus weiter Ferne. In ihrem Kopf machten sich lang vergrabene Erinnerungen breit. Bilder von der Kaiser Wilhelm der Großen, Bilder ihrer Schwester, wie sie einst mit Clara in der Suite auf dem Schiff gestanden hatte, Bilder des Feuers und der brennenden Pieranlagen und das Bild des gelben Kleides zwischen den Flammen, das Anni im letzten Moment des Ablegens noch erhaschen konnte. Anni legte sich die Hand auf den Mund, um den Schrei zu unterdrücken, der ihr zu entweichen drohte.

Helena spürte, wie ihr Herz einen Augenblick aussetzte. Ihr war von Anfang an nicht wohl gewesen, diese Reise anzutreten, doch Eleanor hatte sie gedrängt mitzukommen.

August Belmont war vor zehn Jahren verstorben. Eleanor hatte daraufhin einen Teil des Anwesens verkauft und sich nur noch der Sunnaway Corp. gewidmet. Clara und Gerald Danavell waren ein bisschen wie Ziehkinder für sie, und für Lizzy, die inzwischen selbst erwachsen war, war Eleanor eine fürsorgliche Ersatzoma gewesen.

Trotz des Verlusts ihres Mannes besuchte Eleanor immer noch gerne die großen Derbys. Dort knüpfte und pflegte sie Kontakte und vertrat das Modelabel von Welmont-Park, das ein wichtiger Sponsor des Pferdesports geworden war.

Helena hatte sich gescheut, das Schiff zu betreten, sie hatte nicht nach Hamburg gewollt, doch Gerald hatte sie beschworen, diese Reise mit Eleanor anzutreten.

Fünfunddreißig Jahre war sie fort gewesen. Fünfunddreißig lange Jahre hatte sie ein fremdes Leben gelebt. Und jetzt stand sie nach all dieser Zeit vor dem Menschen aus ihrem alten Leben, den sie am meisten vermisst hatte: Annemarie!

Helena hörte nicht mehr, was Eleanor neben ihr erzählte. Wie in Trance ging sie auf ihre kleine Schwester zu. Sie war es, das war unverkennbar. Diese Augen hatte Helena nie vergessen, und auch wenn Annis Haar inzwischen grau geworden war, Helena sah immer noch das kindliche Gesicht ihrer Schwester in der erwachsenen Frau.

»Oh Gott, das kann nicht sein!«, sagte Anni leise, als Helena vor ihr stand. Helena sah, wie ihre Schwester zitterte. Sie packte Anni am Arm und schob sie ein wenig zur Seite, wo sie hinter einigen Büschen vor den Blicken der anderen geschützt waren.

»Helena!« Anni löste sich aus ihrer Starre und fiel Helena um den Hals. Diese spürte, wie der Körper ihrer Schwester bebte und wie in ihr selbst sich ein jahrzehntelang festgezogener Knoten löste. »Ja.« Sie umarmte ihre Schwester und einen Augenblick war es so, als wären sie wieder zwölf und siebzehn Jahre alt.

Dann aber fasste Helena Anni an den Oberarmen, löste sich aus der Umarmung und schob sie ein Stück von sich. Sie musste nach den passenden Worten suchen, denn Deutsch zu sprechen fiel ihr nach all den Jahren nicht mehr so leicht. »Anni, ich bin nicht mehr Helena, ich bin seit Jahren Clara. Niemand weiß dies, ich werde es dir erklären, aber bitte, sag Clara zu mir und … wir kennen uns von früher, aber wir sind keine Schwestern!«

Anni sah Helena verwirrt an, nickte dann aber.

»Clara? Clara, wo steckst du denn?« Eleanors Stimme drang bis zu ihnen.

Helena deutet Anni mit einem Kopfnicken ihr zu folgen.

»Ich bin hier, Eleanor.«

»Oh, und wen haben wir da? Haben wir uns nicht vor Jahren schon einmal kennengelernt?« Eleanor sah Anni neugierig an.

»Das ist Annemarie …« Helena sah ihre Schwester hilfesuchend an. Van der Haard hieß sie ja vielleicht nicht mehr.

»Clausen, Annemarie Clausen.« Anni hatte sich wieder gefasst und begrüßte nun Eleanor Welmont höflich.

Helena zuckte zurück bei dem Klang des Namens Clausen. Hatte ihre Schwester gar …? Sie besann sich, sie durften nicht auffallen. »Ich habe früher einmal für die Familie gearbeitet, als ich noch jung war.«

»Oh, dann habt ihr euch ja bestimmt einiges zu erzählen. Geht! Geht einen Champagner trinken …«

Einen Champagner konnten sie beide gut gebrauchen.

»Es tut mir leid, Anni«, brachte Helena nur heraus. Wie sollte sie fünfunddreißig Jahre auch entschuldigen?

»Warum hast du das getan? Warum bist du nie zurückgekehrt?« Anni sah auf die feinen Perlen in ihrem Glas und vermied es, Helena anzusehen.

»Ich konnte nicht. Ich habe Claras Namen angenommen und versucht, mein Glück zu finden. Hätte ich Gustav heiraten müssen … aber … aber du hast nicht? Oder?«

Anni schüttelte den Kopf. »Nein, nicht Gustav. Ich habe seinen Bruder geheiratet, Albert. Er ist nicht wie sein Bruder, er ist ein anständiger Mann.«

»Was ist aus Gustav geworden? Er ist nicht hier, oder?«

»Nein, er ist vor zwei Jahren gestorben. Die Leber. Nach dem Krieg, das war alles zu viel.«

»Oh.«

»Und was ist aus dir geworden, Clara Hauser?«

Helena erzählte Anni in knappen Sätzen ihr Leben. Wie sie sich als Näherin hochgearbeitet hatte, wie sie Gerald kennen und dann lieben gelernt hatte.

Helena nahm zaghaft die Hand ihrer Schwester.

»Es freut mich, dass es dir gut geht, Helena.« Annis Stimme wirkte etwas bedrückt. Helena senkte den Blick. »Es tut mir leid, Anni«, wiederholte sie, wusste aber, dass sie den Schmerz und den Verlust ihrer kleinen Schwester wohl nie wiedergutmachen konnte.

Der Hengst Orgelton gewann an diesem Tag das siebzigste Hamburger Derby. Die Massen jubelten. Das Pferd lief somit eine Million Reichsmark für seinen Besitzer ein. Eleanor Welmont gratulierte den von Oppenheims vom Gestüt Schlenderhan höchstpersönlich, ebenso wie Anni und ihre Familie es taten. Es wurde ein rauschendes Fest gefeiert an diesem Tag im inneren Zirkel der Hamburger Rennbahn.

Helena und Anni versprachen sich, nun in Kontakt zu bleiben. Sie verabschiedeten sich am Abend mit einer innigen Umarmung, während der kleine Justus-Karl immer noch ganz aufgedreht mit einer Fahne um sie herumlief.

Diese Fahne war rot mit einem weißen Punkt und darin prangte das Hakenkreuz der NSDAP.

Linda Belago
Was einst geliebt und dann verloren
€ 9,99, Taschenbuch
ISBN 978-3-95649-609-7

Ihre Ehe steckt in der Krise, ihre pubertierenden Kinder fordern sie täglich heraus. Wie ein Wink des Schicksals erscheint es Anna, als sie überraschend ein Grundstück im fernen Surinam erbt. Spontan nimmt sie sich eine Auszeit vom Alltag in Deutschland und reist in das exotische Paradies. Dort trifft sie auf jemanden, der die frühere Besitzerin kannte. Fassungslos lauscht Anna den Erzählungen über einen dunklen Teil ihrer Familiengeschichte, der auch ihr Leben für immer verändern wird ...

Tanja Janz
Dünenwinter und Lichterglanz
€ 9,99, Taschenbuch
ISBN 978-3-95649-839-8

Winterzauber in St. Peter-Ording:
Wo sich Wünsche fast von alleine erfüllen

Die Hiobsbotschaft erreicht Alida kurz vor Weihnachten:
Ihre TV-Sendung »Die Wohnexpertin« wird eingestellt. Alida ist geschockt. Ausgerechnet jetzt! In ihrer Verzweiflung schreibt sie einen Wunschzettel an den Weihnachtsmann, an dessen Erfüllung sie aber selbst nicht glaubt. Und dann stirbt auch noch ihre Großmutter.
In deren Nachlass findet Alida geheime Liebesbriefe und ein Foto ihrer Oma als junge Frau mit einem unbekannten Mann, aufgenommen vor einem Pfahlbau in St. Peter-Ording. Alida macht sich auf den Weg, um den Mann zu finden. Noch ahnt sie nicht, dass der Küstenort einige Überraschungen für sie bereithält.

www.mira-taschenbuch.de

mtb
JANE
LINFOOT
Roman
Winter im kleinen
Brautladen
am Strand